Kyss by rowohlt POLARIS

MIA ASHER

Love me in the Dark

Verbotene Sehnsucht

ROMAN

Aus dem Englischen
von Anita Nirschl

Kyss

Die Originalausgabe erschien 2017 unter dem Titel
«Love Me in the Dark».

Deutsche Erstausgabe
Veröffentlicht im Rowohlt Taschenbuch Verlag,
Hamburg, September 2019

Redaktion Kerstin Ostendorf, Bonn
Covergestaltung bürosüd, München
Coverabbildung images BROKER/Oleksiy Maksymenko/
mauritius images
Satz aus der Calluna bei Pinkuin Satz und Datentechnik, Berlin
Druck und Bindung CPI books GmbH, Leck, Germany
ISBN 978 3 499 27472 5

Für L. und J. und K.
Dieses Buch gäbe es nicht ohne euch.

Teil eins

PROLOG

Sébastien

Vor zehn Jahren …

Ich trommle mit den Fingern aufs Fensterbrett und sehe zu, wie draußen der Regen fällt, als mich schlanke, warme Arme von hinten umarmen.

«Guten Morgen», sagt sie heiser, bevor sie einen Kuss auf meine Schulter drückt.

Ich lege meine Hände über ihre und genieße das Gefühl ihres nackten Körpers an meinem. «Gut geschlafen?»

«Wie ein Stein.»

«Wusste gar nicht, dass Steine schnarchen.»

Sie beißt mich in die Schulter. «Idiot», fügt sie neckend hinzu.

Lachend packe ich sie, um sie vor mich zu ziehen. «Hallo», sage ich und küsse sie auf die Nasenspitze. Ein Heiligenschein aus feurigem Haar umrahmt ihre zarten Züge und betont ihre milchweiße Haut und das Blau ihrer Augen. Poppy Smith.

Ich habe sie vor über zwei Jahren kennengelernt, als sie mir ‹aus Versehen› heißen Kaffee in den Schoß schüttete.

Ihr zufolge war ich unhöflich zu einer ihrer Kolleginnen in dem Café gewesen, in dem sie arbeitete, also wollte sie mir einen Denkzettel verpassen. Schon lustig, denn anfangs war sie mir nicht einmal aufgefallen, aber als mein Blick auf ihre schlanke, lebhafte Gestalt fiel, mit den bunten Klamotten, die nicht zusammenpassten, dem abgeblätterten Nagellack und den harmonischen und doch eigensinnigen Zügen, war's um mich geschehen. Ich hatte keine Chance gegen Poppy und ihren Lebensdurst.

«Hallo.» Sie stößt sich von mir ab und geht zurück zum Bett. Ich betrachte ihren perfekten Hintern, während ich daran denke, was ich alles damit getan habe. Sie sieht über ihre Schulter und wirft mir ein Lächeln voller Versprechen zu, eins von der Sorte, die einen früh ins Grab bringt. Ich weiß nicht, was ich getan habe, um so viel Glück zu verdienen, aber danke, Gott! Du bist der Größte!

«Hungrig?»

Mein Atem geht schneller, während mein Schwanz zum Leben erwacht. Mein Blut pocht heftig. Lust und Verlangen sind in der Luft greifbar. «Ausgehungert.»

Sie legt sich aufs Bett und spreizt die Beine. Ihre Finger zeichnen einen Pfad hinunter zu meinem verdammten Himmelreich. Mit einem verführerischen Lächeln auf dem schönen Gesicht wirft sie mir einen frechen Blick zu. «Warum stehst du dann noch da rum? Komm her und hol dir dein Frühstück.»

Noch mal, danke, Gott! Ich bin dir gewaltig was schuldig. Im Nu bin ich bei ihr und lege mich neben sie. Ich nehme sie in die Arme, um den sanften Schwung ihrer Halsbeuge zu küssen, eine Stelle, die ich für mich beansprucht habe.

Die Neuigkeit von gestern Abend fällt mir wieder ein.

«Warte …» Mit einem primitiven Gefühl von Stolz und Freude lege ich die gespreizten Finger auf ihren wachsenden Bauch. «Hallo, Kumpel. Kannst du uns hören? Hier ist dein sehr geiler Dad», flüstere ich an Poppys Haut, während ich kleine Küsse an ihrem Kiefer entlanghauche. «Zeit, die Ohrenschützer aufzusetzen, Kleiner.»

Mit einem leisen Lachen legt Poppy eine Hand in meinen Nacken und zieht mich zu sich, während sie sich an meinem Schwanz reibt – und mich damit lichterloh in Brand setzt wie Feuerwerk am vierten Juli. «Wie wär's, wenn Daddy weniger redet und mehr …»

Der Rest ihrer Worte geht zwischen meinen Lippen unter, als ich ihren Körper mit meinem bedecke und sie mit meinem Mund, meiner Zunge und mit meinem nie endenden Verlangen zum Schweigen bringe. Ein ganzes Leben so zu verbringen, hier in unserem Bett, die Glieder ineinander verschlungen wie Taue, Schweiß auf unserer Haut, und völlig erfüllt voneinander, wäre immer noch nicht genug für mich. Selbst wenn ich tausend Leben lang leben würde – es wäre nie genug.

Den Rest des Vormittags verbringen wir damit, uns wieder und wieder zu lieben, danach steigen wir widerstrebend aus dem Bett. Poppy geht duschen, während mein Blick an den zerwühlten, schuldigen Laken hängenbleibt. Ich bin versucht, Poppys Eltern anzurufen und mir irgendeinen Vorwand einfallen zu lassen, warum wir es doch nicht schaffen werden, um meiner Freundin dann unter der Dusche Gesellschaft zu leisten. Aber ich verkneife es mir. Poppy vermisst sie, und sie sollte nach Hause fahren, um sie zu besuchen. Kopfschüttelnd seufze ich, ziehe mich an und gehe nach unten. Sobald ich damit fertig bin, ihr Auto im Regen vollzupacken, verabschieden wir uns in der Küche voneinander. Ich werde morgen nachkommen, nachdem ich ein paar Gemälde in einer Galerie abgeliefert habe, und dann werden wir ihnen die Neuigkeit gemeinsam verkünden.

«Fahr vorsichtig», sage ich mit einem Blick aus dem Fenster. Der Wind hat zugenommen, und der Regen fällt heftiger als noch vor ein paar Stunden.

«Bis nach Kent ist es nicht weit.» Sie schlingt die Arme um meine Taille und legt den Kopf an meine Brust. «Die Strecke fahre ich blind. Machen Sie sich darüber keine Sorgen, Sir.»

Ich ziehe sie enger an mich, weil ich plötzlich Angst habe, sie gehen zu lassen. *«Il n'y a qu'un bonheur dans la vie, c'est d'aimer et d'être aimé.»*

Es gibt nur ein Glück im Leben: lieben und geliebt zu werden.

«Versuchst du, noch mal zum Schuss zu kommen?» Poppy reibt ihre Wange an meinem Hemd, ein kleines Lächeln auf dem Gesicht. «Denn das kann ich dir sagen, George Sand zu zitieren wird definitiv dafür sorgen, dass du flachgelegt wirst.»

«Vielleicht.» Ich senke den Kopf und vergrabe meine Nase in ihrem Haar, um mit einem tiefen Atemzug ihre Essenz in mich einzusaugen. «Funktioniert es?»

«Wenn du wüsstest ...» Sie küsst meine Brust. «Leider musste ich Mum versprechen, dass ich zum Tee da bin, und wenn ich jetzt nicht losfahre, schaffe ich es nicht. Peter bringt seine neue Freundin mit.»

«Was wurde denn aus Millie?»

«Wer weiß. Aber ich mache es morgen wieder gut, okay?» Ihre Hand wandert tiefer und streicht über die Vorderseite meiner Jeans. Langsam. Dekadent.

«Lieber Gott, Frau. Du wirst noch mein Tod sein», stöhne ich und schließe kurz die Augen.

Kichernd stellt sie sich auf die Zehenspitzen und nimmt mein Gesicht in die Hände. «*Je t'aime*, mein geiler Mann», sagt sie, bevor sie die Lippen auf meine drückt und mich mit allem küsst, was sie ist.

Meine Frau.

Mein Leben.

Nachdem ich mich von Poppy verabschiedet und ihr zugesehen habe, wie sie wegfährt, mache ich mich auf den Weg ins Schlafzimmer. Auf der Treppe spüre ich einen scharfen Stich mitten in der Brust. *Muss wohl das indische Essen von gestern Abend sein*, denke ich, während ich mir kreisend den Schmerz wegmassiere. Als er fort ist, steige ich die wenigen restlichen Stufen hoch, die zum Schlafzimmer führen. Ich gehe zum Schrank, hole einen alten, mitgenommenen Schuhkarton hervor und finde darin, was ich suche. Mit klopfendem Herzen nehme ich die kleine samtüberzogene Schachtel heraus, die mein Glück enthält, und stecke sie in die Vordertasche meiner Jeans.

Morgen.

Wenige Stunden später …

Ich sehe Peters Nummer auf dem Display leuchten.

«*Bonjour*, Arschloch», sage ich ins Telefon, während ich den Diamantring in meiner Hand betrachte und mir lächelnd Poppys Überraschung vorstelle, wenn sie ihn sieht. Manche Leute könnten sagen, wir seien zu jung, um zu heiraten oder eine Familie zu gründen, aber was zum Teufel wissen die schon? Wenn du die Eine findest, die deinem Leben Sinn gibt, die dich zu einem besseren Menschen macht, damit du ihrer Liebe würdig bist, dann wartest du nicht, bis der ‹richtige Zeitpunkt› kommt. Du springst. Du rennst. Du fliegst.

«Ist Pops schon angekommen? Sie geht nicht an ihr Handy –»

«Sébastien ... du musst nach Hause kommen ...» Peters Tonfall lässt es mir eiskalt über den Rücken laufen. «Wir sind im Krankenhaus. Poppy ... sie ist ...»

Und einfach so wird meine Welt dunkel.

KAPITEL EINS

Valentina

Habt ihr schon mal euer Spiegelbild betrachtet und euch darin nicht wiedererkannt?

Eine makellose Frau sieht mich aus dem Spiegel an. Sie hat langes karamellbraunes, perfekt geföhntes Haar, und ihre früher kurvige Figur ist jetzt schlank und fit und steckt in einem Designerkleid. Sie ist jemand, der William Alexander Fitzpatricks IV. würdig ist.

Das ist mein Mann.

Verschwunden sind die Spuren des wilden Mädchens, das ich einmal war. Des Mädchens, das zu viel fühlte, zu laut lachte und zu viel aß, während sie versuchte, Arbeit und College unter einen Hut zu bringen. Ihre Hüften und ihr Mund waren ein bisschen zu breit, und ihr lockiges Haar hatte ein Eigenleben. Sie war pleite, wohnte in einem Schuhkarton, und doch hätte sie nicht glücklicher sein können. Erdnussbutter-Marmelade-Sandwiches und billiger Wein aus dem Tetrapack sorgten dafür, dass sie satt und zufrieden blieb.

Ich lache traurig. Ich hatte nicht viel mehr als meine Träume, aber das reichte mir. Denn in diesen Träumen machte ich das College zu Ende und bekam einen coolen Job, mit dem ich genug Geld verdiente, um mir eine eigene Wohnung, schicke Schuhe und tollen Wein leisten zu können. Ich wurde außerdem die nächste Mrs. Brad Pitt.

Mit ausgebreiteten Armen tanzte ich zur pulsierenden Musik des Lebens.

Ich betete für Romantik, Abenteuer, das Unbekannte. Ich wollte mich unsterblich verlieben. Ich wollte den Aufruhr, den Stress, den Umbruch und das Chaos – den Sturm und Drang. Und Gott war nicht taub. In seiner allmächtigen Güte gewährte er mir all meine Wünsche. Während ich mich über Latte macchiatos bei meiner besten Freundin Sailor wegen meiner letzten Trennung ausheulte, traf ich *ihn.* Auf halber Strecke durch meine rührselige Geschichte hörte ich ihn hinter seiner Zeitung lachen.

«Entschuldigung», sprach ich ihn beleidigt an. «Was ist daran so witzig?»

Der Mann ließ die Zeitung sinken und legte sie neben sich auf den Tisch. Beim Anblick seines attraktiven Gesichts spürte ich meine Wangen heiß werden, während ich gleichzeitig vergaß, warum ich so beleidigt war. Er stand auf und kam von seinem Sofa an unseren Tisch. Der Mann war älter als ich und ging wie ein König, ein Kaiser. Er wirkte überlebensgroß und schien genau zu wissen, was er wert war. Mit seinem teuren Anzug, der hochgewachsenen Figur, dem perfekt frisierten blonden Haar und sogar noch perfekteren Zügen strahlte er Macht und Reichtum aus. Ich hätte den Blick nicht abwenden können, selbst wenn ich es gewollt hätte.

Er gab mir seine Karte, während seine hellblauen Augen mein tränenüberströmtes Gesicht musterten. «Wenn Sie mich anrufen, verspreche ich, Sie nicht zum Weinen zu bringen.» Er lächelte umwerfend, drehte sich auf dem Absatz um und verließ das Café, während Sailor und ich ihm mit offenen Mündern nachstarrten.

Ich hielt eine Woche lang durch, bevor ich nachgab und ihn anrief.

Es war eine stürmische, filmreife Romanze. Eine, von der man als kleines Mädchen träumt, wenn man mit seinen Puppen spielt. Sie war unwirklich und atemberaubend, und sie passierte mir. An meinem zweiundzwanzigsten Geburtstag feierten wir eine verschwenderische Hochzeit, das Fest dauerte mehrere Tage.

Ich bekam nie diesen Traumjob, den ich mir so sehr gewünscht hatte. Stattdessen versuchte ich, die perfekte Ehefrau zu werden. Ich warf meine alten Klamotten weg und ging bei Bergdorf's neue Sachen kaufen, die zu meinem Leben mit William passten. Und wenn ich manchmal meinem vergangenen Leben nachtrauerte, dann rief ich mir in Erinnerung, dass in diesem hier kein Platz für die alte Valentina war.

«Valentina?»

In Gedanken versunken höre ich William meinen Namen sagen. Ich schüttle leicht den Kopf und drehe mich zu seiner Stimme um. Es braucht nur einen einzigen Blick von meinem Mann, so attraktiv in seiner Anzughose und dem weißen Hemd, um Hunderte von Erinnerungen wachzurufen, gute, schlechte und hässliche. Und die Liebe, die ich für ihn empfunden habe – die Liebe, die ich immer noch für ihn empfinde –, bricht wie ein Tsunami über mich herein. Und wie ein Tsunami zieht ihre starke Strömung mich immer wieder runter.

Wie ich mich Hals über Kopf in ihn verliebte. William Alexander Fitzpatrick IV. Er war kultiviert und hatte einen

Stammbaum, der sich mit dem der Kennedys messen konnte. Princeton-Abschluss. Wandelnde Ralph-Lauren-Reklame. Hedgefonds-Genie. Treuhandfonds-Baby.

Er war alles, was ich nicht war, und er wollte mich. Er *wählte* mich.

Mich.

Valentina. Mit einem Stipendium an meiner Traum-Universität in New York City. Gewitzte Rabatt- und Secondhand-Shopperin. Ich fühlte mich wohl in meiner Haut und wusste, was ich wert war. Und doch konnte ich nicht anders, als erstaunt darüber zu sein, dass William mich wollte und dass er meine Liebe bedingungslos erwiderte. In einer auf Träumen gebauten Welt wurde er meine einzige Wahrheit.

«Hi.» Ich drehe mich wieder zum Spiegel um und betrachte mein Spiegelbild. Leidenschaftslos bemerke ich, dass meine Hände zittern, als ich versuche, einen Diamantstecker in mein linkes Ohrläppchen einzusetzen. «Ich dachte, du wärst schon weg?»

«Hast du vergessen, was heute ist?», fragt er leise.

«Montag?» Ich sehe auf die Rolex an meinem Handgelenk und bemerke, wie spät es ist. «Ich komme zu spät zum Frühstück mit den Mädels. Sie sind sicher schon im Club.»

«Valentina ...» William tritt so dicht hinter mich, dass seine Vorderseite meinen Rücken berührt, und streichelt über meine Arme. Seine Hände hinterlassen eine Gänsehaut. «Heute ist unser Hochzeitstag, meine Liebe.»

Meine Unterlippe bebt, als ich hochschaue, um meinen Mann in all seiner goldenen, männlichen Schönheit zu betrachten. Im Spiegel begegnen sich unsere Blicke, und da ist Traurigkeit und Kummer in seinen blauen Augen. Und

Schuldgefühl. So viel verdammtes Schuldgefühl. Es überrascht mich, dass wir beide nicht darin ertrinken.

Aber das war nicht immer so.

Zu Beginn unseres gemeinsamen Lebens als verheiratetes Paar stritten wir leidenschaftlich, vögelten leidenschaftlicher, liebten am leidenschaftlichsten. Und wenn unsere Blicke sich trafen, sah ich Leben, Zärtlichkeit und eine strahlende Zukunft vor uns.

Ich ahnte ja nicht, ich verstand ja nicht, dass im Gleichgewicht des Lebens Glück nicht ohne Traurigkeit existieren kann.

«Oh. Wir können heute Abend feiern. Ich habe den Mädels versprochen –»

«Bleib», sagt er heiser, während er mich zu sich herumdreht.

Er geht zwischen meinen Beinen auf die Knie und übersät meinen Bauch mit langsamen Küssen, die mich von innen heraus verbrennen. Normalerweise würde ich nichts lieber wollen, als mit den Fingern durch seine Haare zu fahren, ihre Weichheit, ihre Wärme zu spüren, aber ich kann mich nicht dazu bringen, ihn zu berühren. Nicht heute. Seine großen Hände umfassen von hinten meinen Po, um mich enger an seinen Mund zu ziehen. Er atmet mich ein. Verschlingt mich im Ganzen. Durch den Stoff meines Rocks hindurch kosten seine Lippen den Geschmack, der ihm gehört. Mein Körper schreit: *Ich gehöre ihm, ich gehöre ihm.*

Aber mein Herz hat nicht vergessen.

Eines Tages, direkt vor unserem zehnten Hochzeitstag, beschloss ich, meinen Mann mit einem spontanen Mittagessen in unserem Haus in der Stadt zu überraschen.

Ich holte Sushi von unserem Lieblingsrestaurant, Blumen

vom Laden nebenan, und raste zu unserem Stadthaus in der Park Avenue. Mein Plan war, ihn anzurufen und ihn zu bitten, mich dort zu treffen. Vielleicht könnten wir nach dem Mittagessen den Rest des Nachmittags nackt im Bett verbringen.

Ich lachte vor mich hin, während Vorfreude und Erregung ungehindert durch meine Adern rauschten. Ich konnte mich nicht erinnern, wann ich zum letzten Mal so etwas Spontanes getan hatte. Aber das war egal. Es fühlte sich großartig an.

Ich war mit der Liebe meines Lebens verheiratet.

Wir waren verliebt.

Das Leben könnte nicht besser werden.

Wie sich herausstellte, war ich es, die in eine Überraschung hineinplatzte. Dort, mitten in unserer frisch renovierten Küche, stand mein Mann mit den Händen auf dem Kopf seiner Praktikantin, während sie ihm einen blies.

Ich wünschte, ich könnte sagen, dass ich mich sofort von dem erbärmlichen Kerl scheiden ließ, aber das wäre gelogen.

Ich liebte ihn zu sehr – zu blind –, um zu gehen.

Ich hatte ihm zwölf Jahre meines Lebens geschenkt. Unsere Ehe war alles, was ich hatte – sie war eine Erweiterung von mir. Meine Identität. Sein Atem war mein Atem. Seine Träume waren meine Träume. Sein Glück war mein Glück.

Wer war Valentina ohne William? Ich erinnerte mich nicht mehr, und der Gedanke, es herauszufinden, ängstigte mich. Also machte ich aus Zitronen Limonade. Ich verzieh ihm und versuchte, so zu tun, als wäre es nie geschehen.

Aber das war es, und ich konnte es nicht vergessen – ich kann es immer noch nicht. Der Tag, an dem ich erkannte, dass nicht alle Liebesgeschichten ein Happy End haben, ist jetzt ein Jahr her.

Meine Tante hat immer zu mir gesagt, Vertrauen sei wie

ein Teller. Wenn er einmal zerbrochen war, ist es egal, wie viel Klebstoff man benutzt, um ihn zu kitten, er wird nie wieder derselbe sein. Hier bin ich also nun, klammere mich an die Scherben unserer Liebe – unserer Ehe – und versuche, mich nicht an ihnen zu schneiden.

Manche Tage sind besser als andere. Manchmal bin ich voller Hass und Groll und kann ihm nicht ins Gesicht sehen, ohne Abscheu und Verrat zu spüren. Und manchmal, wenn er mich berührt wie früher, kann ich mir vormachen, ich hätte mir das Ganze nur eingebildet. Aber selbst nach all dieser Zeit erlebe ich alles noch einmal, wenn William mir die Hände auf den Kopf legt, wie er es an jenem Tag bei ihr getan hat.

Genug.

Ich schüttle leicht den Kopf, während ich spüre, wie William den Reißverschluss meines Rocks aufzieht, ihn zu Boden fallen lässt und meinen String zur Seite schiebt. Das Zimmer dreht sich um mich. Meine Beine werden weich, und ich lehne mich stützend mit dem Rücken gegen den Spiegel. Ich will ihm sagen, dass er aufhören soll, dass ich nicht von ihm angefasst werden will, aber ich kann mich nicht dazu durchringen. Stumm verliere ich mich in der unerbittlichen, sinnlichen Entwaffnung meines Körpers durch seine Hände. Mein Wille löst sich auf. Er ist auf den Knien, während ich stehen bleibe, aber ich bin es, die mit jeder Minute, die vergeht, innerlich zusammenbricht.

Liebe ist grausam, denn sie macht dich schwach.

Und William bestraft mich immer wieder dafür.

Momente verstreichen, und alles bis auf uns beide hört auf zu existieren. William zieht mich hinunter auf den weichen Teppichboden. Seine Hände auf mir. Seine Zunge bewegt sich in mir, zusammen mit seinen strafenden Fingern. Ich beiße mir heftig auf die Lippe, um zu verhindern, dass mir ein Stöhnen entschlüpft, bis ich Blut schmecke. Aber er ist es, den ich außerhalb und innerhalb meines Körpers spüre – er ist überall.

Auslöschendes Licht verzehrt mich, und ich komme mit seinem Namen auf den Lippen. Er kniet über mir und massiert seinen Schwanz mit der Hand, hart und schnell auf und ab, bis sich sein warmer Samen auf meine Haut ergießt und ein Stöhnen aus seiner Brust kommt.

Wir liegen jetzt auf dem Teppich, erschöpft und mit den Überresten unseres Liebesspiels auf der Haut.

Seine Finger streicheln meine Schulter. «Ich habe etwas für dich.»

«Ach ja?»

Er steht auf, geht zu seinem Nachttisch und nimmt etwas aus der Schublade. Mit einem Päckchen in der Hand kommt er zurück. «Hier», sagt er und reicht mir einen weißen Umschlag.

Ein Teil von mir wünscht sich, ich könnte William sagen, dass er mich nicht mit Geschenken zu überschütten braucht. Ich brauche nichts. Alles, was ich will – alles, was ich je wollte –, ist seine Liebe. Ich setze mich auf und verschränke die Beine. «Ich habe nichts für dich besorgt.»

«Ist schon gut.» Er vergräbt die Hände in den Taschen seiner Hose, die mit offenem Reißverschluss locker um seine Hüften hängt. «Na los, mach es auf.»

Als ich seine Anweisung befolge, finde ich einen Schlüssel darin. Ich nehme ihn heraus und drehe ihn hin und her, um ihn zu inspizieren. «Was ist das?»

«Ein Schlüssel», antwortet er mit trockener Belustigung.

«Das sehe ich, aber wofür ist der?»

«Das ist der Schlüssel zu einer Wohnung in Paris.»

«Wir fahren nach Paris?»

Er nickt, dabei streichelt er mit dem Handrücken meine Wange. «Ich muss nächste Woche geschäftlich hinfliegen. Und ich hätte gern, dass du mit mir kommst.»

«Wirklich?» Ich hasse die Tatsache, dass meine Stimme voller Überraschung und Staunen ist, aber ich kann mich nicht erinnern, wann mein Mann zum letzten Mal bei einer seiner Reisen meine Gesellschaft gesucht hat.

«Ja, Darling. Sobald meine Meetings vorbei sind, kann ich mir ein paar Wochen freinehmen, und dann können wir den Rest der Zeit Spaß haben. Was sagst du dazu, Val? Nur du und ich. Ohne Ablenkungen. Weg von allem. Wie es früher war.»

«Wie es früher war ...» Ich lasse mir die Worte auf der Zunge zergehen, um ihren Geschmack neu zu entdecken. «Denkst du, das ist überhaupt möglich?»

«Ich weiß es nicht, aber wir können es versuchen.» Er setzt sich neben mich auf den Boden und zieht mich auf sich, die Arme um mich geschlungen. Die feste Umarmung nimmt mir die Luft, die ich zum Atmen brauche. Er vergräbt die Nase in meinem Haar und stößt einen unterdrückten Seufzer aus. «Ich möchte, dass alles wieder so wird wie vorher. Bevor ich ...» Er räuspert sich. «Bevor ich es verbockt habe.»

«Meinst du das wirklich ernst?», frage ich, voller Angst davor, die Türen meines Herzens wieder zu öffnen und ihn erneut hereinzulassen.

«Darling, hör mir zu. Es waren ein paar beschissene Jahre, aber ich liebe dich. Wir dürfen nicht mehr so tun, als wäre alles bestens. Lass uns diesmal wirklich an unseren Problemen arbeiten.»

«Ich möchte dir ja glauben, aber ... aber ich habe Angst, William.»

«Das verstehe ich. Wie wäre es damit? Lass uns in Paris anfangen. Und wenn wir zurückkommen, verdammt, dann gehe ich sogar mit dir zur Eheberatung.» Seine Hand legt sich auf meinen flachen, leeren Bauch. «Vielleicht ist auch die richtige Zeit gekommen, um Kinder zu kriegen.»

«Oh, William.» Meine Stimme bricht. «Meinst du das wirklich ernst?»

«Ja, Darling.»

Mit zitternden Händen umfasse ich sein Gesicht, während die Saat der Hoffnung in meiner Seele Wurzeln schlägt. «Wie es früher war, hm?»

«Nein.» Er lächelt sein charmantes und blendendes Lächeln, in das ich mich verliebt habe. «Es wird sogar noch besser werden.» Er senkt den Kopf und küsst mich, lang und zärtlich. Süß und langsam. Es ist ein Kuss der Vergebung und das Versprechen eines Neuanfangs.

Verloren in seiner Umarmung taut das Eis um mein Herz herum vollständig fort, und ich lasse ihn wieder herein.

KAPITEL ZWEI

Valentina

Wir sind da, Madame», sagt der Fahrer auf Englisch mit einem starken französischen Akzent.

Aus meinen Tagträumen gerissen, stelle ich fest, dass wir vor einem sehr eleganten Gebäude angehalten haben. Auf einer Tafel am schwarzen Tor davor steht *Avenue Foch.* Ich spüre Schmetterlinge im Bauch. Hier werden wir damit anfangen, unsere Ehe wieder neu aufzubauen.

Während ich Pierre dabei zusehe, wie er aus dem Wagen steigt und zu meiner Tür herumkommt, vibriert mein Handy. Ich hole es aus meiner Birkin-Bag und sehe, dass es eine Nachricht von William ist.

William: Bist du schon in der Wohnung?
Ich: Fast. Ich bin vor dem Gebäude. Es ist wunderschön.
William: Ich bin froh, dass es dir gefällt. Du fehlst mir.

Ich lächle. So schlichte Worte, aber sie erfüllen mich mit Freude. Zu wissen, dass er mich vermisst – dass ich ihm etwas bedeute.

Ich: Du fehlst mir auch. Kann es nicht erwarten, bis du hier bist.
William: Ich werde morgen da sein.
Ich: Ich werde die nackte Frau auf dem Bett sein. Die auf dich wartet.
William: Gott, Val. Du machst mich fertig.

Leicht errötend grinse ich.

Ich: Gut. Beeil dich.
William: Ich werde dich tagelang nicht aus dem Bett lassen, ist dir das klar?
Ich: Ich werde dich beim Wort nehmen.

Lust und Verlangen umschwirren mich wie berauschendes Parfüm, als Pierre mir die Tür öffnet und ich aus dem schwarzen Mercedes steige. Einen Moment lang halte ich inne, um mich umzusehen. Da ist ein hübscher Park auf der anderen Straßenseite, und weitere Wohnhäuser stehen in der Nähe. Die in mir wirbelnden Gefühle lassen die Schönheit und die Romantik der Pariser Architektur sogar noch atemberaubender wirken.

«Könnten Sie bitte meinen Koffer in die Wohnung bringen?», sage ich und reiche ihm den Schlüssel. «Ich würde gern noch ein bisschen hier draußen bleiben.»

«*Oui*, Madame.»

Ich sehe ihm nach, wie er ins Gebäude geht, dann richte ich mein Augenmerk wieder auf den leeren Park auf der anderen Straßenseite. Ein leichter, kühler Wind raschelt in den Blättern der Bäume und lässt sie tanzen. Wie hypnotisiert lausche ich ihrer Musik. Ich tue so, als würden sie mir ihre

Geheimnisse zuflüstern, mir sagen, dass ich an den richtigen Ort gekommen bin, dass wir das Richtige tun. Und langsam, sehr langsam steigt warme Hoffnung wie eine neue Morgendämmerung in mir auf. Ich hole tief Luft und genieße den Anblick noch ein wenig länger, dann folge ich Pierre hinein, mit frischem Schwung in meinem Schritt.

Pierre hat meinen Koffer ins Schlafzimmer gestellt und wartet auf meine nächsten Anweisungen. Ich mache einen kurzen Rundgang durch die Wohnung, die William auf unbestimmte Zeit gemietet hat, und bewundere die elegante Einrichtung. Die Möbel und die Wände sind in eisigen, kühlen Weiß- und Grautönen gehalten. Alles passt zusammen. Alles ist angenehm fürs Auge.

Mit den Fingerknöcheln streiche ich über einen glänzenden Holztisch in der Mitte des Foyers. «Wow. Diese Wohnung ist wirklich außergewöhnlich.»

Pierre nickt zustimmend. «Wäre das dann alles, Madame?»

Ich ziehe meinen Trenchcoat aus. «Ja, vielen Dank.»

Er kommt zu mir und reicht mir eine Karte. «Hier ist meine Nummer. Rufen Sie an, wann immer Sie mich brauchen. Die Assistentin Ihres Mannes hat mich für die gesamte Dauer Ihres Aufenthalts in Paris eingestellt.»

«Sie werden definitiv von mir hören.» Mit einem leichten Lachen nehme ich die Karte von ihm entgegen und streiche mit den Fingern über das kühle Papier. «Ich weiß nicht mal, wo man hier etwas zu essen kaufen kann.»

Wir verabreden uns für morgen, und als er sich zum Gehen wendet, bemerke ich die Uhrzeit. Es ist immer noch relativ früh, und mir wird bewusst, dass ich nicht drinnen bleiben will. Schließlich bin ich in Paris. Paris! Aufregung durchströmt mich und lässt meinen Körper vibrieren.

«Einen Moment noch, Pierre.»

Mit einer Hand am Türgriff sieht Pierre in meine Richtung. «Ja?»

«Ich denke, ich würde gern zum Abendessen ausgehen.»

Er lässt den Türgriff los und dreht sich zu mir um. «Möchten Sie, dass ich hier warte, bis Sie bereit sind, auszugehen?»

«Oh nein, das ist nicht nötig. Genau genommen möchte ich ein wenig auf eigene Faust die Gegend erkunden. Ich habe mich nur gefragt, ob Sie mir ein Lokal in der Nähe mit Live-Musik und gutem Essen empfehlen können? Ich möchte mich an meinem ersten Tag hier nicht gleich verlaufen.»

«Natürlich. Da ist ein nettes Lokal nicht weit von hier. Großartiges Essen. An den Wochenenden haben sie manchmal eine Live-Band da.»

«Klingt perfekt.»

«Es ist gleich die Straße runter. Sie können es gar nicht verfehlen.»

Nachdem Pierre mir den Namen und die Adresse des Restaurants aufgeschrieben hat, verabschiedet er sich, und ich springe unter die Dusche, während ich in Gedanken bereits bei einem köstlichen Abendessen bin. Sobald ich mich um Haare und Make-up gekümmert habe, entscheide ich mich für ein figurbetontes weißes Minikleid mit einem Cape und nudefarbenen High Heels.

Meine Clutch in der Hand, lasse ich die Wohnung hinter mir und mache mich auf in den Abend. Ich bin ein Bündel aus Nervosität und verrückter Heiterkeit und vielleicht ein klein bisschen Angst.

Problemlos finde ich das Restaurant. Das Lokal ist einfach, aber stylish. Geschickt positionierte Lampen hüllen die Einrichtung in einen bernsteinfarbenen Schimmer, und das Aroma von Trüffelöl und Butter schwebt in der Luft. Die in ihre Unterhaltungen versunkenen Gäste sind elegant gekleidet. Zu meiner Linken, neben den deckenhohen Fenstern, spielt eine Band eine jazzige Melodie. Ich lächle. *Das ist genau das, was ich gesucht habe.*

Hinter dem Empfangspult entdecke ich eine schlanke junge Brünette, die sich gerade mit einem Pärchen unterhält. Während ich darauf warte, an die Reihe zu kommen, höre ich, dass sie Englisch spricht. Gott sei Dank. Als der Mann und die Frau beiseitetreten, gehe ich zum Pult.

«Hallo, haben Sie vielleicht einen Tisch für eine Person frei?»

«*Bonjour*», antwortet sie höflich und wirft einen Blick auf den Computerbildschirm vor sich. «Der nächste Tisch wird erst in etwa einer Stunde frei.»

Ich danke ihr, nachdem sie meinen Namen notiert hat, und gehe zur Bar, die ebenso überfüllt ist wie der Rest des Restaurants. Es ist kein einziger Sitzplatz verfügbar, und eine große Gruppe Leute umringt sie wie eine Barrikade. Seufzend erinnere ich mich, eine offene Galerie nebenan gesehen zu haben, und eine angenehmere Idee formt sich in meinem Kopf. Vielleicht kann ich mir die Zeit stattdessen damit vertreiben, einen kurzen Blick hineinzuwerfen.

Als ich die Galerie betrete, bemerke ich sofort den großen Fehler, den ich gemacht habe. Wie es scheint, bin ich gerade uneingeladen in eine Party hineingeplatzt, vielleicht die Eröffnung einer Kunstausstellung. Überall, wo ich hinsehe, sind Leute, die sich gewaltig in Schale geworfen haben. Kellner balancieren Tabletts voller Drinks und Horsd'œuvres, und ein Violinist wandert durch den Raum und spielt etwas, von dem ich glaube, dass es Mozart ist. Es ist wunderschön.

Ich will gerade gehen, als mein Blick auf einem Gemälde links von mir landet und ich wie angewurzelt stehen bleibe. Es hypnotisiert mich geradezu, bis jeder Teil von mir verlangt, es aus der Nähe zu betrachten. Ich zögere, weil mir wieder einfällt, dass ich keine Einladung habe, aber dann verwerfe ich den Gedanken so schnell wieder, wie er gekommen ist. Ich werde schon niemanden stören, solange ich nicht lange bleibe und nichts zu essen oder zu trinken nehme.

Der Lärm verblasst, als ich vor dem Gemälde stehe. Es ist eine einsame Mohnblume, die zerdrückt am Boden liegt, während um sie herum Regentropfen fallen. Die Farben sind dunkel, intensiv, die Pinselstriche kraftvoll und wütend. Es lässt mich über das Leben nachdenken und darüber, wie zerbrechlich es ist. An einem Tag bist du noch jung und schön, und am nächsten stirbst du, allein und vergessen auf der kalten, harten Erde.

Ich bin immer noch in dem Gemälde versunken, als ich die Anwesenheit von jemandem hinter mir spüre.

«*Excusez-moi*», spricht mich eine Frau in nicht sehr freundlichem Tonfall an.

Mist.

Mit vor Nervosität verkrampftem Magen drehe ich mich langsam, unglaublich langsam zu der schlanken Frau in Schwarz um, die nun vor mir steht. Und ja, ich hatte recht. Sie sieht sauer aus.

Eine Entschuldigung liegt mir bereits auf der Zunge, als die Frau anfängt, mich mit Vorwürfen in schnellem, hitzigem Französisch zu bombardieren. Sie wird lauter und lauter. Aus den Augenwinkeln bemerke ich, dass wir eine Menge Aufmerksamkeit auf uns ziehen. Sogar der Violinist hat aufgehört zu spielen. Das wäre der perfekte Zeitpunkt für den Erdboden, sich aufzutun und mich zu verschlucken.

«Es tut mir leid», murmle ich nervös und hebe beschwichtigend die Hände. Kurz schließe ich die Augen und verfluche mich dafür, so unbeholfen zu sein und kein Französisch zu sprechen. «Es tut mir so leid», wiederhole ich verlegen und unbehaglich. «Ich verstehe nicht, was Sie sagen, aber ich werde jetzt gehen. Es tut mir *wirklich, wirklich* leid.»

Sie lenkt die Blicke von ein paar sehr ernst und verärgert aussehenden Männern auf sich, vielleicht das Sicherheitspersonal, und zeigt wütend auf mich und die Tür. Als sie auf uns zumarschieren, weiche ich mit vor Angst unsicheren Schritten zurück. «Ich werde jetzt gehen. Nicht nötig, mich hinauszuführen.» *Gott, ich muss hier raus.*

Blindlings drehe ich mich um, als sich völlig überraschend ein Arm um meine Taille schlingt. Bevor ich weiß, wie mir geschieht, finde ich mich an einen festen Körper gepresst wieder. Schock durchzuckt mich, als ich den Blick hebe, um den Mann anzuschauen. Die klarsten blauen Augen, die ich je gesehen habe, sind auf mich gerichtet und sorgen dafür, dass ich mich eigenartig atemlos und schwindelig fühle. Ich stehe reglos da, im wahrsten und im übertragenen Sinn gefangen. Seine Arme sind wie Stahlseile um meine Taille und ziehen mich enger an ihn. Das Gefühl seines harten Körpers an der Weichheit des meinen lässt mich nach Luft schnappen. Und als unsere Blicke sich treffen, färbt Hitze meine Wangen tiefrot.

«Da bist du ja, meine Schöne», sagt der Mann in perfektem Englisch, mit nur dem Hauch eines französischen Akzents in der Stimme. Er lächelt, ein ungezwungenes Grinsen voller Schalk, und ich spüre, wie ich falle und falle. «Ich habe dich schon gesucht.»

Hä?

Er senkt den Kopf dicht zu meinem Ohr und flüstert: «Spielen Sie einfach mit.»

«Wa-?»

Er erobert meinen Mund mit einem Kuss, den ich bis ins Mark meiner Knochen spüre. Überrascht reiße ich die Augen auf. Ich versuche, ihn wegzustoßen, aber er lässt meine Taille los, gräbt die Hände in mein Haar, um meinen Hinterkopf zu umfassen, und bringt uns einander noch näher, beinahe so, als wollte er uns miteinander verschmelzen lassen. Der Kuss wird tiefer, verlangender. Seine Zunge drängt sich an meinem Widerstand vorbei, bereit, zu erobern und zu nehmen und zu nehmen. Und während sie sich schamlos und unverfroren um meine windet, kann ich mich nicht bewegen. Ich kann nicht denken. Schock und Verärgerung verschmelzen langsam zu Kapitulation. Dieser Mann, der meinen Mund und meine Sinne plündert, setzt mich völlig außer Gefecht. Irgendwo in meinem Verstand sagt mir eine leise, aber weise Stimme, dass ich dieser Sache ein Ende machen muss, weil es falsch ist. Dass ich diesen Kuss beenden muss, bevor er mich verzehrt.

Aber ich ignoriere alles.

Denn als seine Lippen weiter schonungslos über meine herfallen, überkommt mich eine unerklärliche Sehnsucht, die so intensiv ist, dass sie mich schockiert. Ich ertappe mich dabei, dass ich seinen Kuss erwidere, dass ich mehr brauche, bis er sich von mir löst, als hätte er sich an mir verbrannt.

«Verdammt», raunt er. Seine hellen Augen wandern über mein Gesicht, meine Lippen, meine Wangen, meine Augen.

Mit zitternder Hand fährt er sich durchs Haar. Dann, als ob ihm wieder einfiele, wo wir sind, grinst er langsam, legt mir den Arm um die Schultern und dreht sich zu der Dame um, die mich eben angeschrien hat. Benommen und verwirrt blinzle ich ein paarmal, während ich versuche, meine Fassung wiederzuerlangen. Was ist da gerade passiert?

«Margot», spricht er sie an. Er zwinkert mir zu, bevor er den Arm von meinen Schultern fallen lässt. Ich sehe meine Gelegenheit, wegzukommen, und will mich gerade in Bewegung setzen, als er mir besitzergreifend die Hand auf die Hüfte legt und meinen Rückzug verhindert.

«Denken Sie nicht mal dran», flüstert er mir ins Ohr, bevor er sich ein Stück herunterbeugt und mit Nase und Lippen an meiner Ohrmuschel entlang zu meiner Schulter hinunterstreicht. Seine Berührung verursacht mir Gänsehaut und ein Kribbeln im ganzen Körper.

«Wie ich sehe, hast du mein Date schon kennengelernt», sagt er zu Margot, mit selbstsicherer und geschmeidiger Stimme.

Sie verschränkt die Arme vor der Brust, sodass sich die goldenen Reifen, die ihre dünnen Handgelenke zieren, in ihre Haut graben, und antwortet etwas auf Französisch.

Atemlos und zutiefst erschüttert beobachte ich meinen französischen Ritter. Dabei mache ich die sehr unangenehme Entdeckung, dass er tatsächlich äußerst attraktiv ist, obwohl er mit seinem dunklen Aussehen eher wie der verruchte Schurke in einem Roman als wie der Ritter in schimmernder Rüstung aussieht. Das Gesicht eines Mannes sollte nicht so sündig, sein Körper nicht so männlich sein. Alles an ihm, von seinen breiten Schultern bis zu der schiefen Nase und den vollen Lippen, ist dazu geschaffen, eine Frau in die Knie zu zwingen, sie zu verführen, bis sie den Verstand verliert. Er ist die Gefahr, die dich zum Spielen einlädt, und nur eine Närrin würde seine Einladung annehmen. Oder vielleicht würde nur eine Närrin es nicht tun.

«Ja, natürlich kenne ich sie. Sie ist mit mir hier», antwortet er wieder auf Englisch. Er richtet seinen gefährlichen Blick auf mich, auffallend blaue Augen in einem gebräunten Gesicht, und schmunzelt, bevor er mir einen schnellen Klaps auf den Po versetzt. «Stimmt's, meine Schöne?»

«Stimmt.» Heftig errötend durchbohre ich ihn mit Blicken, woraufhin er leise lacht. In seinen Augen tanzt Belustigung. «Tut mir leid, dass ich mich so verspätet habe», sage ich mit einem süßen Lächeln, während ich ihn in die Seite kneife, hart. Ich lächle ein echtes Lächeln, als er zusammenzuckt und seinen schmerzerfüllten Aufschrei mit einem Husten tarnt. *Ha!* «Ich hoffe, du hast mich nicht allzu schrecklich vermisst, mein Lieber.»

«Ich hab dich so sehr vermisst, dass es *weh tat.*» Ein schelmisches Grinsen hebt seine Mundwinkel, als er meinen Po umfasst. Langsam. Gemächlich. Meine Augen weiten sich bei dieser intimen, provozierenden Berührung, die mir das Lächeln vom Gesicht wischt. Dieser Mann ist geistesgestört. Ja, das ist die einzige Erklärung für sein Verhalten.

«Und wenn du uns jetzt bitte entschuldigen würdest, Margot, ich brauche kurz eine Minute allein mit meinem kleinen Täubchen.» Die letzten drei Worte spricht er mit kaum zurückgehaltenem Gelächter aus.

Margot wirkt verwirrt über unsere Interaktion, und ihr misstrauischer Blick fliegt von ihm zu mir und wieder zurück. Sie kauft ihm seine Geschichte offensichtlich nicht ab. Kopfschüttelnd verdreht sie die Augen. «Was immer du sagst. Aber bring sie raus, sobald du mit ihr fertig bist», bemerkt sie auf Englisch. *Dann kann diese unangenehme Frau also doch Englisch.* Und damit dreht sie sich auf dem Absatz um, verlässt uns und nimmt die beiden Männer vom Sicherheitsdienst mit. Nun, da der Zirkus vorüber ist, zerstreut sich die enttäuschte Menge.

Der Fremde fasst mich am Unterarm und zwingt mich, ihm in den hinteren Teil der Galerie zu folgen, wo außer uns beiden keine Menschenseele ist.

«Sind Sie verrückt?» Ich winde meinen Arm aus seinem Griff. Vor Entrüstung zittere ich von Kopf bis Fuß. «Warum haben Sie das getan?»

Um das Ganze noch schlimmer zu machen, scheint dieser aufreizende, umwerfende Mann sich auch noch köstlich zu amüsieren. «Immer mit der Ruhe, meine Schöne. Ich denke, ich habe Ihnen gerade ganz schön aus der Klemme geholfen.»

«Aber –» *Da hat er nicht ganz unrecht. Verdammt.* «Danke, aber –»

«Gern geschehen», unterbricht er mich mit einem frechen Zucken um die Mundwinkel.

«Aber Sie haben mich *geküsst*», sage ich. Mein Stolz ist angeschlagen, und ich bin immer noch entrüstet über die Art und Weise, wie er mich behandelt hat.

«Sie schienen nicht allzu viel dagegen zu haben, *ma chérie.*» Seine Lippen krümmen sich gefährlich, als sein verhangener Blick zuerst auf meinen Mund und dann auf meine Augen fällt. «Sie haben den Kuss erwidert.»

Meine Wangen brennen. Bei der Erinnerung an seinen Kuss, die Hitze und die Kraft seiner Arme um mich schwirrt mir der Kopf, sodass mir schwindlig wird. Verwirrt entgegne ich: «Sie – Sie haben mich überrumpelt. Das ist alles.»

«Sicher, meine Schöne.» Gemächlich lehnt er sich an die Wand und verschränkt die Arme. Er wirkt entspannt und sehr von sich überzeugt. «Aber mich soll der Teufel holen, wenn ich mich dafür entschuldige, Sie geküsst zu haben.»

Er löst sich von der Wand und kommt näher. Mein Herz trommelt so heftig, dass es mir fast aus der Brust springt. Ich weiß, ich sollte mich bewegen, aber meine Füße sind wie festgefroren, weil mein Kampf-oder-Flucht-Reflex durch einen rasch näher kommenden Mann mit dem Teufel in den Augen außer Kraft gesetzt ist. Er sieht mich an, als wäre ich bereits in seinem Bett, nackt, bereit, von ihm genommen zu werden. Und mein Gott, eine schwache, verräterische Sekunde lang frage ich mich, wie es wäre. Animalisch. Wild. Erotisch. Genau wie er.

Als er vor mir steht, beugt er sich herunter, bis seine Lippen beinahe meine streifen. Sein Atem ist weich und süß auf meiner Haut. «Denn es hat mir gefallen. Sehr sogar. Genau genommen bin ich versucht, Sie noch mal zu küssen.»

Ich mache einen Schritt rückwärts, während Angst – und vielleicht Erregung – ungehindert durch meine Adern strömt. «Das würden Sie nicht wagen.»

«Sie wissen, dass ich es wagen würde, und es würde Ihnen genauso gut gefallen wie beim ersten Mal.»

«Das ist doch lächerlich.» Ich bin bis ins Mark erschüttert und lache ungläubig. «Ich werde jetzt gehen. Danke für die Rettung», füge ich sarkastisch hinzu.

Ohne auf seine Antwort zu warten, drehe ich mich auf dem Absatz um und lasse den Mann hinter mir stehen. Alles in mir schreit danach, aus der Galerie zu stürmen und so viel Abstand wie möglich zwischen uns zu bringen, aber ich zwinge mich, langsam zu gehen, jeden Schritt bewusst und sicher vor den anderen zu setzen, um ihm zu zeigen, dass er mir nicht zugesetzt hat.

«Warten Sie, das ist die –», ruft er mir hinterher, aber ich ignoriere ihn. Was sich als Fehler herausstellt, weil ich mich in einem anderen Raum wiederfinde, anstatt näher am Ausgang zu sein. Ernsthaft? *Ernsthaft?* Ich neige normalerweise nicht zu Wutanfällen, aber jetzt bin ich sehr kurz davor, mit dem Fuß aufzustampfen.

Errötend vor Zorn, die Hände zu Fäusten geballt, gehe ich zu ihm zurück, um festzustellen, dass er immer noch lässig an derselben Stelle steht, an der ich ihn zurückgelassen habe. Seine Augen funkeln belustigt. «Falsch abgebogen?»

«Fahren Sie zur Hölle.»

Das Letzte, was ich höre, bevor ich draußen bin, ist sein Lachen.

KAPITEL DREI
Valentina

Am nächsten Tag …

Nach einer morgendlichen Joggingrunde bleibe ich vor dem Gebäude stehen, um wieder zu Atem zu kommen. Schweiß tropft mir von der Stirn, und jeder Muskel meines Körpers brennt, aber ich fühle mich gut. Vornübergebeugt stütze ich die Hände auf die Knie, da rempelt mich ein ineinander verschlungenes Pärchen an. Die beiden murmeln eine schnelle, gleichgültige Entschuldigung auf Französisch, ohne in meine Richtung zu blicken, und verschwinden im Gebäude. *Na toll. Schätze, ich habe gerade Nachbarn von mir kennengelernt.*

Seufzend schüttle ich den Kopf und folge ihnen. Als ich dasselbe Pärchen wartend vor dem Aufzug in der Eingangshalle stehen sehe, werde ich langsamer. Sie sind zu beschäftigt miteinander, um zu bemerken, dass sie nicht mehr allein sind. Sein Gesicht kann ich aus diesem Winkel nicht sehen. Nur ihres. Er drängt sie rückwärts an die Wand, während sie kehlig lacht. Ihr Lachen verstummt jedoch, als er anfängt, sie träge zu küssen, und sie klammert sich haltsuchend an seine Schultern.

Mit einem mehr als unbehaglichen Gefühl durch ihren Mangel an Diskretion halte ich so viel Abstand wie möglich zu ihnen und drücke wiederholt auf den Knopf nach oben. Um mich abzulenken, starre ich auf den Marmorboden und zähle methodisch die schwarzweißen Fliesen.

Nicht, dass es funktioniert.

Ich kann die Frau leise zwischen seinen Küssen stöhnen hören, während er ihr verführerische Worte ins Ohr flüstert. Ich verstehe sie nicht, aber das ist auch nicht nötig. Lust und unerträgliches Verlangen vibrieren in jeder Silbe, die er von sich gibt, und ziehen sie in ihren Bann. Die Vorstellung, was er zu ihr sagen könnte, lässt meine Wangen warm werden.

Ich versuche, nicht in ihre Richtung zu sehen, aber am Ende gewinnt die Neugier, verlockend wie immer. Die beiden sind in ihre hitzige Umarmung versunken und bekommen nichts von ihrer Umgebung mit. Sein Gesicht ist an ihrem Hals vergraben, und mein Blick richtet sich auf ihre Hand, um jeder ihrer Bewegungen zu folgen, während sie an seinem Rücken entlangstreicht. Die Erotik des Ganzen erfasst mich wie eine Droge. Ein starkes High. Ich will wegsehen, aber ich kann es nicht. William hält nichts von öffentlicher Zurschaustellung von Zuneigung wie der hier. Er findet sie geschmacklos und meint, sie seien unter seiner Würde. Er würde mich niemals außerhalb der Privatsphäre unseres Schlafzimmers so berühren, und ich glaube, ich würde ihn auch nicht lassen.

Aber ein Teil von mir ist fasziniert. Gefangen von der frivolen Szene, die sich vor meinen Augen entfaltet. Und einen Moment lang bin ich eifersüchtig auf diesen Mann und diese Frau, die der Konvention und den Regeln des guten Benehmens im Namen von Lust und Verlangen so mühelos den Mittelfinger zeigen können. Früher einmal war es mir egal, was andere von mir dachten. Freiheit fühlte sich zu gut an, um sich einen Dreck um andere zu scheren. Aber das war vor vielen Jahren, in einem anderen Leben. Mein verirrter Verstand wandert zurück zu gestern Abend, zu dem unanständigen Fremden, dem verdammten Kuss und allem, was er mich hat empfinden lassen. Wütend verdränge ich diese Gedanken und wünsche mir, ich könnte die ganze Erfahrung vollständig aus meiner Erinnerung verbannen.

Wie in Trance lasse ich versehentlich mein Handy fallen, und als es auf den Fliesen landet, weckt das Geräusch die Aufmerksamkeit des Fremden. Sofort hört er auf, die Frau zu küssen, und sieht in meine Richtung. Überraschung zeigt sich auf seinem Gesicht. *Das kann nicht wahr sein*, denke ich. *Das kann mir nicht passieren.* Der Boden unter meinen Füßen fühlt sich plötzlich wacklig an. Ich wünsche mir, ich wäre zwei Meter tief unter der Erde. Oder wieder in der Sicherheit meines Hauses in Greenwich. Denn die Augen des Teufels – dieselben strahlend blauen Augen, die ich nie wieder sehen wollte – starren direkt in meine.

Er lässt die Frau los, fährt sich mit den Fingern durch das rabenschwarze Haar und kommt lässig und selbstsicher auf mich zu. Während er den kurzen Abstand zwischen uns zurücklegt, bleibe ich erstarrt wie eine Statue. Er bückt sich, um mein vergessenes Handy aufzuheben, und hält es mir hin. Ein unverschämtes, schiefes Lächeln hebt seinen linken Mundwinkel.

«Wie es aussieht, hat das Schicksal einen makabren Sinn für Humor.»

«Danke», antworte ich kühl. Dabei versuche ich, das

Chaos zu verbergen, das in mir tobt, während wir einander anstarren. Ich greife nach meinem Handy, sorgfältig darauf bedacht, ihn nicht zu berühren. «Und ja, so scheint es.»

Sein Blick auf mir fühlt sich an, als zöge er mich mit den Augen aus. «Ich dachte, ich würde Sie nie wiedersehen», sagt er leise, jedes Wort wie eine Liebkosung.

«Sébastien ... *mon amour.*» Die attraktive Frau zieht seine Aufmerksamkeit wieder auf sich.

Der Aufzug kommt. Als sich die Türen öffnen, bin ich dankbar für die kurze Flucht, die sich mir bietet. Ich trete hinein, verschränke die Arme und richte meine Aufmerksamkeit auf die Knöpfe, um sie zu mustern, als wären sie das Interessanteste, das ich je gesehen habe. Und als die beiden mir hineinfolgen, tue ich so, als würden sie nicht existieren, dennoch nehme ich ihn überdeutlich wahr, jede seiner Bewegungen und seinen Geruch – wie ein Wald im Winter. Sauber und frisch.

In meinem Stockwerk angekommen, steige ich so ruhig wie möglich aus dem Aufzug, obwohl ich mich fühle, als wäre mir ein Rudel Wölfe dicht auf den Fersen. Ich versuche, nicht zurückzusehen, aber ich kann mich nicht daran hindern, einen letzten verstohlenen Blick auf ihn zu werfen – den größten und bedrohlichsten Wolf von allen. Doch das erweist sich als Fehler. Ich stelle fest, dass er mich ebenfalls ansieht, offenbar bereit, mich zu verschlingen. Ungeniert betrachtet er mein Gesicht. Spottend. Einladend. Sein Blick eine Erinnerung daran, was zwischen uns passiert ist.

«Wir sehen uns, Frau Nachbarin», sagt er, und seine Worte sind ein Versprechen. Er lächelt verrucht, als er nach der Hand der Frau greift und ihr einen Kuss in die Handfläche drückt, der mir durch und durch geht.

Wie ein Feigling möchte ich wegsehen, aber ich will ihn nicht merken lassen, wie tief er mir unter die Haut geht.

«Darauf würde ich mich nicht verlassen», erwidere ich mit hocherhobenem Kinn und halte seinem Blick stand, während sich die Türen des Aufzugs zwischen uns schließen.

Später an diesem Tag ...

Innerlich taub starre ich auf die cremefarbenen Fliesen vor mir. «Also kommst du nicht mehr?», frage ich dumpf und umklammere das Telefon fester, während ich den Herd abschalte. Die Pastasoße, die in dem großen Metalltopf blubbert, Williams Lieblingssoße, ist vergessen.

«Was ist passiert?» Ich gehe aus der Küche, weil mir von dem Geruch nach Oregano und Tomaten plötzlich übel wird.

«Larry braucht mich hier, Darling. Bei dieser Übernahme steht viel Geld auf dem Spiel.»

«Was ist mit deinen Meetings hier?»

«Die wurden auf später im Jahr verschoben.»

Vor zwei Tagen, als William mir sagte, ich solle vor ihm nach Paris fliegen, wegen einer Umterminierung seiner Meetings ‹in letzter Minute›, hätte ich es wissen sollen. Aber es lief großartig zwischen uns, also glaubte ich ihm. Ich dachte, wir hätten ein neues Kapitel aufgeschlagen. Und wenn er versuchte, an uns zu arbeiten, dann war mein Vertrauen das Mindeste, was er verdiente.

Seit ich diese herrlich eingerichtete Wohnung betreten habe, habe ich mir größte Mühe gegeben, sie zu einem Zuhause zu machen. Ich kann nicht viel, aber ich kann verdammt gute Blumengestecke machen und einen Kühlschrank füllen. So hielt ich mich beschäftigt, damit die Stunden verstrichen, bis William endlich kommen würde. *Bis alles so wäre, wie es sein sollte.* Und falls eine leise Stimme dicht an meinem Ohr flüsterte, dass etwas nicht stimme, dann habe ich sie ignoriert. Das hier war das neue Wir. Das neue Wir hatte keinen Platz für meine alten Ängste und Paranoia.

«Natürlich gefällt mir das auch nicht», sagt er am Telefon und tut so, als wäre er frustriert. Ich kann ihn beinahe vor mir sehen, wie er im Ledersessel in seinem Büro sitzt und sich mit den Fingern durch die Haare fährt. «Aber mir sind die Hände gebunden. Ich werde hier gebraucht.»

Ich hole tief Luft und schließe die Augen, weil mir bewusst wird, dass dieser Kampf aussichtslos ist. «Es hat keinen Sinn mehr, darüber zu sprechen. Tatsache ist, ich bin hier und du da. Und du kommst nicht mehr.»

«Val –»

«Nicht», sage ich ein bisschen zu schroff. Ich lockere meinen Griff um das Telefon und wische mir wütend mit dem Handrücken eine Träne vom Gesicht. Als ich meine dummen Gefühle besser unter Kontrolle habe, füge ich hinzu: «Ich sage dir, was ich jetzt tue – ich bleibe hier.»

«Du kommst nicht nach Hause?»

«Nein, ich denke nicht.» Mit angehaltenem Atem suche ich in mir nach der Kraft, mich gegen ihn zu behaupten. «Ich muss allein sein. Ich brauche Zeit zum Nachdenken. Zeit, um mir über einiges klarzuwerden. Und offensichtlich kann ich das nicht in deiner Nähe.» *Weil ich in deiner Nähe eine Idiotin bin.* Er fährt damit fort, mir Lügen aufzutischen, und ich fahre damit fort, sie gierig zu schlucken, weil ich ausgehungert bin.

«Um Himmels willen, Val. *Worüber* klarwerden?»

Ich stoße ein Seufzen aus und gehe auf der Suche nach einem Taschentuch ins Bad. «Musst du das wirklich fragen?»

Er schweigt einen Moment zu lang. Es ist ohrenbetäubend und endgültig.

Plötzlich müde, so müde, setze ich mich im Bad auf den Boden. Die Kälte der Fliesen dringt in meine Knochen, als ich mich an die Wand lehne. Vielleicht reagiere ich übertrieben. Es ist nur eine Reise, oder nicht? Aber ich bin wütend auf mich selbst, weil ich wieder einmal auf seine Lügen hereingefallen bin, und ich kann niemand sonst die Schuld dafür geben als meinem schwachen Herzen.

«Lass mich dich was fragen. Hast du irgendetwas von dem, was du gesagt hast, ernst gemeint? Oder war das alles nur Bullshit?»

Wenn er vor mir stehen würde, wäre das der Moment, in dem er den Blick abwendet, unfähig, mir in die Augen zu sehen. «Natürlich habe ich es ernst gemeint, Val. Das tue ich immer noch.»

So viele Gedanken, durchdrungen von Zweifeln und Ängsten, gehen mir durch den Kopf. Ich hasse es, aber ich kann nicht verhindern, dass sie meinen Verstand überfluten. Wenn es stimmt, was er sagt, warum fliegt er dann nicht einfach her, sobald diese Meetings vorbei sind? Nimmt sich die freie Zeit, die er mir versprochen hat. War diese Reise eine List, damit er mich loswird, aus der Stadt rausbekommt? Vögelt er wieder rum? Allerdings kann ich mich nicht dazu durchringen, irgendetwas davon auszusprechen. Ich behalte für mich, wo es in mir gärt. Weil ich schwach bin, und weil ich Angst davor habe, herauszufinden, was die Antworten auf diese Fragen sind. Leugnen ist so eine verlockende, tückische Sache, nicht wahr?

«Manchmal wünschte ich, ich wäre stark genug, dich zu verlassen.» Ich verstumme und spüre heiße Tränenspuren über meine Wangen laufen, während ich mir seine grünen Augen vorstelle. «Vielleicht bin ich eine größere Närrin, als ich ursprünglich dachte, weil ich nicht aufhören kann, dich zu lieben.»

Ich lege auf, ohne ihm noch eine Gelegenheit zu geben, darauf zu antworten.

KAPITEL VIER

Valentina

«Weißt du, was ich dachte, als ich dich zum ersten Mal sah?», fragte William und zog mich enger an sich.

Der Pazifik war unsere Kulisse, als wir am Strand von Puerto Escondido tanzten. Das Restaurant, in dem wir zu Abend aßen, spielte El Lado Oscuro von Jarabe de Palo. Mezcal floss ungehindert in unseren Adern. Der Sand unter unseren Füßen. Die salzige, heiße, feuchte Luft, die unsere Haut umspielte. Die hell leuchtenden Sterne. Das Geräusch der Brandung nicht weit von uns. Ich wollte die Zeit anhalten und diesen Augenblick ewig dauern lassen. Meine Wange lag an seiner Brust, und ich lauschte auf das Schlagen seines Herzens.

«Nein. Das hast du mir nie erzählt.»

«Du hast dich bei Sailor wegen einem Typen ausgeheult.»

«Einer meiner größten Momente», sagte ich sarkastisch.

«Ich fand es bezaubernd.»

Ich stöhnte. «Es war erbärmlich. Aber was wolltest du gerade sagen, was hast du über mich gedacht?»

«Versuchen Sie, mir Komplimente zu entlocken, Mrs. Fitzpatrick?»

«Wann tue ich das nicht?»

Er lachte leise, und der Klang allein hätte eine Frau um den Verstand bringen können. Gott, wie sehr ich ihn liebte, es war wie ein Rausch. Ich biss mir auf die Lippe, um nicht aufzustöhnen, als er meinen Hals küsste, meine nackte Schulter, jede Stelle an mir, die er erreichen konnte. «Ich sah dieses Mädchen, noch kaum eine Frau. Sie hatte langes, wildes, lockiges Haar. Ihre Kleider passten nicht ganz zusammen. Und zwischen den Schluchzern redete sie so schnell, dass es mir schwerfiel, zu verstehen, was sie sagte.»

«Oh Gott.» Ich vergrub mein Gesicht an seiner Brust. «So schlimm?»

Er legte einen Finger unter mein Kinn und hob sanft meinen Kopf an, bis sich unsere Blicke trafen. «Und doch konnte kaum ein Mann in diesem Café die Augen von dir lassen.»

«Du auch nicht?», fragte ich schüchtern, während mein Herz einen verrückten Trommelwirbel schlug.

«Darling, ich war eifersüchtig auf den Barista, der dich bedienen durfte. Ich war eifersüchtig auf den Mann, der dich zum Weinen gebracht hatte. Ich war eifersüchtig auf jeden Mann, der vor mir kam und nach mir kommen würde. Jemand bot dir eine Serviette an, in dem Versuch, deine Aufmerksamkeit zu bekommen. Ich habe ihn beobachtet, bereit, ihn dafür zu schlagen, dass er es gewagt hatte, in deine Nähe zu kommen, aber dann hast du ihn kaum beachtet. Du warst dir deiner Wirkung auf Männer so wenig bewusst.» Er hielt kurz inne. «Das bist du immer noch nicht.»

«Ich habe mich nie für solche Dinge interessiert.»

Er lächelte reumütig. «Ich weiß.»

«Außerdem interessiere ich mich nur für einen einzigen Mann.» Ich hörte auf zu tanzen und nahm seine Hände, um sie *an meinen Mund zu heben und jede seiner Handflächen zu küssen. «Ich gehöre dir.»*

«Ich weiß.»

Die junge Kellnerin stellt einen Teller mit Obst und einen Espresso auf den Tisch. «*Merci.*» Ich nehme die Serviette und lege sie mir auf den Schoß.

«*De rien.*» Sie lächelt, bevor sie zum nächsten Tisch geht, um die Bestellung aufzunehmen.

Da ich nicht wirklich hungrig bin, greife ich nach der Porzellantasse. Während meine Finger durch die Hitze der Tasse warm werden, atme ich tief ein und genieße den Geruch von Kaffee, der mir in die Nase steigt.

Es ist komisch, wie sehr gewisse Dinge mich an William und unser gemeinsames Leben erinnern. Frühstück auf dem Tisch. Der Geruch von Kaffee. Mezcal. Spanische Musik. Jede Erinnerung ist in mich eingebettet, Teil dessen, wer ich bin. Wenn man mich am Tag unserer Hochzeit gefragt hätte, ob unsere Ehe stark genug sein werde, um Versuchungen, Schwäche, Armut, Höhen und Tiefen, Trauer und Verluste – jeden verdammten sprichwörtlichen Knüppel zwischen die Beine – zu überstehen, dann hätte ich demjenigen ins Gesicht gelacht und gesagt, dass unsere Liebe alles überleben könne. Das Komische ist, das glaubte ich wirklich. Wir waren so glücklich. Aber andererseits war es mir nie in den Sinn gekommen, dass William eine Affäre mit einer anderen Frau haben würde. Oder ein eigenes Leben mit ihr hinter meinem Rücken führen würde. Sailor flehte mich an, ihn zu verlassen.

Aber ich konnte es nicht.

Ich nehme einen Schluck Espresso, während ich die Pariser dabei beobachte, wie sie draußen vor dem Café in einer Stadt voller Geschichte und Schönheit mit ihrem Leben weitermachen. Meine Therapeutin hat mich gefragt, warum ich geblieben bin. War es das Geld? Der Status? Mein behüteter Lebensstil? Liebe? Erinnerungen an das, was wir gewesen waren? Bedenken, das aufzugeben, was wir hatten? Angst vor dem Unbekannten, vor der Einsamkeit? Ich war kein praktisch veranlagter Mensch. Ich ließ mich immer von meinem Herzen leiten, aber konfrontiert mit diesen Fragen und der nüchternen Realität, die sie andeuteten, war es schwer, mir selbst etwas vorzumachen.

Es war nicht nur meine Liebe zu William, die mich bleiben ließ. Ich hatte nichts aus meinem Leben gemacht, außer Williams Frau zu sein, und der Gedanke, herauszufinden, wer ich ohne ihn war, machte mir schreckliche Angst. Das tut er immer noch. Wenn ich ehrlich zu mir bin, glaube ich, das ist es, was an seinem Treuebruch am meisten schmerzt. Dass er eine Farce aus allem gemacht hat, wofür ich stand, allem, was mir lieb und teuer war. Er ließ mich an mir als Ehefrau zweifeln, als Mensch und als Frau.

Ich bin beinahe fertig mit meinem Espresso und blättere durch einen Reiseführer von Paris, unsicher, wohin ich als Nächstes gehen soll. Zum Louvre oder Notre Dame? Nachdem ich das Telefonat mit William beendet und mich ordentlich ausgeweint hatte, habe ich einen Pakt mit mir selbst geschlossen, dass ich mich von dem Zustand meiner Ehe nicht runterziehen und mir durch meinen inneren Aufruhr nicht den Aufenthalt verderben lassen werde. *Scheiß drauf.* Ich werde meinem Mann nicht die Genugtuung geben, mir auch das hier zu versauen. Ich bin in Paris, der Stadt des Lichts, in der Picasso, Hemingway, Matisse und viele andere lebten. Ich habe vor, mich zu amüsieren, bis ich herausfinde, was ich mit meinem Leben anfangen soll und was von unserer Ehe noch übrig ist.

Während ich einen Absatz über die Architektur der berühmten Kathedrale lese, schiebe ich meine Brille höher auf die Nase. William kann sie nicht ausstehen und sagt, sie lasse mich wie einen Nerd aussehen. Er bittet mich ständig, ‹das dumme Ding› nicht zu tragen und meine Kontaktlinsen einzusetzen. Ich lächle zufrieden. Schätze, ich habe immer noch einen rebellischen Zug in mir.

Die Kellnerin kommt herüber, um meinen Teller abzuräumen. Ich bedanke mich gerade bei ihr, als dieser unmögliche Mann aus der Galerie am Café vorbeigeht, der, dessen Lippen und Arme ich immer noch auf mir spüre. Sein Gang ist leicht und entspannt. Er ist schon fast am Restaurant vorbei, bleibt dann jedoch stehen, als er einen älteren Gentleman erkennt, der ein paar Tische von mir entfernt sitzt. Er geht zu ihm, um mit ihm zu reden, und mein Herz fängt durch seine bloße Nähe an, auf Hochtouren zu schlagen. Sie plaudern eine Weile. Und wie ein Spanner kann ich nicht damit aufhören, ihn zu beobachten. Wie ihm das Haar locker über eine Augenbraue fällt. Sein jungenhaftes, schiefes Lächeln, das noch bleibt, nachdem er über etwas, das der Mann gesagt hat, gelacht hat. Die scharfen Konturen seiner Züge, die im Gegensatz zu seinen vollen Lippen stehen. Brutal. Das ist es. Er ist auf brutale Weise gutaussehend, ohne es auch nur darauf anzulegen.

Er schaut hoch und lässt den Blick über seine Umgebung schweifen. Vor Panik, dass er mich bemerken oder dabei erwischen könnte, wie ich ihn anstarre, lasse ich ungeschickt das Buch fallen. Mit bis zum Hals klopfendem Herzen hebe ich es so schnell wieder auf, wie meine zittrigen Finger es zulassen, und verstecke mich dahinter. Ich tue so, als würde ich lesen, während ich stumm bete, dass er mich nicht gesehen hat.

Bitte. Bitte.

«Hallo, Nachbarin.»

Mist.

«Hey.» Ich zwinge mich, ihm in die Augen zu sehen, und wieder einmal bin ich verblüfft darüber, wie durchdringend sie sind. Es sind Augen, die dich verführen und dich versklaven. Alles an ihm ist dafür geschaffen, deine dunkelsten, erotischsten Phantasien zu wecken. «Hi. Ich habe Sie gar nicht gesehen.»

Falls er weiß, dass das eine fette Lüge ist, stellt er mich deshalb nicht zur Rede. «Wie ist das Buch?» Er neigt den Kopf nach rechts, als versuchte er, den Titel zu lesen. Um seine Mundwinkel zuckt es, und in seinen Augen tanzt Belustigung.

«Das Buch? Oh, ja. Toll.» Ich werfe einen Blick auf das verräterische Ding und stelle fest, dass ich es verkehrt herum halte. *Oh, um Himmels willen.* Ich drehe es wieder um. «Ich wollte gerade ... ähm ... ein Foto aus allen Blickwinkeln betrachten», füge ich lahm hinzu. *Ernsthaft, Valentina? Aus allen Blickwinkeln?*

Er lacht, und der Laut ist kehlig und männlich und lässt mir ein Prickeln über den Rücken laufen. «Unsere Wege kreuzen sich immer wieder», sagt er leise, ein sanftes, träges und berauschendes Lächeln auf diesen vollen Lippen.

«Ist das etwas Gutes oder etwas Schlechtes?»

«Ich weiß nicht ... Ich versuche immer noch, das herauszufinden.» Er sieht auf den leeren Stuhl an meinem Tisch. «Darf ich?»

«Nein, ich wollte –»

Er zieht den Stuhl heraus und setzt sich mir gegenüber, so nah, dass sich unsere Knie berühren. Dann zieht er seine Lederjacke aus und hängt sie über die Rückenlehne. Ich bemühe mich angestrengt, ihn nicht mit offenem Mund anzustarren. Da er nur ein ausgewaschenes schwarzes T-Shirt trägt, das sich an seine muskulöse Brust schmiegt, brauche ich jedes Quäntchen meiner Willenskraft, um den Blick von ihm und seiner goldenen Haut loszureißen.

«… gerade gehen», beende ich meinen Satz.

Er nickt zu dem Buch, das aufgeschlagen auf dem Tisch liegt. «Wohin denn?»

Ich klappe es zu. «Nirgendwo hin.»

«*Bien.*» Er sieht sich nach der Kellnerin um, um zu bestellen, aber die Mühe hätte er sich ebenso gut sparen können. Sie beäugt ihn schon hungrig, seit er sich hingesetzt hat, und wartet auf die Chance, zu ihm zu kommen. «Dann können Sie mir ja bei einem Glas Wein Gesellschaft leisten.»

Ich nehme meine Tasche, bereit zu gehen. «Lieber nicht, aber danke für das Angebot.»

«Sind Sie immer noch wütend auf mich wegen neulich?» Über den winzigen Tisch hinweg nimmt er meine Hand. «Falls ja, tut es mir leid.»

«Ich dachte, Sie wollten sich nicht dafür entschuldigen.» Die Wärme seiner Berührung lässt elektrisierende Hitze durch mich hindurchzucken und weckt meine Sinne. Dennoch gewinnt die Logik – oder der Selbsterhaltungstrieb –, und ich ziehe meine Hand zurück.

«Das tue ich auch nicht. Es tut mir leid, dass Sie aufgebracht darüber sind, aber es tut mir nicht leid, dass es passiert ist. Bleiben Sie.»

«Wie ich bereits sagte, das würde ich lieber nicht tun.»

Alles an ihm lässt mich wünschen, einen ganzen Ozean zwischen uns zu bringen.

Er neigt den Kopf und mustert mich prüfend. «Schade. Ich hätte Sie nicht für einen Feigling gehalten.»

Beleidigt verstärke ich den Griff um meine Tasche. «Das bin ich nicht.»

«Beweisen Sie es.» Er zieht eine Augenbraue hoch. «Trinken Sie ein Glas Wein mit mir.»

Ohne ein Wort zu sagen, lasse ich meine Tasche los und setze mich wieder. Spröde falte ich die Hände im Schoß und sehe ihm als stumme Antwort auf seine Herausforderung in die Augen. *Nun, dieses Spiel kann ich auch spielen.*

Er grinst anerkennend.

Die Kellnerin kommt zu uns, und wie es scheint, haben wir einen vorübergehenden Waffenstillstand erreicht. Sein Blick bleibt auf mich gerichtet, während er eine Flasche Brunello bestellt, und ich unterdrücke den Drang, auf meinem Stuhl herumzuzappeln. Die Kellnerin geht und überlässt uns wieder uns selbst.

Er lehnt sich bequem auf seinem Stuhl zurück und legt ein Bein über das andere, während er sich mit beiden Händen durch das etwas längere pechschwarze Haar fährt. Es sieht so weich aus, dass ich es am liebsten berühren würde. «Die steht Ihnen.» Er deutet auf meine Augen.

Instinktiv fassen meine Hände an die runde Hornbrille, und ich stöhne innerlich, als mir bewusst wird, worauf er sich bezieht. Ich will sie schon abnehmen, beschließe dann aber, sie aufzubehalten.

«Gute Entscheidung. Sie gefällt mir an Ihnen.»

Mein Herz setzt einen Schlag lang aus, und ich werde feuerrot. «Danke», sage ich, klinge dabei aber eher fragend.

«Gern geschehen.» Er beobachtet mich aufmerksam, während er eine Hand hebt und seine Finger sanft über meine Wangenknochen streifen. Die Berührung setzt meine Haut völlig in Brand. «Sie sehen reizend aus, wenn Sie rot werden.»

«Sagen Sie immer, was Ihnen gerade in den Sinn kommt?» Ich lache zittrig, während ich die Finger um meine Espressotasse krümme und nervös auf ihr herumtrommle, eingehüllt vom Duft des Kaffees und der buttrigen Croissants um uns herum. Die Erinnerung an seinen Kuss und die Realität seiner Berührung durchbohren mich wie ein Pfeil. «Tun, wonach Ihnen gerade ist?»

Er lacht leise. «*Oui*, das sollten Sie eines Tages auch mal versuchen.»

«Haben Sie mich deshalb geküsst?»

Ich zucke innerlich zusammen. *Warum habe ich das zur Sprache gebracht? Jetzt wird er denken, ich hätte darüber nachgedacht.* Was ich natürlich getan habe, aber das braucht er nicht zu wissen. *Verdammt.*

«Ich habe Sie geküsst, weil ich es wollte.»

«Das ist kein ausreichend guter Grund dafür, herumzulaufen und fremde Frauen zu küssen.»

«Nun, was war Ihr Grund dafür, meinen Kuss zu erwidern?»

Touché.

Ich konzentriere mich auf das nun kalte, dunkle Gebräu zwischen meinen Händen und versuche, nicht über diesen unmöglichen Mann zu lachen. «Was ist aus Margot geworden?»

«Sie ist darüber hinweggekommen, da bin ich sicher.»

«Gott, das hoffe ich. Sie war wirklich wütend ... Nicht, dass ich es ihr verübeln könnte.»

«Was hat Sie überhaupt dazu gebracht, hineinzugehen?»

«Das war ein Irrtum. Ich habe nicht gemerkt, dass ich uneingeladen in eine Party geplatzt bin, bis es zu spät war.» Ich beiße mir auf die Lippe, als ich mich an die ganze Geschichte erinnere, weil ich sie jetzt irgendwie lustig finde. «Genau genommen wollte ich gerade wieder gehen, als ich dieses Gemälde mit einer Mohnblume sah.»

«Ach ja? Ich wette, es war furchtbar.»

«Überhaupt nicht. Wer auch immer es gemalt hat, ist sehr talentiert. Man konnte die Liebe sehen. Den Schmerz spüren.»

«Wie?», fragt er leise. Die Frage ist beinahe ein Flüstern.

«Ich weiß, das ergibt keinen Sinn, aber irgendetwas an dem Gemälde hat mich den Schmerz des Künstlers mitfühlen lassen. Vielleicht ist meine Phantasie mit mir durchgegangen, aber ich hatte das Gefühl ... ich hatte das Gefühl, als wäre das sein Herz da auf der Leinwand.»

«Sie haben auf jeden Fall Phantasie.» Er räuspert sich, und flüchtig verdunkelt ein Schatten seine Augen. Dann blinzelt er, und er ist fort. «Also, Frau Nachbarin. Was führt Sie nach Paris?»

«Nennen Sie mich Valentina, bitte.» Ich hole tief Luft, während ich versuche, mir eine Ausrede einfallen zu lassen. «Ich brauchte einfach mal eine Pause, schätze ich.»

«Ich bin Sébastien», sagt er mit absolut göttlichem französischem Akzent. «Eine Pause wovon?»

«Sébastien», wiederhole ich und lasse mir das Wort genüsslich auf der Zunge zergehen. Ich verstehe nicht, warum, aber mein Herz schlägt schneller, nur weil ich seinen Namen laut ausgesprochen habe. «Eine Pause vom Leben, denke ich.»

«Dann bist du an den richtigen Ort gekommen, Valentina. Reist du allein?»

Ich nicke. «Mein Mann ist zu Hause in New York geblieben.» Bei der Erwähnung von William überfallen mich Schuldgefühle. Ich konzentriere mich auf die Tischplatte und überlege mir Vorwände, damit ich gehen kann.

«Weißt du, wenn du diesen Tisch noch länger so anstarrst, brennst du noch ein Loch hinein», sagt er gutgelaunt.

Rasch sehe ich hoch in seine Augen.

«Na also.» Er starrt mich an, während er meine Verteidigungsmauern Stück für Stück zum Einsturz bringt. Sein Blick nimmt mich mit in eine dunkle Ecke, zieht mich aus und vögelt mich. «So ist es besser.»

Ich sollte aufstehen und von ihm weggehen, aber wie an dem Abend in der Galerie stelle ich fest, dass ich unfähig bin, mich zu bewegen. Töricht bleibe ich sitzen, weil ich weiß, tief in mir will ich nicht gehen. Ich will hierbleiben, neben ihm. Es ist ein riskantes Spiel, aber irgendwie ist mir das egal.

«Sieh mich bitte nicht so an», flehe ich leise.

«Warum nicht?» Er langt in die Tasche seiner Jacke und holt eine Schachtel Zigaretten heraus. Lässig steckt er sich eine zwischen die Lippen und zündet sie an. Dann legt er den Kopf zurück und bläst Rauch aus dem Mund. «Du bist eine schöne Frau.»

Und einen verrückten, waghalsigen Moment lang frage ich mich, wie es wäre, ihn noch mal zu küssen. Wäre es so gut wie beim ersten Mal? Würde er mich dieselbe Sehnsucht spüren lassen? Denselben Hunger? Ich umfasse die Tasse fester, überrascht, dass sie noch nicht zwischen meinen Händen zersprungen ist, als mich das heftige Bedürfnis überkommt, ihn zu berühren. «Weil es mir gefallen hat, und das sollte es nicht.»

«Weil du verheiratet bist?»

«Ja.»

«Was, wenn ich dir sage, dass mir das egal ist?» Er leckt sich über die Unterlippe und zeichnet dabei mit der Zungenspitze ihre volle Kontur nach. Dann will er die Hand zum Mund heben, um einen weiteren Zug zu nehmen, hält jedoch auf halbem Weg inne. Langsam breitet sich ein tödlich attraktives Lächeln auf seinem Gesicht aus und kräuselt seine Augenwinkel. «Wovor hast du *wirklich* Angst, Valentina?»

Dir. Mir. «Ich muss gehen.»

Bevor er Gelegenheit hat zu protestieren, schnappe ich mir meine Birkin-Bag, stehe auf und haste zur Tür hinaus. Ich kann immer noch die Glocke an der Tür bimmeln hören, als ich meinen Burberry-Trenchcoat enger um mich ziehe und so schnell weggehe, wie meine Füße mich tragen. So weit wie möglich weg von diesem Café, dem Mann darin und allem, was er mich begehren und ersehnen lässt.

Als ich am nächsten Tag von einem Spaziergang nach Hause komme, erwartet mich ein großes Paket vor der Tür. Mein Blick landet auf einer Nachricht, die unter der Paketschnur steckt. Stirnrunzelnd lese ich sie.

Du schuldest mir immer noch einen Drink.
S.

Meine Hände zittern vor Nervosität, als ich das Packpapier aufreiße. In der Hast sind meine Bewegungen ungeschickt und dadurch langsamer. Dann schnappe ich nach Luft, als ich das Gemälde entdecke, das ich neulich Abend bewundert habe – das Gemälde, das dazu geführt hat, dass ich Sébastien kennengelernt habe. Benommen suche ich nach der Signatur und finde sie in der rechten unteren Ecke.

S. Leroux

Oh mein Gott.

Das ist er.

KAPITEL FÜNF

Valentina

«Woran denkst du?»

Ich lehnte mich zurück an die Kopfstütze und genoss den warmen Wind, der mir das Haar zerzauste. Es war einer der ersten Frühlingstage. Die Sonne schien, die Blumen blühten und alle hatten ihre Winterkleidung gegen Shorts und Kleider ausgetauscht. «Ich bin nervös.»

William griff nach meiner Hand und verschränkte unsere Finger ineinander. «Das brauchst du nicht. Meine Familie wird dich lieben.»

Ich betrachtete sein makelloses Profil, während er den Wagen mit offenem Verdeck fuhr. «Das sagst du nur, um mich zu beruhigen.»

«Natürlich.»

Ich versetzte ihm einen Klaps auf die Schulter, woraufhin er lachte. «Arschloch.»

«Verzeih mir.» Er hob meine Hand an seine Lippen und küsste sie. «Ich weiß, dass meine Familie dich lieben wird. Sie wollen nur das Beste für mich, und das bist du, Val. Hast du das noch nicht bemerkt? Ich bin verrückt nach dir.»

Ich lächelte frech, als mich ein wilder Impuls überkam, seine perfekte Fassade zum Bröckeln zu bringen, ihn vor Verlangen verrückt zu machen, ihn zu reizen, bis er mir hilflos ausgeliefert war. «Wie verrückt?», fragte ich, während meine Hand zu seinem Schritt wanderte und ich mit den Fingern über seinen Schwanz fuhr. «Wie verrückt bist du nach mir, William?», fragte ich heiser. Unter meiner Berührung spürte ich die Beule in seiner Hose steinhart werden, hörte seinen Atem schneller gehen. «Verrückt genug, um mich dir auf der Stelle einen blasen zu lassen?»

«Val ...», flehte er mit vor Verlangen tiefer werdender Stimme.

Jede Vorsicht in den Wind schlagend, schnallte ich mich ab und kniete mich auf meinen Sitz, dann beugte ich mich vor, bis sich der Hebel der Gangschaltung in meine Rippen bohrte, und zog langsam den Reißverschluss seiner Hose auf. Aus den Augenwinkeln sah ich, dass William seinen Griff um das Lenkrad verstärkte, während seine Wangen sich rot färbten. Ich lächelte, berauscht von ihm und von einem Gefühl der Freiheit. Es war mir egal, dass Autos um uns herum waren und man uns mühelos durchs Fenster sehen konnte. Ich nahm ihn in den Mund, und sein Moschusgeschmack und sein Umfang erfüllten mich. Mit der Sonne auf meiner Haut und seinem Geschmack auf der Zunge durchströmte mich Verwegenheit, und ich wurde feucht zwischen den Beinen.

Seine Brust hob sich bei jedem Atemzug. «Ich werde noch das Auto zu Schrott fahren, Frau.»

Ich lachte, küsste die Spitze seines Glieds und flüsterte ihm ins Ohr: «Dann fahr rechts ran», ich knabberte an seinem Ohrläppchen, «und fick mich.»

Er fluchte, bevor er auf dem Seitenstreifen des Highways anhielt. Lachend und so schnell ich konnte, zog ich meinen String aus. Er packte mich an der Taille, zog mich auf sich und füllte mich mit einem einzigen tiefen Stoß aus. Es war schnell. Hart. Gierig. Schamlos. Das Lenkrad bohrte sich in meinen Rücken, meine Knie stießen gegen die Tür und den Schaltknüppel. Aber das war egal. Wir kamen schnell, heftig und gemeinsam.

Ich wusste, dass die Familie, die William adoptiert hatte, wohlhabend war, das verriet schon sein Name, aber es hätte mir nicht gleichgültiger sein können. Ich war in William verliebt. Wenn überhaupt, fand ich seinen Reichtum einschüchternd. Mit manchen der Geschenke, die er mir in der Vergangenheit gemacht hatte, hätte man wahrscheinlich eine kleine Nation ernähren können.

Aber als das Eisentor, das das Anwesen seiner Familie absicherte, sich öffnete und wir dahinter auf einer gewundenen Straße einen Hügel voller Bäume und wogendem grünen Gras hinauffuhren, fragte ich mich plötzlich doch, ob ich der Sache vielleicht nicht gewachsen war. Wir waren seit über einem Jahr zusammen, und es wurde ernst zwischen uns. Dennoch spürte ich nur Panik und Angst in mir hochsteigen, als wir uns dem weitläufigen, majestätischen Herrenhaus näherten. Was, wenn seine Familie mich nicht mochte? Was, wenn sie fanden, ich wäre nicht gut genug für den Erben des Hauses? Ich wusste, was ich wert war, aber als ich das riesige Anwesen vor mir anstarrte, begann ich zu zweifeln, ob ich die richtige Frau für William war.

Ich leckte mir über die trockenen Lippen, die immer noch nach William schmeckten, während ich versuchte, mein schlichtes Tageskleid glattzustreichen. Was trug man, wenn man amerikanischen Hochadel traf? Ich stellte mir seine Großmutter und seine Schwester in Country-Club-Tracht vor, während ich in einem bauschigen Ballkleid auftauchte, und lachte.

«Was ist denn so lustig?»

Ich drehte mich zu William um, dessen blondes Haar von mei-

nen Händen zerzaust und dessen Lippen von meinen Küssen geschwollen waren, und fragte mich, ob sein Geruch noch genauso an meinem Körper hing wie der Schatten seiner Berührung.

«Nichts.»

Wir blickten einander an, und ich sah all die Liebe, die er für mich empfand. Und diese Liebe gab mir den Mut, seiner Familie und allem, was als Nächstes geschehen würde, entgegenzutreten.

Wir fanden seine Adoptivgroßmutter und seine Adoptivschwester mit ihrem Mann und einer Freundin der Familie bei einem Mittagessen auf der Veranda. Zwei große Sonnenschirme spendeten ihnen Schatten. Die Kristallgläser auf dem Tisch waren randvoll mit Limonade oder Champagner, und die Teller waren mit allen Köstlichkeiten gefüllt, die man sich nur vorstellen konnte.

Sobald die Matriarchin der Familie William sah, lächelte sie ihn zärtlich an. Stolz und Liebe leuchteten in ihren Augen. Sie schien in ihren späten Siebzigern zu sein, mit perfekt frisiertem, eisblondem Haar und porzellanweißer, von der Sonne unversehrter Haut. Loretta erinnerte mich an den Winter. Als sie mich abschätzend ansah, fühlte ich mich wie ein fehlgeleitetes Kind, und ich wusste, sie fand mich mangelhaft und ihres Enkels unwürdig.

Seine Schwester, so überaus blond, so überaus groß und so überaus reich, inspizierte mein Kleid und erkannte wahrscheinlich sofort, dass ich es vor zwei Saisons in einem Textildiscounter gekauft hatte. Ich strich mir eine Strähne meines widerspenstigen Haars hinters Ohr und fühlte mich wie Vieh auf einer Ausstellung. William musste mein Unbehagen gespürt haben, denn er nahm meine Hand und drückte sie ermutigend.

«Da bist du ja, William. Komm und gib deiner alten Großmutter einen Kuss.»

William hielt meine Hand weiterhin fest und ging mit mir um den Tisch herum zu ihrem Platz. Dort ließ er mich los, um sich hinunterzubeugen und seine Großmutter auf jede Wange zu küssen, während sie ihn eingehend betrachtete. «Ich habe dich schon sehr lange nicht mehr gesehen. Ich dachte schon, du hättest mich völlig vergessen.»

«Wie könnte ich denn meine erste Liebe vergessen?», erwiderte er charmant.

«Oh, spar dir deine hübschen Worte für jemand anders auf. Die wirken bei mir nicht», entgegnete sie, obwohl sie seine Schmeichelei dennoch zu genießen schien.

Mit einem reumütigen Lächeln richtete er sich wieder auf. «Ich war beschäftigt. Aber jetzt bin ich hier, und ich habe eine Frau mitgebracht, die ich dir gerne vorstellen würde, weil sie mir sehr wichtig ist. Das ist Valentina, Großmutter.» Er zog mich vor sie. «Und Valentina, das ist meine Großmutter Loretta.»

Ich streckte ihr die Hand hin, aber sie winkte ab. «Komm, lass mich dich küssen. Du bist schließlich Williams Schatz.»

Williams Schatz hatte sie mich genannt. Und mein Herz war glücklich. Aber ich hätte damals wissen sollen, dass das auch schon alles war, was ich je für sie sein würde. Nicht Valentina, sondern Williams Schatz – sein Besitz und nichts sonst. Ein Mensch ohne eigene Identität außer der, die man ihm zuteilwerden ließ. Ich beugte mich hinunter, und als ihre Lippen meine Wangen berührten, durchrieselte mich ein unangenehmer Schauer.

«Was ist mit uns, Will? Willst du ihr nicht den Rest deiner *Familie vorstellen?», neckte ihn seine Schwester.*

Er machte mich mit seiner Schwester Gwyneth bekannt, mit seinem Schwager Christian, der zu sehr mit Essen und Trinken beschäftigt war, um mich zu beachten, und mit Julie, einer langjährigen Freundin von Gwyneth und William.

Als wir uns neben Julie setzten, gab mir etwas an der Art, wie sie William ansah, das Gefühl, dass sie früher einmal mehr als nur

Freunde gewesen waren. Eigenartigerweise verspürte ich keine Eifersucht, andererseits war ich noch nie besonders eifersüchtig gewesen.

«Wie war deine Fahrt?», fragte sie William und tat dabei so, als existierte ich gar nicht.

«Holprig.» Ich legte eine Hand auf sein Bein, damit meine Berührung ihn daran erinnerte, was vor weniger als einer Stunde im Auto passiert war, und lächelte, als William sich beinahe an seinem Champagner verschluckte. «Aber ereignislos.»

Vielleicht war ich doch etwas eifersüchtig.

«Woher kommst du, Valentina?», wollte Gwyneth mit einer Liebenswürdigkeit wissen, die nicht ganz ihre Augen erreichte.

«Aus einer Stadt in der Nähe von Albany.»

«Ach wirklich?» Gwyneth wurde hellhörig. «Woher genau? Wir haben vielleicht gemeinsame Bekannte. Mein Ex lebt dort, weißt du? Er ist der Gouverneur von New York.» Sie lachte unbekümmert, während sie mein Gesicht und meine Aufmachung bis hinunter zu meinen leicht abgetretenen Ballerinas musterte. «Andererseits bezweifle ich, dass wir uns in denselben Kreisen bewegen.»

«Gwyneth», ermahnte William sie. «Ich glaube, du hattest genug Champagner.»

«Julie, sag William, er soll damit aufhören, ein so verdammter Langweiler zu sein. Ich versuche doch nur, das Eis mit –» Sie zeigte mit einer vollen Champagnerflöte auf mich. «Wie sagtest du noch gleich, war dein Name? Es ist schwer, mitzukommen bei William und all seinen geldg–»

«Gwyneth! Das reicht», unterbrach William sie energisch.

Ihre Worte trafen mich wie ein Eimer eiskaltes Wasser. Ich hatte nicht mit einem herzlichen Willkommen gerechnet, aber das hier tat weh, besonders von Williams Schwester.

«Lass uns gehen, Liebes, ich würde dir gern den Rest des Hau-

ses zeigen.» Er sah Gwyneth an, als wäre sie Dreck unter seinen Schuhen. «Um dich kümmere ich mich später.»

Sie tat so, als würde sie erschaudern. «Oh, ich zittere.» Dann sah sie ihren Mann an. «Ich langweile mich, Christian. Bring mich nach Hause.»

William legte mir die Hand auf den Rücken und bedeutete mir, ihm zu folgen. Perplex machte ich ein paar Schritte, bis mir bewusst wurde: Wenn ich jetzt ging, wenn ich mich jetzt nicht behauptete, dann würde sie gewinnen. Und das würde ich nicht zulassen. Weder jetzt noch später.

Ich lief zurück zum Tisch und stellte mich vor sie alle. Ich musterte ihre teuren Kleider, die Arroganz, die ihre Züge ausstrahlten, und reckte stolz das Kinn. «Du hast recht. Du und ich bewegen uns nicht in denselben Kreisen. Ich bin in einem Wohnwagen in einer Gegend von Albany aufgewachsen, die du wahrscheinlich für unter deiner Würde hältst. Mein Vater und meine Mutter waren Junkies, die an einer Überdosis starben, als ich gerade mal drei war.» Ich ballte die Fäuste, um zu verhindern, dass ich zitterte. «Meine Tante hat mich wie eine eigene Tochter großgezogen, während sie versuchte, uns mit einem Job als Kellnerin über Wasser zu halten. Ich liebe sie, und ich werde mich nie dafür schämen, ganz egal, wie du mich siehst oder was du sagst. Ich habe kein Geld und keinen vornehmen Namen wie ihr, aber ich bin verdammt stolz auf das, was ich erreicht habe. Ich habe die Highschool als Beste meines Jahrgangs abgeschlossen, und jetzt studiere ich mit einem vollen Stipendium an meinem Traumcollege. Also, du kannst ruhig hier sitzen und mich verurteilen, aber ich sage es noch mal: Ich werde mich nie dafür schämen, wer ich bin und wo ich herkomme.» Ich richtete meinen Blick auf William und seine grünen Augen. «Ich liebe deinen Bruder. Und ich würde ihn auch lieben, wenn sein Name John Smith wäre.»

«Ich habe meine Meinung geändert, William.» Seine Großmutter musterte mich anerkennend, ein eigenartiges Leuchten in den Augen. «Sie gefällt mir. Sie hat Temperament. Das hast du gut gemacht, mein lieber Junge.»

«Ich weiß», sagte William und nahm meine Hand. «Wenn ihr uns jetzt bitte entschuldigen würdet.»

Stumm folgte ich ihm ins Haus. Er führte uns zu einem Schlafzimmer im ersten Stock und schloss die Tür hinter uns. Bevor ich wusste, was geschah, hatte er mich mit dem Rücken flach gegen die Wand gedrückt, und seine Lippen fielen über meine her. Als wir wieder Luft holten, nahm er zärtlich mein Gesicht in die Hände. «Ich liebe dich, Val.»

«Was?», fragte ich schwach. «Was hast du gesagt?»

«Ich liebe dich.»

Ein Schluchzen schlüpfte mir über die Lippen, als ich ihn am Hemd packte und an seiner Brust zu weinen anfing. «I-ich dachte, du w-würdest Schluss machen», sagte ich. Er lachte kehlig, was mich dazu veranlasste, ihn in den Arm zu boxen. «Das ist nicht witzig, du Riesengrobian von einem Kerl.»

«Ich liebe dich, meine verrückte, wilde, schöne Valentina.» William zog mich in eine Umarmung, die mir den Atem raubte, und küsste eine Träne nach der anderen fort. «Willst du mich heiraten?»

Mein Herz hörte auf zu schlagen, als ein Feuerwerk der Gefühle in mir explodierte. Glück. Ehrfurcht. Ungläubigkeit. Liebe. «Aber was ist mit deiner Familie? Die werden nicht glücklich darüber sein.»

«Die sind mir egal.»

«Ich weiß nicht, William. Ich passe nicht in deine Welt. Wir sind zu verschieden.»

«Inwiefern?»

«Sieh dich doch nur an … und sieh mich an.»

«Ich sehe dich an. Vertrau mir, Darling. Du bist alles, was ich sehe, alles, was ich will. Liebst du mich, Valentina?»

Ich küsste seine Brust, genau dort, wo sein Herz war. «Natürlich liebe ich dich.»

Er küsste mich leidenschaftlich, und bald vergaß ich all die Gründe, warum es nicht funktionieren würde. «Dann sag ja, Valentina. Ich werde nicht zulassen, dass irgendjemand dir je weh tut.»

«Versprochen?» Ich hasste es, die Angst in meiner Stimme zu hören, aber ich konnte nicht glauben, dass mir das hier tatsächlich passierte.

«Ja, Liebste. Das verspreche ich.»

Viele Jahre später brach er genau dieses eine Versprechen, das mir am wichtigsten war.

Unruhig werfe ich mich im Bett herum und vergrabe den Kopf unter dem Kissen, aber es hilft nicht. Ich höre die Musik, die aus der Wohnung über mir kommt, immer noch. Ich taste auf dem Nachttisch nach meinem Handy und spähe auf das Display. Es ist nach elf, um Himmels willen. Stöhnend lege ich mich wieder zurück und starre an die Decke, während ich überlege, die Polizei zu rufen. Allerdings verwerfe ich den Gedanken so schnell wieder, wie er gekommen ist. Ich wüsste nicht mal, welche Nummer ich wählen müsste. Mit geschlossenen Augen halte ich mir die Ohren zu, ein schwacher Versuch, all den Lärm auszublenden. Und wie das Kissen hilft es überhaupt nicht.

Da ich jetzt hellwach bin, gebe ich jede Hoffnung auf

Schlaf auf und verbringe die nächsten paar Minuten damit, zu beobachten, wie die Vibrationen des Basses den Kronleuchter erzittern lassen. *Bumm. Bumm. Bumm. Bumm. Bumm. Bumm. Bumm. Bumm. Bumm. Bumm. Bumm.*

Es reicht.

Ich schiebe die Bettdecke beiseite, steige aus dem Bett, schnappe mir meinen Kaschmir-Cardigan und mache mich auf die Suche nach demjenigen, der die Musik so laut aufgedreht hat, bereit, ihm gehörig die Meinung zu geigen. Es ist mir sogar egal, dass ich kaum genug Französisch kann, um mir etwas zu essen zu bestellen, geschweige denn, um mich bei einem Nachbarn zu beschweren. Ich bin sicher, das kriege ich hin. *Die musique ist zu verdammt laut, haben vous verstanden?* Ich bin stinksauer. Müde. Und völlig nüchtern.

Ich ignoriere den Aufzug und nehme stattdessen die Treppe, und dann stehe ich vor der betreffenden Wohnung. Energisch wickle ich den Cardigan enger um mich, als wäre er eine Rüstung, und ziehe in den Krieg. Ich hebe die Hand und klopfe ein bisschen zu heftig. In den wenigen Augenblicken, die es dauert, bis die Person die Tür aufmacht, versuche ich mir vorzustellen, wer dort auf der anderen Seite sein könnte. Vielleicht ist es ein Teenager, der sturmfrei hat und eine Party feiert, oder eine ältere Person, die nicht mehr besonders gut hört. Dieser Gedanke besänftigt mich ein wenig.

Der letzte Mensch, von dem ich erwartet hätte, dass er mir die Tür öffnet, ist Sébastien. Ich schlucke und reiße die Augen auf. Ein sehr nackter Sébastien. *Mein Gott, bist du schön.*

Er schmunzelt eingebildet und bemüht sich, nicht zu lachen. «Danke.»

Oh Gott. Bitte lass mich das nicht laut gesagt haben. Bitte. Bitte. «Das habe ich gerade laut gesagt, nicht wahr?»

«Ja.»

Typisch.

Verlegen räuspere ich mich und wechsle das Thema. «Du trägst kein Hemd.»

Sein Blick wandert zusammen mit meinem an seinem nackten Oberkörper hinunter und folgt den entblößten Muskeln seiner festen Brust. Farbstreifen in verschiedenen Tönen überziehen seine Brust und seinen Six-Pack. *Er ist atemberaubend.* Meine Wangen werden feuerrot, ich beiße mir auf die Lippe und balle die Hände zu Fäusten, um mich davon abzuhalten, sie auszustrecken und das perfekte, tief eingegrabene V zwischen seinen Hüftknochen nachzuzeichnen, oder den schmalen Pfad aus Haaren, der unter dem Bund seiner Jeans verschwindet. Alles an ihm, von seinen herrlichen Armen bis zu den perfekten, gewölbten Muskeln seiner goldenen Brust, schreit *Mann, Mann, Mann.* Alles an ihm ist so verdammt männlich. Vergiss gefallene Engel. Er ist der König der Unterwelt, der dir zeigt, wie herrlich, wie erlesen es wäre, mit ihm zu sündigen. Ein Bild blitzt vor meinem inneren Auge auf, von mir auf den Knien, eine willige Sklavin zu seinen Füßen, während mein Mund, meine Zunge, meine Finger jede verruchte Stelle an ihm erkunden. Als mir bewusst wird, in welche Richtung meine Gedanken wandern, erröte ich noch mehr.

Mit einem langsamen, berauschenden Lächeln hebt er den Blick wieder zu meinen Augen. «Ja, scheint so.» Lässig lehnt er sich mit dem Unterarm an die Tür. «Kann ich dir bei irgendetwas helfen, Valentina?»

Die Art, wie er meinen Namen sagt, lässt mir einen köstlichen Schauer über den Rücken rieseln. Ich halte den Atem an und schüttle den Kopf. *Reiß dich zusammen, Frau. Wie alt bist du? Siebzehn?*

«Ich kann nicht schlafen.»

Er beugt sich kaum merklich zu mir vor, und ich kann die Hitze spüren, die von seinem Körper ausgeht. «Mir würden da ein paar sehr unterhaltsame Möglichkeiten einfallen, dir bei diesem Problem zu helfen», sagt er. Seine Stimme ist einladend, sein Blick rundheraus anzüglich.

«Ja, ich meine ...», stammle ich und verfluche innerlich meine Ungeschicklichkeit. «Nein, nein, so habe ich das nicht gemeint. Deine Musik. Die hält mich wach. Ich wollte fragen, ob du sie ein bisschen leiser stellen könntest, bitte.»

«Das kommt drauf an.»

Ich runzle die Stirn. «Auf was?»

Er leckt sich über die Lippen. «Was du mir im Gegenzug dafür geben willst.»

Ich ziehe die Augenbrauen hoch, während mein Herz einen Schlag lang aussetzt. «Du machst Witze, oder?»

Er beugt sich vor, bis seine Lippen dicht an meinem Mund sind. Bis sein süßer Atem, der nach Wein und Zigaretten riecht, meine Lippen streichelt. «Nicht, wenn es um dich geht.»

Genau in diesem Moment hören wir beide eine Frauenstimme. «*Bonsoir*, Sébastien.»

Erschaudernd mache ich einen Schritt rückwärts, während Sébastien seine Aufmerksamkeit auf die Nachbarin richtet. «*Bonsoir*, Marion. *Vous passez une bonne soirée?*»

Als die Frau Sébastien antwortet, legt er mir die Hand auf den Rücken und zieht mich zu sich. Die Berührung ist elektrisierend. «Komm mit mir», flüstert er mir ins Ohr.

Er sagt noch einmal etwas zu seiner Nachbarin, das sie zum Lachen bringt, und führt uns dann in seine Wohnung.

«Du wartest besser hier drin, sonst lädt sie sich noch selbst auf einen Schlummertrunk ein», fügt er schmunzelnd als Erklärung hinzu. Als er sich vorbeugt, glaube ich, dass er mich berühren wird. Ich halte den Atem an und weiche zurück. Stattdessen greift er zum Türgriff und schließt die Tür hinter mir, ohne auch nur ein einziges Mal in Kontakt mit mir zu kommen. «Hab keine Angst vor mir, Valentina», flüstert er heiser dicht an meinem Ohr, was mir einen Schauer über den Rücken jagt.

Ich verschränke die Arme und ziehe den Cardigan enger um mich. «Das habe ich nicht.»

Als Antwort schmunzelt dieser unmögliche Mann wissend. Ich fahre mir mit der Hand durchs Haar und überlege mir ein anderes Gesprächsthema, als ich ein Gemälde über seinem Kamin hängen sehe. «Ich hatte noch gar keine Gelegenheit, mich richtig für dein Geschenk zu bedanken, also danke. Warum hast du mir nicht gesagt, dass du es gemalt hast?»

«Ich dachte nicht, dass es wichtig wäre. Außerdem, jetzt weißt du es», winkt er ab.

Ich bin anderer Meinung, aber ich lasse das Thema fallen, da mir ein Instinkt sagt, dass er nicht darüber reden will. Ohne ein anderes Thema, über das wir sprechen könnten, befiehlt mir mein Verstand brüllend, von hier zu verschwinden und in die Sicherheit meiner Wohnung zurückzukehren, aber Sébastiens Warnung vor der Nachbarin lässt mich innehalten. Wie es scheint, sitze ich hier einstweilen fest.

Um mich abzulenken, starre ich nervös auf alles außer den Mann, der vor mir steht. Seine Wände voller Gemälde. Ein gemütliches Wohnzimmer. Die Küche links. Die Lederjacke, die ich von gestern wiedererkenne und die nachlässig übers Sofa geworfen wurde. Die Wohnung sieht warm, einladend und bewohnt aus. Aber meine Ablenkungsversuche sind umsonst. Ein aussichtsloser Kampf. Denn jedes Atom meines Körpers ist sich seiner bewusst, auf ihn eingestimmt. Ich weiß, wann er sich mit den Händen übers Gesicht fährt. Ich kann die Zigarette riechen, die er gerade geraucht hat. Ich kann beinahe das Seufzen, das ihm über die Lippen kommt, auf meiner Haut spüren.

Währenddessen verstreicht die Zeit verdammt langsam. Sekunden wirken wie Minuten und Minuten wie Stunden. Als ich genug habe, breche ich das Schweigen. Nun, technisch gesehen tun wir das beide. Gleichzeitig. Typisch. Warum das Ganze nicht noch unbehaglicher machen, als es ohnehin schon ist.

«Würdest du gern –»

«Ich sollte besser –»

Ich beiße mir auf die Lippe, um mir ein Lächeln zu verkneifen. «Du zuerst.»

«Nein, du zuerst. Was wolltest du sagen?»

«Ich sollte besser gehen. Es ist schon spät. Du bist dran. Was wolltest du sagen?»

Ein reumütiges Lächeln spielt um seine Lippen. «Nichts Wichtiges. Ich drehe die Musik leiser.»

Musik? Welche Musik? «Danke.» Ich strecke die Hand nach dem Türgriff aus und öffne die Tür, dabei fühle ich mich plötzlich wie ein Luftballon, aus dem man die Luft herausgelassen hat, weil er mich nicht ... *Nicht was? Gebeten hat zu bleiben?* Ich schüttle den Kopf. Schlaf. Ja, das ist es, was ich brauche. Beim Hinausgehen werfe ich einen Blick über meine Schulter. «Gute Nacht.»

«Mein Angebot steht übrigens noch.»

Ich bleibe stehen und drehe mich noch einmal zu ihm um. «Welches Angebot?» Ich runzle die Stirn.

«Dieses kleine Problem mit deinem Schlaf», antwortet er und grinst dabei so breit wie ein Junge im Spielzeugladen.

«Gute Nacht, Sébastien.» Ich verdrehe die Augen, was ihn zum Lachen bringt. «Und zieh dir bitte ein Hemd an, ja?»

Er lacht noch einmal schallend. «*Bonne nuit*, Valentina.»

Auf meinem Weg zurück zur Wohnung hebe ich die Hand, um meine Lippen zu berühren, und merke, dass ich lächle.

KAPITEL SECHS

Valentina

William liegt auf mir, als wir auf meinem Bett rummachen. Das Zimmer ist in völlige Dunkelheit gehüllt. Ich kann sein Gesicht nicht sehen, aber ich schmecke ihn, als unsere Zungen miteinander ringen. Sein Körper schmiegt sich an meinen.

In der Stille der Nacht schlägt mein Herz nur für ihn und für die Lust, die er mir mit seinen großzügigen Berührungen schenkt. Unser schweres Atmen und das Rascheln unserer Kleidung durchbrechen die Stille um uns herum. Seine große Gestalt drückt mich nieder, hält mich gefangen für die süße Manipulation meines Körpers, und ich liebe alles daran: den Druck, die Härte, den Kontakt, das Brennen in mir und die Sehnsucht nach mehr. Er weiß genau, wie er mich berühren muss, wie er mir sehnsüchtiges Stöhnen entlocken kann. Leise lacht er mir ins Ohr.

Seine Lippen saugen an meinem Hals, und seine Hand gleitet in meinen Slip und spreizt mich. Mit den Fingern stößt er mich hellwach. Sein Eindringen wird schneller, härter, dennoch ist es nicht genug. Ich fange an, mich selbst an seinen

Fingern zu vögeln, die jetzt tief in mir sind, mich an ihnen zu reiben. Ihn mit meinem Körper anzuflehen, nicht aufzuhören. Ich will, dass er das Sehnen zwischen meinen Beinen lindert und mich dennoch weiter foltert. Die Präzision, mit der er mich streichelt und mit meiner Klitoris spielt, lässt mich die Kontrolle verlieren.

Mein Haaransatz ist schweißnass. Ich habe meine Brüste in den Händen und streichle mich. Der Geruch von Sex umgibt uns. Mein Stöhnen wird immer lauter, während er mich dem süßen Vergessen entgegentreibt. Er küsst mich mit solchem Hunger, dass es sich anfühlt, als saugte er allen Sauerstoff aus meiner Lunge. Seine Lippen nehmen mich Kuss um Kuss, während seine Hand mich Stoß um Stoß vögelt und mich geistig und körperlich völlig außer Gefecht setzt. Alles, was ich tun kann, alles, wozu ich noch fähig bin, ist zu spüren. Spüren. Spüren. Spüren. Nichts als spüren. Lust strömt ungehindert durch meine Adern. Verlangen lässt mich die Beine weiter für ihn spreizen. Lüstern biete ich mich ihm an. Heiße ihn willkommen, flehe ihn an, mich zu nehmen. Und er nimmt mich so verdammt gut. Gierig verschmelzen unsere Zungen miteinander. Ich halte mich an seinen breiten Schultern fest, die von Schweiß rutschig sind, während er jede Zurückhaltung verliert und mich mit den Fingern in den Himmel vögelt. Und dann komme ich, mein Körper zersplittert auf den weißen Laken meines Bettes.

Sekunden verstreichen, während unser Atem sich langsam beruhigt. In der Dunkelheit bleiben Williams Züge verborgen, aber ich kann sein Gewicht spüren, das mich niederdrückt.

Zufrieden seufze ich. «Mmm ...»

Er lacht mir ins Ohr, und sein heißer Atem kitzelt meinen Hals.

«Valentina ...», flüstert er rau, aber die Stimme gehört nicht William. Es ist Sébastiens Stimme, die mich aus meinem Traum weckt und jäh in die Realität reißt.

Ich öffne die Augen und sehe mich um, halb befürchtend, halb erwartend, Sébastien neben mir auf dem Bett liegen zu sehen. Mein Blick wird von völliger Stille und einem leeren Zimmer begrüßt. Schweratmend breitet sich Scham wie schwarze Tinte in meiner Brust aus, denn einen Moment lang, eine schwache Sekunde lang, bevor ich aufgewacht bin, habe ich mir gewünscht, es wäre kein Traum.

KAPITEL SIEBEN

Valentina

Den Vormittag verbringe ich auf den Champs-Élysées. Mein Französisch ist immer noch miserabel, aber wenigstens finde ich mich ohne die Hilfe von Pierre oder einer Karte zurecht. Ich erforsche die Geschäfte und Museen. Verliebe mich in die Stadt und ihr magisches *je ne sais quoi.* Bei einer zauberhaften Bäckerei mache ich Halt und esse Pistazien- und Vanille-Macarons zu Mittag. Warum auch nicht? Das Leben ist zu kurz, um es hungrig zu verbringen.

Als ich es schließlich zum Arc de Triomphe schaffe, trotze ich den Mengen von anderen Touristen und steige bis ganz nach oben. Dort schnappe ich nach Luft, als ich den Ausblick auf die ganze Stadt in mich aufnehme. Da sind dreispurige Boulevards links und rechts von mir. Der Eiffelturm steht ungeheuerlich hoch und stolz da wie eine Königin, die zwischen ihren Untertanen Hof hält.

Um mich herum ist so viel Schönheit, die ich zuvor nicht gesehen hatte. Vor dieser Reise drehten sich alle meine Erinnerungen an Paris um William.

Ich schließe die Augen und genieße den starken Wind, der

mir ins Gesicht weht. Vor fünf Jahren lud William mich als Überraschung nach Paris ein, nachdem wir einen gewaltigen Streit gehabt hatten. Wir verließen New York mit der hässlichen Erinnerung daran als Nachklang in den Ohren und waren immer noch verstimmt. Sobald wir allerdings hier ankamen, fort von unseren Problemen, frei vom Alltag und allem, was damit einherging, wurden wir von dem Zauber mitgerissen, den die Stadt zu bieten hatte. Wir waren nicht mehr William und Valentina. Wir waren nur zwei Liebende, die einander nach vielen Jahren Beziehung neu entdeckten.

Ich sah die Stadt durch Williams Augen, und das war genug. Wir gingen zu den Orten, die er besuchen wollte, aßen das Essen, das er essen wollte, tranken den Wein, der ihm schmeckte, bewunderten Kunst, die er sehen wollte. Ich war glücklich, weil er glücklich war. Weil ich Zeit mit ihm verbringen durfte. Zeit, die ohnehin bereits selten und deshalb kostbar für mich war.

Bis dahin hatten ihn Überstunden und wöchentliche Geschäftsreisen von mir ferngehalten. Es gab Tage, an denen die einzige Interaktion zwischen uns ein schneller Guten-Morgen- und Abschiedskuss oder ein gehetzter Anruf zwischen zwei Meetings war. Ich fand Möglichkeiten, mich zu beschäftigen, die Leere zu füllen, die seine Abwesenheit erzeugte. Spinning-Kurse. Mittagessen. Die Organisation von Wohltätigkeitsveranstaltungen. Während ich mit anderen Frauen überteuerte Salate aß, erfuhr ich etwas über vertraglich vereinbarte ‹Ehefrauen-Boni›. Ich kaufte Dinge, die ich nicht brauchte oder wollte, um unser Haus zu füllen, das sich mehr wie ein Luxusgefängnis als ein Heim anfühlte. Es war eine glitzernde Fassade.

Ich wusste, dass ich mich sehr glücklich schätzen konnte. Ich hatte ein Dach über dem Kopf. Einen gutaussehenden Ehemann. Mehr Geld, als ich im Leben je ausgeben könnte. Aber was bedeutete das schon, wenn alles, was ich wollte, Zeit mit ihm war?

Manchmal spätnachts, wenn ich allein und beschwipst mit einem Glas Wein in der Hand auf dem Balkon stand und heimlich eine Zigarette rauchte, fragte ich mich, wo ich wäre, wenn ich William nicht geheiratet hätte. Wie sähe mein Leben aus, wenn ich ihn damals nicht angerufen hätte? Vielleicht wäre ich mit diesem Typen aus meinem Literaturkurs durchgebrannt. Es war keine Untreue. Es war Neugier. Einsamkeit. Melancholie. Und vielleicht zu viel Wein. Dann lachte ich jedes Mal, aber es kam mehr wie ein Schluchzen heraus, weil der Schmerz zu dicht unter der Oberfläche und unmöglich zu verbergen war.

Ich gehe inzwischen sogar Sailor aus dem Weg. Sailor mit dem Mann, der einen Bürojob hat, bei dem er nicht genug verdient. Sailor mit dem Mann, der sie und ihre zwei kleinen Töchter vergöttert. Sailor, die immer bezaubernd chaotisch aussieht, mit schwarzen Ringen unter den Augen und Spuren von getrockneter Babynahrung auf ihrem billigen Pulli, und doch nicht glücklicher oder verliebter sein könnte. Ich habe mir eingeredet, dass wir uns voneinander entfernt haben, weil unsere Welten zu verschieden sind und wir nichts mehr gemeinsam haben.

Aber die Wahrheit ist, dass ich neidisch auf sie bin. So unglaublich neidisch. Ich will, was sie hat. Ich beneide sie um ihr kleines Zuhause mit dem allgegenwärtigen Duft nach Apfelkuchen und Vanille. Ich will, dass William so für mich da ist, wie Tucker für sie da ist, dass er mich so ansieht, wie er sie ansieht.

Als ich ihr dabei zusah, wie sie ihre Tochter in dem schäbigen Wohnzimmer stillte, während meine leeren Hände meinen leeren Bauch berührten, wurden die Verzweiflung, der an Missgunst grenzende Neid, vielleicht sogar der Hass, den ich spürte, zunehmend schwerer zu verbergen und zu ignorieren. Dann ging ich nach Hause und wartete mit ausgeschaltetem Licht im Bett darauf, dass William heimkam. Und wenn er endlich durch die Tür unseres Schlafzimmers kam, küsste er mich auf die Wange und sagte mir, dass er erschöpft war. Er fragte mich nach meinem Tag, ohne sich wirklich dafür zu interessieren, was ich zu sagen hatte, während seine Gedanken bereits mit einer Dusche und Schlaf beschäftigt waren. Und wenn er seine Krawatte abnahm, brachte ich wie jedes Mal, nachdem ich Sailor besucht hatte, dasselbe Thema zur Sprache.

William, Liebling … Ich möchte eine Familie gründen.

Dann erstarrten seine Hände, und er sah mir in die Augen. *Schon wieder, Val? Darüber haben wir doch schon gesprochen. Wir sind jung. Wir haben noch ein ganzes Leben vor uns. Warum warten wir nicht noch ein wenig? Genießen einander.*

Aber ich will nicht mehr warten. Ich habe lange genug gewartet.

Jetzt ist gerade nicht der beste Zeitpunkt, Liebes.

Wann wird dann der beste Zeitpunkt für dich sein, William? Es kommt mir so vor, als gäbe es den für dich nicht.

Dann seufzte er jedes Mal und schüttelte den Kopf. *Ich kann das jetzt nicht. Ich hatte einen langen Tag. Lass uns morgen darüber reden.*

Doch morgen kam nie. Und das Thema wurde fallengelassen wie immer. Vielleicht hätte ich es da schon sehen sollen. Die ersten Anzeichen, dass nicht alles in Ordnung war. Die kleinen Risse, die irgendwann zu Brüchen wurden, die uns trennten. Aber ich entschied mich, im Dunkeln zu leben, denn die Dunkelheit war sicher, sie verbarg die Wahrheit und schenkte mir kurzfristiges Glück.

Mit einem tiefen Atemzug öffne ich die Augen. Paris sieht jetzt deutlich anders aus, als ich es ohne William an meiner Seite neu kennenlerne, und eine kleine Stimme in meinem Kopf sagt mir, dass ich vielleicht nicht die Stadt neu kennenlerne, sondern mich selbst.

Auf dem Rückweg zur Wohnung halte ich vor einem kleinen, malerischen Blumenladen mit einer blauen Fassade an, um die Arrangements zu bewundern, die im Fenster ausgestellt sind. Stirnrunzelnd trete ich einen Schritt näher an die Scheibe. Etwas an diesen Blumen geht mir zu Herzen. Vielleicht liegt es daran, dass die Rosenblätter herabhängen wie müde Schultern, oder an dem Staub, der die Klarheit einiger der Vasen trübt. Sie erinnern mich an vernachlässigte Spielsachen, die einem Kind einmal große Freude bereitet haben. Aber dann wurde es erwachsen, und jetzt liegen sie vergessen in der Ecke eines Dachbodens.

Gerade als ich hineingehen will, sehe ich einen älteren Herrn, der hinter dem gläsernen Verkaufstresen steht und lustlos dessen Oberfläche putzt. Trostlos. Seine Schultern hängen wie die Rosen im Fenster herab, und sein weißes Haar ist zerzaust, als hätte es seit Wochen keinen Kamm mehr gesehen. Sein Blick scheint auf die runzlige Hand und den abgenutzten Lappen darunter gerichtet zu sein, aber selbst von weitem kann ich sagen, dass seine Gedanken irgendwo anders sind.

Als ich die Tür öffne, höre ich die Glocke, die meine Anwesenheit verkündet. Er schaut hoch, und seine verwitterten grauen Augen mustern mich. Mit einem schüchternen Lächeln drücke ich meine Handtasche enger an mich. «*Bonjour.*»

Der Herr nickt, ohne sich die Mühe zu machen, zurückzulächeln, dann wendet er seine Aufmerksamkeit wieder dem Tresen zu, um an einem imaginären Fleck herumzuwischen. Unbeachtet wandere ich zögernd in dem altmodischen Laden herum und betrachte die unterschiedlichen Blüten. Rosen in verschiedenen Farben. Orchideen in jadegrünen Vasen. Nelken. Narzissen. Freesien. Es sind nicht allzu viele, und was noch übrig ist, scheint zusammen mit dem Laden einzugehen. Traurigkeit erfüllt mich, als ich einen schnellen verstohlenen Blick zu dem alten Mann mit den melancholischen Augen hinüberwerfe. Laden, Mann und Blumen scheinen gleichermaßen durch Zeit und Niedergeschlagenheit dahinzuwelken.

Ich richte meine Aufmerksamkeit wieder auf die Blume vor mir. Vorsichtig streichle ich die Blütenblätter der Orchidee. «Hallo, du hübsches Ding.»

Schon seit ich denken kann, gehören Blumen einfach zu meinem Leben dazu. Als ich klein war, verbrachte ich Stunden auf dem kleinen Fleckchen Wiese hinter dem Wohnwagen. Auf der Erde liegend, die Hände hinter dem Kopf verschränkt, stellte ich mir vor, ich wäre Alice im Wunderland. Und wie in dem Disneyfilm wurden die paar Wildblumen um mich herum lebendig und redeten und sangen mit mir. Meine Tante schüttelte immer nur den Kopf über mich und nannte mich albern, aber an manchen Abenden, nach einem Tag mit guten Trinkgeldern im Diner, fand ich auf meinem Nachttisch eines unserer Küchengläser gefüllt mit den Blumen vor, die gerade im Angebot waren. Ich kümmerte mich um sie, und dafür erfüllten sie unser Zuhause mit Farbe und Schönheit.

Der alte Mann hustet hinter mir und erinnert mich daran, dass ich nicht allein bin. Errötend nehme ich die Orchidee und gehe zum Tresen. *Was muss er wohl von mir denken?*

«*Magnifique*», sage ich, als ich die Blume auf den Tisch stelle, stolz auf mich, die französische Sprache nicht völlig verunstaltet zu haben. Er wickelt die Orchidee in Zellophan und steckt sie in eine braune Papiertüte. Ich hole meine Geldbörse aus der Tasche, nehme eine Kreditkarte heraus und reiche sie ihm.

«*Merci.*» Er nimmt sie, und während er sie durch die Maschine zieht, inspiziere ich den Rest des Ladens. Der Weg zum Hinterzimmer ist voller achtlos weggeworfener Kartons. Kleine Berge staubiger Bücher stapeln sich auf dem Boden, sein Mittagessen aus Brot und Käse steht halb aufgegessen auf einem Holztisch, und eine kleine Fliege kreist brummend darum herum. Mein Blick bleibt an einem einzelnen Bilderrahmen an der Wand hinter dem Tresen hängen – dem einzigen Gegenstand, der frei von Staub zu sein scheint, an einem Ort, der ansonsten darin versinkt. Neugierig betrachte ich das gealterte Schwarzweißfoto eines jungen Paares etwas genauer. Der attraktive Mann auf dem Bild lehnt lässig an der Seite eines Autos, die Aufmerksamkeit auf die schöne Frau gerichtet, die für die Kamera lächelt. Es ist eine herrliche Aufnahme, aber was sie wirklich atemberaubend macht, ist das Gefühl im Blick des Mannes. Man kann sein Herz in seinen Augen sehen, und sein Herz gehört ihr. Wie sehr er sie geliebt haben muss.

Ich spüre einen Stich in der Seele, als mich Kummer erfasst. Einst träumte ich davon, so geliebt zu werden, und eine Weile dachte ich, mein Traum wäre wahr geworden.

Aber wie sich herausstellt, halten Träume nicht ewig.

Der Mann ist mit der Transaktion fertig und reicht mir die Quittung zum Unterschreiben. Als ich sie wieder zurückschiebe, landet mein Blick auf ihm, wie er direkt unter dem Foto steht, und plötzlich dämmert mir die Erkenntnis. Ich sehe es allzu deutlich. Die fehlende Wärme einer weiblichen Hand. Die sterbenden Blumen. Den Zustand der Vernachlässigung des Ladens. Aber besonders die leeren Augen des Mannes, so anders als auf dem Foto.

Der Mann hat sein Herz verloren.

Nachdem die Blume bezahlt ist, bleibt mir nichts mehr zu tun, als die Tüte zu nehmen und mich zu verabschieden. Ein Teil von mir will noch in dem Laden bleiben, dem einsamen Mann Gesellschaft leisten, aber er hält mich wahrscheinlich für eine Irre, wenn ich mich hier noch länger herumdrücke und mit den Blumen rede.

Also stoße ich ein resigniertes Seufzen aus, bedanke mich bei ihm und gehe zur Tür hinaus. Ich habe nicht mehr als fünf Schritte getan, als ich stehen bleibe und noch einen letzten Blick auf den Mann im Laden werfe. Er ist wieder dazu übergegangen, über denselben Fleck auf dem Tresen zu wischen wie vorher, mit Bewegungen, die so leblos und farblos sind wie seine Umgebung. Gereizt darüber, so machtlos zu sein, schüttle ich den Kopf. Gerade als ich mich wieder in Bewegung setzen will, fällt mein Blick auf eine handgeschriebene, mit Tesafilm an die Scheibe geklebte Anzeige. Ich trete näher zum Fenster, hole mein Handy raus und tippe die Worte in eine Übersetzungs-App.

Recrute vendeur H/F

Oh mein Gott. *Das ist es.*

Energie durchzuckt meine Sinne wie ein Elektroschock. Einem Impuls folgend, gehe ich wieder hinein, reiße das Papier aus dem Schaufenster und nehme es mit zum Tresen. *Was tust du denn da*, fragt eine leise Stimme in mir. *Er will deine Hilfe nicht.* Nun, jetzt hat er sie am Hals. *Abgesehen von ein paar Blumensteckkursen, hast du keine Erfahrung. Wann war das letzte Mal, dass du überhaupt einen Job hattest? Du bist nichts als ein hübsches Anhängsel.* Das lässt mich innehalten. Die alten Zweifel kommen wie eine wütende Welle zurück und drohen, mich mit ihrer Unterströmung herunterzuziehen. Aber da ist auch noch eine andere Stimme in meinem Kopf, die von Sekunde zu Sekunde lauter wird. Sie sagt mir, ich solle weitergehen, nicht aufgeben, weiterschwimmen.

Du wirst nicht ertrinken, Valentina.

Du bist stark genug.

Überraschung zeigt sich auf dem Gesicht des Mannes, als er mich zum zweiten Mal an diesem Tag vor sich stehen sieht. In meinem Bauch flattern Schmetterlinge wie verrückt. Ich lege die Tüte und die Anzeige auf den Tresen. Seine grauen Augen weiten sich vor Staunen, als sie auf dem cremefarbenen Papier landen.

Ich hole mein Handy und einen Notizblock aus der Handtasche. Dann rufe ich die Übersetzungs-App auf und tippe:

Ist die Stelle noch frei?

Est-ce que le poste est encore disponible?

Ich fühle mich verlegen und ein bisschen albern, weil mir bewusst ist, dass die Übersetzung nicht immer ganz korrekt ist, aber einstweilen muss es genügen. Dieses Französisch ist besser als überhaupt kein Französisch. Nachdem ich es auf den Block geschrieben habe, schiebe ich ihn über den Glastresen zu ihm. Der Mann bringt ein winziges Lächeln zustande, als er die auf das Blatt geschriebenen Worte liest, und in dieser kurzen Sekunde ist er wieder der junge Mann auf dem Foto. Ein Hoffnungsschimmer erleuchtet mich von innen heraus, denn vielleicht kann ich ihm doch helfen. Und die Tatsache, dass ich dieses Lächeln auf sein Gesicht gezaubert habe, erfüllt mich mit einem neuen Gefühl von Stolz und Freude – von Sinn.

Er hebt den Kopf und sieht mir in die Augen. Und in diesem Moment ist es, als würden wir beide etwas im anderen sehen und wiedererkennen. Schmerz vielleicht? Zwei Seelen, die um Hilfe schreien?

Nervös kaue ich auf meiner Lippe und zeige zuerst auf den Block. «*Vendeur.*» Dann zeige ich auf mich. «Ich. *Moi.*»

Er nickt. Dann greift er nach einem Stift und schreibt seine Antwort auf. Als ich zusehe, wie die schwarze Tinte ins Papier dringt, könnte ich schwören, mein Herz schlagen zu hören, zu spüren, wie es mir fast aus der Brust springt. Die Erkenntnis, dass ich das hier ebenso sehr brauche wie meinen nächsten Atemzug, trifft mich wie ein Ziegelstein an den Kopf.

Mit zitternden Fingern nehme ich den Block. Als ich lese, was dort steht, spüre ich eine Explosion der Gefühle in meiner Brust – eine Explosion leuchtender Farben –, die mich mit neuer Energie füllt.

Oui, le poste est toujours disponible. Vous êtes embauchée.

Ich schlage die Übersetzung auf meinem Handy nach, nur um sicherzugehen, dass ich keine voreiligen Schlüsse ziehe. Die Worte verschwimmen, und mir wird bewusst, dass ich weine. Tränen von was? Freude? Begeisterung? Ja und ja. Ja zu allem.

Ich weiß, es ist albern. Ich helfe bloß einem verlorenen Mann in einem heruntergekommenen Laden, aber für mich bedeutet es so viel mehr.

Es bedeutet so etwas Ähnliches wie Freiheit.

Wie Unabhängigkeit.

Lachend wische ich mir die Tränen fort, während der Mann mich mit einem komischen Gesichtsausdruck ansieht. Aus einer spontanen Laune heraus lehne ich mich über den Tresen und küsse ihn auf beide Wangen, was ihm ein weiteres kleines Lachen und ein Lächeln entlockt. «Danke, danke ... Ich meine, *merci. Merci.*»

Er muss mich für völlig durchgeknallt halten. Er gibt einer Frau einen Job, und sie fängt an zu weinen und küsst ihn dann? Ja, totaler Fall für die Klapse, wenn ihr mich fragt. Wenn er nur wüsste, was er mir damit ermöglicht, welches kostbare Geschenk er mir damit macht: die Gelegenheit, etwas als Valentina zu tun.

Valentina zu *sein.*

KAPITEL ACHT

Valentina

Ich habe einen Job.

Ich fühle mich so beschwingt und glücklich, dass ich am liebsten tanzen würde. Zwar helfe ich eigentlich nur einem Mann in seinem heruntergekommenen Blumenladen aus, aber das bedeutet mir alles. Auf dem Rückweg denke ich darüber nach, was ich aus meinem Leben gemacht habe, seit ich mit William zusammen bin. Ich schloss das College ab, und während meine Freunde sich um Jobs bewarben, ging ich eine Liste von Caterern für unsere Hochzeit durch. Williams Frau zu sein war genug für mich, mehr als genug eigentlich, aber das ist es nicht mehr.

Nachdem Monsieur Lemaire und ich es vorhin mit Hilfe von Gesten und der Übersetzer-App auf meinem Handy geschafft hatten, uns einander vorzustellen, verabschiedeten wir uns voneinander. Ich soll am Dienstag anfangen, in vier Tagen, weil er übers Wochenende seine Tochter besuchen wird. *Glaube ich.* Bitte, Übersetzer-App, vermassle mir das nicht.

Nun, die Arme voller Papiertüten mit Einkäufen und der Orchidee betrete ich gerade das Gebäude, als ich Sébastien vor dem Aufzug stehen sehe. Seine Aufmerksamkeit ist ganz auf sein Handy gerichtet.

«Oh, du schon wieder.» Sofort halte ich an, und mein Herz setzt bei seinem Anblick einen Schlag lang aus. Meine durstigen Augen saugen ihn auf, während die Erinnerung an das, was ich ihn im Traum mit mir habe tun lassen, vor meinem inneren Auge aufblitzt.

Er schaut hoch, und unsere Blicke treffen sich. «Auch schön, dich zu sehen.»

Betroffen über mein Benehmen beiße ich mir auf die Lippe. «Tut mir leid. Das war *sehr* unhöflich von mir.»

«Nein, tut es dir nicht.» Er steckt das Handy in die Gesäßtasche seiner Jeans. Schüttelt den Kopf, während ein neckendes Lächeln um seine Mundwinkel spielt. «Gib's zu.»

Verlegen lache ich. «Das würde ich nie.»

«Nun, ich kann mich jedenfalls nicht beklagen.» Sein Blick auf mir lässt mein Herz stillstehen. Errötend drücke ich meine Tüten enger an die Brust. In unbehaglichem Schweigen stehen wir da. Ich wünschte, ich wäre irgendwo anders, überall, nur nicht hier, neben einem Mann, der mir das Gefühl gibt, gleichzeitig zu ertrinken und zu fliegen. Aber selbst das ist eine Lüge. Denn wenn ich ehrlich zu mir selbst bin, wäre ich nirgendwo lieber.

Er bricht das Schweigen als Erster, als er sich auf mich zubewegt. «Komm, lass mich dir damit helfen.»

«Nein, danke.» Ernüchtert mache ich einen Schritt zurück und halte mich an den Tüten fest, als wären sie die kostbarste Fracht der Welt. «Ich kann sie sehr gut selbst tragen.»

«Ich bin sicher, dass du das kannst, Valentina. Aber ich würde dir gern trotzdem helfen.»

Eine gefühlte Ewigkeit lang bleiben wir so stehen. Ich

kann uns regelrecht vor mir sehen. Eine Frau, die nicht bereit ist loszulassen. Ein Mann, der ihr Hilfe anbietet, die anzunehmen sie schreckliche Angst hat. Wir kämpfen um Tüten mit Einkäufen, aber irgendwie fühlt es sich wie mehr als das an. Und ich fürchte, er weiß das auch.

Dennoch ...

Dennoch tun meine Schultern weh, tun meine Arme weh, tut mein Herz weh. Wäre es so schrecklich, mir von jemandem helfen zu lassen? Egoistisch meine Last mit ihm zu teilen, auch wenn es nur für kurze Zeit ist?

«Danke», sage ich mit einem knappen Nicken. «Bitte sei vorsichtig mit der Orchidee.»

«Sicher.»

Langsam und sanft, als hätte er Angst, ich könnte meine Meinung wieder ändern, nimmt er mir die Tüten ab, und ich lasse es zu. Es ist nichts als Höflichkeit seinerseits, und doch ist es so viel mehr. Und als unsere Hände sich berühren, ziehe ich meine nicht sofort wieder weg. Ich lasse sie dort und genieße die Wärme seiner Haut. Es ist ein kurzer Moment, der nicht länger als wenige Sekunden gedauert haben kann. Für den Beobachter eine schlichte Berührung zwischen Freunden. Und doch, während wir schweigend im Aufzug nach oben fahren und der Geist seiner Berührung auf meiner Haut brennt, spüre ich, wie sich ein unsichtbares Band zwischen uns formt, das vorher nicht da war.

«Ich sehe, du hast es geschafft, ein Hemd zu finden.»

Er grinst. «Du denkst immer noch dran, was?»

Ich lache. «In deinen Träumen.»

«Wenn du wüsstest.» Er zwinkert mir frech zu.

Mit einem kleinen Lächeln auf den Lippen möchte ich noch etwas sagen, aber mein Verstand ist wie leergefegt. Stattdessen konzentriere ich mich auf den flauschigen grünen Teppich unter unseren Füßen.

«Woran denkst du?», fragt er leise.

Ich sehe hoch und begegne dem Blick aus seinen blauen Augen. Wie leicht es wäre, darin zu ertrinken, mich in ihnen zu verlieren. «Eigentlich nichts.» *Du machst mich glücklich.* «Und du?»

«Das kann ich dir nicht sagen», antwortet er gut gelaunt. «Tut mir leid.»

«Hey –»

«Nö.»

«Aber –»

Es kommt mir sehr ungelegen, als wir ein Pling hören und sich die Aufzugtüren in meinem Stockwerk öffnen. Gezwungen, das Thema fallenzulassen, steigen wir aus. Sébastien begleitet mich zu meiner Wohnungstür, wo ich ihm beide Papiertüten abnehme und sie auf meiner Hüfte balanciere. Ich strecke den Arm aus, um ihm die Hand zu schütteln, aber er nimmt sie nicht. Stattdessen greift er in die Tasche seiner Lederjacke, holt ein kleines, in braunes Papier gewickeltes Päckchen heraus und legt es in meine Handfläche.

Ich runzle die Stirn. «Was ist das?»

«Ein Geschenk.»

«Du schenkst mir etwas?», frage ich albern, unfähig, die Freude zu verbergen, die in meiner Brust explodiert.

Grinsend nickt er. «Scheint so.»

«Das wär doch nicht nötig gewesen.»

Er schiebt die Hände in die hinteren Taschen seiner Jeans und zuckt mit den Schultern. «Ich wollte es einfach.»

Sprachlos vor Rührung über diese Geste starre ich erst ihn an, dann das braune Päckchen. «Danke.»

Er grinst jungenhaft. «Nicht der Rede wert.»

Ohne sein Geschenk loszulassen, stelle ich die Einkäufe auf den Boden. «Darf ich?», frage ich, als ich die Hände frei habe, um das Päckchen zu öffnen. Neugier und Aufregung lassen meine Finger leicht zittern. Er nickt. Erwartung leuchtet in seinen Augen.

Ich versuche, das Auspacken hinauszuzögern, damit ich nicht zu übereifrig wirke. Also lasse ich mir dabei Zeit, die Schleife und das Klebeband abzumachen, obwohl ich unbedingt herausfinden will, was drin ist.

«Bist du immer so sorgfältig, wenn du ein Geschenk auspackst?», fragt er belustigt.

«Nein.» Ich kichere. «Aber ich versuche angestrengt, dabei eine gewisse Würde zu wahren, die meinem Alter angemessen ist.»

«Hier, lass mich das machen. Sonst sind wir noch den ganzen Tag hier.»

«Hey!», protestiere ich mit gespielter Empörung, aber ich lasse ihn mir das Päckchen trotzdem aus der Hand nehmen. Und wenn seine Finger dabei meine berühren, tue ich so, als würde ich es nicht bemerken.

Im Nu hat er es ausgewickelt und gibt es mir mit einem Zwinkern zurück. «Siehst du, war gar nicht so schwer.»

Lächelnd verdrehe ich die Augen, bevor ich mich wieder auf die Schachtel konzentriere. Als ich den Deckel hebe, finde ich darin eine herrlich geschnitzte hölzerne Eule. «Sie ist wunderschön», hauche ich. Mit den Fingerspitzen zeichne ich das aufwendige und zarte Muster nach, dabei drücken sich die glatten Rillen in meine Haut.

«Gefällt sie dir?»

«Ja.» Ich nicke und schlucke den Kloß in meiner Kehle herunter, als ich feststelle, dass er mich erwartungsvoll ansieht. «Sie gefällt mir sehr.»

«Gut.» Er reibt sich den Nacken. «Sie hat mich an dich erinnert.»

«Danke … denke ich.» Unwillkürlich muss ich lächeln. Mit einem Vogel verglichen zu werden sollte eigentlich meine Eitelkeit kränken. Aber wenn er mich so ansieht, fühle ich mich, als wäre ich die schönste Frau, die er je gesehen hat.

«Weißt du, ich würde jede Eule in Paris kaufen, um noch einmal zu sehen, wie du mich so anlächelst», murmelt er.

Mit brennenden Wangen starre ich Sébastien an, völlig von ihm in den Bann gezogen. Nehme seine unanständige Schönheit wahr und sehe vielleicht zum ersten Mal an ihr vorbei. Es ist nur menschlich, sich von ihm angezogen zu fühlen, nur einen einzigen Blick auf ihn zu werfen und sich zu fragen, was wäre, wenn …

Aber es gab schon andere attraktive Männer vor ihm, die mit mir geflirtet haben, und kein einziges Mal haben sie mir auch nur annähernd so zugesetzt wie er. Es ist nicht Liebe. Es ist auch nicht nur Lust. Es ist *er.* Er ist Balsam, ein lindernder Balsam. Wann immer er in meiner Nähe ist, fühle ich mich nicht mehr so allein oder so traurig. Er macht mich wütend, aber dann sagt er wieder etwas, das mich zum Lachen bringt. Er bringt mich aus der Fassung, und doch kann ich still neben ihm stehen und die friedliche Musik in unserem Schweigen entdecken.

Er stützt die Hand neben meinem Kopf an der Tür ab und lehnt sich vor, bis unsere Lippen sich beinahe berühren. Er lächelt. Aber es ist nicht das glatte, einstudierte Lächeln von zuvor. Diesmal fühlt es sich ungeprobt an. Natürlich. Und es ist verhängnisvoller als das reinste Gift, das je geschaffen wurde. «Ich denke, das ist der Moment, in dem ich dich küsse, *ma petite chouette.*»

«*Petite chouette?*»

«Kleine Eule.» Langsam hebt er die Hand, um zärtlich meine Brille wieder zurechtzurücken.

Es wäre so leicht, mich einen Zentimeter zu bewegen, den Abstand zwischen uns zu überbrücken und endlich wieder seine Lippen auf meinen zu spüren. Seinen Geschmack noch einmal kennenzulernen. Seine Küsse zu genießen. Herauszufinden, ob er echt ist oder nur ein Produkt meiner Phantasie. Mich in einem kurzen, fieberhaften Augenblick zu verlieren, der mir eine Atempause von der Realität schenkt. Eine weiße Fahne zu schwingen in diesem aussichtslosen Kampf, der Sébastien für mich ist.

Ich tue nichts von alledem.

Stattdessen lache ich, obwohl ich am liebsten weinen würde. «Nein. Das ist der Moment, in dem ich mich noch einmal bedanke und dir eine gute Nacht wünsche.»

Ich breche den Blickkontakt ab, schließe meine Wohnung auf, nehme die Tüten und gehe hinein. Bevor ich die Tür schließe, drehe ich mich um, um noch einen letzten Blick auf ihn zu erhaschen. «Vielen Dank für das bezaubernde Geschenk. Gute Nacht, Sébastien.»

«Warte. Vorhin im Aufzug, da hast du mich gefragt, was ich gerade denke.»

«Ja?»

«Mir geht so schnell nichts nahe, Valentina. Ganz im Gegenteil, um genau zu sein. Aber nun ... ist mir etwas Neues passiert.» Seine Mundwinkel verziehen sich zu einem amüsierten Lächeln.

Mein Herzschlag beschleunigt sich. «Und was war das?»

Ohne den Blick von mir zu nehmen, geht er rückwärts auf den Aufzug zu. «Mir wurde bewusst, vielleicht zum ersten Mal, wie es sich anfühlt, etwas zu wollen, etwas zu *brauchen*, das man nicht haben kann.» Als er den Knopf an der Wand drückt, öffnet sich der Aufzug beinahe sofort vor ihm. Er legt eine Hand seitlich in die Tür, damit sie sich nicht wieder schließt. «Und *außerdem*, zum ersten Mal in einem nicht gerade kurzen Leben, ertappe ich mich dabei, eifersüchtig auf einen anderen Mann zu sein. Das ist ziemlich demütigend, ehrlich gesagt.» Er lacht trocken. «Und ich glaube, es gefällt mir überhaupt nicht.» Er hält kurz inne. «Dein Mann ist wirklich ein Glückspilz.»

Er steigt in den Aufzug und lässt mich ganz allein zurück. Sofort vermisse ich seine Wärme. Nachdem ich die Tür hinter mir geschlossen habe, lehne ich mich dagegen, presse eine Hand auf meine Brust und spüre das verrückte Schlagen meines Herzens. Da merke ich, dass ich immer noch die Eule in der Hand halte. Mit einer wilden Mischung aus Gefühlen hebe ich sie an die Lippen und küsse sie.

KAPITEL NEUN

Valentina

William: Wie ist Paris? Du fehlst mir.

Einige Sekunden verstreichen ohne eine weitere Nachricht. Meine Finger schweben über dem Display, bereit zu antworten, als wäre ich ein Pawlow'scher Hund beim Erklingen der Glocke. Allerdings kann ich mich nicht dazu durchringen. Nennt es Stolz oder Trotz, aber irgendetwas in mir verbietet es. Dann erinnere ich mich wieder daran, dass ich eine Erwachsene bin, also schreibe ich zurück.

Valentina: Unterhaltsam. Ich war im Louvre.
Hab endlich die Mona Lisa gesehen.

Mir kommt der Gedanke in den Sinn, dass ich William von Monsieur Lemaire erzählen sollte, aber ich entscheide mich dagegen.

William: Gut.
Was hast du für heute Abend geplant?

Warst du wieder in unserem Lokal in der Rue Vieille du Temple, dem mit der roten Fassade?

Er bezieht sich auf dieses bescheidene Steakhaus im Marais, wo wir einmal die beste Crème brûlée von Paris hatten. Wir müssen dort während unseres Aufenthalts mindestens fünf Mal gegessen haben.

Valentina: Nein, lieber nicht. Zu viele Erinnerungen.
William: Val …

An meiner Unterlippe nagend, starre ich auf das Handy. Ich möchte es zerschmettern.

Valentina: Ich muss jetzt aufhören. Jemand aus dem Haus hat mich zum Abendessen eingeladen, und ich habe noch nicht geduscht.
William: Jemand aus dem Haus? Ist dieser Nachbar ein Mann?

Zum ersten Mal, seit ich Sébastien gestern Abend vor meiner Wohnungstür habe stehenlassen, erlaube ich mir, an ihn zu denken. *War es so für William, als er sie zum ersten Mal getroffen hat?* Hat er nur einen einzigen Blick auf sie geworfen, und danach war sein Tag nicht mehr ganz so schlimm?

Valentina: Nein. Das Pärchen unter mir gibt eine Dinnerparty. Ich habe die Frau heute Vormittag im Aufzug kennengelernt, und sie hat mich gebeten, auch zu kommen. Was ist mit dir?

William: Ich gehe mit Larry was trinken. Wann kommst du wieder nach Hause?
Valentina: Ich weiß nicht …

Es ist, als stünde er auf einer Seite und ich auf der anderen, und da ist dieser Abstand zwischen uns, der immer größer wird und ein riesiges, klaffendes Loch in dem hinterlässt, was mal unsere Ehe war. Eine Minute vergeht ohne eine Antwort. Niedergeschlagen lege ich das Handy weg. Was habe ich erwartet? Dass er mich anflehen würde, nach Hause zu kommen, weil er mich braucht?

Nach dem Duschen ziehe ich ein schlichtes, elegantes schwarzes Kleid und klassische, spitze schwarze Pumps an. Mein langes Haar steckte ich zu einem Ballerinaknoten hoch. Ich trete vor den Ganzkörperspiegel, um mich zu betrachten. Schulterzuckend nehme ich meine Clutch, die auf dem pfirsichfarbenen Sessel neben mir liegt. Besser wird's nicht.

Kurz denke ich darüber nach, Joanna anzurufen, um mich von dem Abendessen zu entschuldigen, aber dann erinnere ich mich an die Nachrichten von William. Es erfordert jedes Quäntchen meiner Willenskraft, mich weiter fertig zu machen, da ich nichts anderes tun will, als im Bett zu bleiben, haufenweise Eiscreme zu essen und mir leidzutun. Allerdings ist allein zu sein und die Heldin eines Melodramas zu spielen das Letzte, was ich heute Abend brauche. Gute Unterhaltung und Wein, genau genommen jede Menge davon, werden mir dabei helfen, mich von der ganzen Sache abzulenken, und den Schmerz betäuben, selbst wenn es nur für ein paar Stunden ist.

Die Dinnerparty ist doch mehr als die kleine Zusammenkunft, die ich erwartet habe. Es sind mindestens acht andere Paare da, als ich ankomme. Ich reiche dem Kellner, der mir die Tür öffnet, eine Flasche Wein, dann mache ich mich auf die Suche nach den Gastgebern Joanna und Jacob. Ein Klangteppich aus Jazzmusik, dem Klirren von Kristallgläsern, Unterhaltungen in verschiedenen Sprachen und Gelächter bildet die akustische Untermalung. Ich bin ruhig und entspannt, beinahe losgelöst, während ich mich in der stylishen Wohnung umsehe.

Erinnerungen daran, wie William und ich solche Partys beinahe jedes Wochenende veranstaltet oder besucht haben, drängen sich mir auf. Alle Augen waren auf meinem Mann, der mit seinem Charme, Charisma und seiner Ungezwungenheit einen ganzen Saal für sich einnehmen konnte wie kein anderer. Frauen und Männer jeden Alters, erfahrene Schwerenöter, neuer und alter Geldadel, Politiker, Hollywood-Stars. Egal wer. Keiner hatte eine Chance gegen William, wenn dieser ihn zum Gegenstand seiner Aufmerksamkeit machte. Einmal sagte ein Senator aus Florida zu William, dass das Weiße Haus seine Zukunft sein könne, wenn er es wolle. Und ich, seine treue Ehefrau, stand neben ihm und teilte ihn stolz mit anderen. Sah zu, wie sie seinetwegen den Kopf verloren, da ich verstand, wie sich das anfühlte – vielleicht zu sehr.

Aber ich schiebe diese Erinnerungen weg, bevor sie die Chance haben, echten Schaden anzurichten. *Nicht heute Abend*, wiederhole ich in Gedanken. *Heute Abend bleibt die Vergangenheit dort, wo sie hingehört – in der Vergangenheit.*

«*Excusez-moi.*» Zaghaft lächle ich ein Pärchen an, das zur Seite tritt, um mich durchzulassen.

Ich will mir gerade ein Glas Wein von einem vorbeigehenden Kellner nehmen, als ich Joanna mit ihrem vornehmen britischen Akzent meinen Namen rufen höre. Lächelnd drehe ich mich zu ihr um. Die bezaubernde und anmutige Joanna sieht aus, als gehörte sie auf die Seiten eines Buches neben Herzöge und Gräfinnen. Sie läuft nicht. Sie schwebt in ihren Designerschuhen.

«Valentina! Da sind Sie ja. Ich war schon am Verzweifeln.» Sie küsst die Luft neben meinen Wangen. «Sie sehen umwerfend aus.»

Ich lache. «Sie auch. Danke für die Einladung, Joanna. Ihr Heim ist bezaubernd.»

«Ja, nicht wahr?» Sie hakt sich bei mir unter. «Kommen Sie, ich stelle Sie meinem Mann und den übrigen Gästen vor.» Sie lächelt verschmitzt. «Genau genommen gibt es da jemand, der schon nach Ihnen gefragt hat.»

«Wirklich?» Ich runzle die Stirn. «Wer?» *Ich kenne niemanden in Paris. Na ja, außer ...* Mein Herz beginnt zu rasen.

«Ja, wirklich.» Sie lacht unbekümmert und tätschelt meine Hand. «Können Sie es nicht erraten? Vielleicht hätte ich Sie überraschen sollen.»

Wir gesellen uns zu einer Gruppe, die neben einem Konzertflügel steht, und lassen das Thema fallen. Sie stellt mich ihrem Mann Jacob und einem sehr berühmten Fotografen namens Ronan vor, den ich von einem Kunstmagazin her kenne, sowie seiner umwerfend schönen Verlobten Blaire. Sie sind auch aus New York.

Nachdem wir über Paris und New York und die Vorzüge jeder Stadt geplaudert haben, entschuldige ich mich höflich und mache mich auf die Suche nach etwas zu trinken. Als ich mich der Hausbar nähere, lässt mich ein plötzliches Kribbeln im Nacken herumfahren. Ich erwarte, dass jemand mich beobachtet, aber alle scheinen in ihre Unterhaltungen vertieft zu sein. Um das Gefühl loszuwerden, reibe ich mir über den Nacken.

Ich nehme mir gerade ein Glas Wein vom Tresen, als jemand hinter mich tritt. «Hallo, *ma petite chouette.*» Sein Atem streift meinen Hals, als er sich vorbeugt, um sich einen Drink zu nehmen, was meine Haut vor Aufregung sofort wieder kribbeln lässt.

Sébastien. Ich sollte überrascht sein, aber das bin ich nicht. Tief in mir wusste ich, dass er es ist, der Joanna zufolge nach mir gefragt hat. Oder, wenn ich ehrlich zu mir bin, *hoffte* ich, dass er es wäre.

Meine Mundwinkel heben sich wie von selbst, und ich fühle mich wie eine Dreizehnjährige, die zum ersten Mal den köstlichen, berauschenden Geschmack von Verliebtheit kostet. «Hi.»

So nah vor ihm sehe ich, wie dicht und geschwungen seine Wimpern sind. Die Stoppeln, die seinen Kiefer bedecken. Und diese Lippen, die dich einladen, auf schmutzigste, verbotenste Weise von ihnen zu träumen. Was ich getan habe. «Was machst du hier?»

Er zieht eine Augenbraue hoch, und ein schwaches Lächeln breitet sich auf seinem attraktiven Gesicht aus. «Ist das nicht offensichtlich?»

Ich bin so verzaubert von dem Mann, der vor mir steht, dass seine Worte mich mit unerwünschter Freude erfüllen. Ich lehne mich zurück an den Tresen, nehme einen Schluck von der würzigen Cuvée und tue so, als hätte ich nicht gehört, was er gesagt hat. Komisch, wie seine bloße Anwesenheit einer ansonsten öden Party Leben einhauchen kann. Plötzlich ist der Wein *süßer.* Die Farben sind *leuchtender.* Der Raum *wärmer.*

Ich schaue zu Joanna und ihrem Mann. Sie lachen fröhlich und beherrschen den Raum wie die geborenen Gastgeber. «Dann war das also wegen dir.»

Er lehnt sich zurück und stützt die Ellbogen auf den Tresen. Seine geschmeidigen und anmutigen Bewegungen erinnern mich an ein Raubtier, das sich gleich auf seine ahnungslose Beute stürzen wird. «Was denn?»

«Warum ich heute Abend eingeladen wurde.»

Er schenkt mir ein verschmitztes Lächeln. «Würde das einen Unterschied machen?»

«Ich weiß nicht.» Meine Lippen zucken hinter dem Glas, bevor ich einen Schluck nehme. «Vielleicht.»

«Ein gutes Vielleicht oder ein schlechtes Vielleicht?»

«Würde das einen Unterschied machen?», gebe ich ihm mit einem Seitenblick seine eigenen Worte wieder zurück.

Er lacht mit vor Belustigung funkelnden Augen. *«Bien, ma petite chouette. Très bien.»*

«Merci.» Ein ungewolltes Lächeln kommt mir über die Lippen. Aus den Augenwinkeln bemerke ich, dass er ein maßgeschneidertes weißes Hemd trägt, drei Knöpfe am Hals sorglos geöffnet, die Ärmel hochgekrempelt, sodass seine herrlichen Arme perfekt zur Geltung kommen, und eine marineblaue Hose. Seine rabenschwarzen Locken fallen ihm locker in die Stirn, was ihm eine Aura von Draufgängertum und eingesperrter Energie verleiht. In einem Raum, in dem alle Männer fein herausgeputzt sind, sollte er eigentlich unordentlich wirken, aber irgendwie schafft er es, sie alle zu überstrahlen. Welche Chance hat ein elegantes Jackett gegen solche Arme? Keine.

Sekunden verstreichen in aufgeladenem Schweigen. Das wäre der perfekte Zeitpunkt, um zu gehen, aber ich bleibe auf meinem Platz. Ich verstehe nicht, warum – eigentlich habe ich mehr gesunden Menschenverstand, als mich von einem Mann angezogen zu fühlen, der einem zufällig mit seinem Lächeln das Gefühl geben kann, als wäre man innerlich aus Wackelpudding.

Er sagt etwas. Ich sehe hoch, während er auf mich herunterlächelt, und ... nun, vielleicht habe ich gar keinen gesunden Menschenverstand mehr übrig. Ich räuspere mich. «Was hast du gesagt?»

«Ich sagte, ich bin froh, dass du gekommen bist, Valentina.»

Von irgendwoher im Raum kommt das laute Lachen eines Mannes, während ich mich im faszinierenden Blau von Sébastiens Augen verliere. Wenn es eine Warnung ist, ignoriere ich sie. Ein weiserer Mensch würde sich jetzt verabschieden, vielleicht unter dem Vorwand, sich unter die anderen Gäste mischen zu müssen. Die Gefahr vor sich erkennen. Aber manchmal ist alle Vernunft der Welt nutzlos gegen einen gefährlichen Mann, der dich ansieht, als wärst du die einzige Frau im Raum – der dich zum Leben erweckt. «Ich auch.»

«Sag mir, Valentina, glaubst du an Schicksal?»

«Hmm ... Ich weiß nicht. Vielleicht ja. Ich glaube, wir können unser Schicksal beeinflussen, aber ich glaube auch, dass es da dieses mächtige Etwas gibt – eine Energie, manche könnten es Gott nennen –, das uns einen Schubs in die richtige Richtung gibt. Was ist mit dir?»

«Ja.» Sein Blick brennt sich in meinen, lässt mich zu einer Pfütze zerschmelzen. «Ich denke, ich fange an, daran zu glauben.»

In diesem Moment kommt ein anderer Gast an die Bar, um einen Drink zu bestellen. Ich lächle ihn an und trete zur Seite, um ihm Platz am Tresen zu machen. Zu spät erkenne ich, dass ich jetzt gefährlich nah bei Sébastien stehe. Gerade will ich ein wenig fortrücken, als Sébastiens Finger leicht über meinen nackten Arm streichen. Der Kontakt seiner Haut mit meiner jagt elektrisierende Stromschläge durch meinen Körper, die mich lähmen. Unfähig, ihm in die Augen zu sehen, versuche ich, mich auf die Leute vor uns zu konzentrieren anstatt auf den hinreißenden Mann, der neben mir steht, oder das süße Gefühl seiner Finger. Aber das ist ein aussichtsloser Kampf. Er streichelt mich langsam. Den Arm hinauf und wieder hinunter. Vor und zurück. Und sosehr ich auch gegen seine Anziehungskraft ankämpfe, ich kann trotzdem spüren, wie seine Hitze langsam tief in mich kriecht, mich wärmt, mich verführt.

Die Musik, die Leute, das Lachen, William und unser Streit von zuvor, all das verblasst zu nichts. Die ganze Welt wird plötzlich zu dem kleinen Abstand zwischen uns, pochend – pulsierend – im Rhythmus seiner Berührung.

Einen kurzen und sehr törichten Moment lang stelle ich mir vor, nach seiner Hand zu greifen und ihm ins Ohr zu flüstern, mich mit in seine Wohnung zu nehmen. Wir würden es nicht bis durch die Tür schaffen, bevor unsere Kleider auf dem Fußboden verstreut wären. Sein Mund auf mir, auf meinen Brüsten. Den Kopf in den Nacken geworfen, würden seine schönen Lippen flüstern: *Valentina, Valentina, Valentina.* Und gerade wenn ich glaubte, mich nicht noch weiter erniedrigen zu können, würde ich ihn mit roten Knien und einem Mund, der nach ihm schmeckt, anflehen, mich zu nehmen. Ihn anflehen, das klaffende Loch zu füllen, das William mit seinen Händen und seinem Körper gerissen hat. Sébastien und ich würden ein Paradies mit unseren Sünden erbauen, und ich würde meine ganze Welt in Brand stecken und zusehen, wie sie zu Asche verbrennt, während er sich in mir bewegt.

«Valentina! Kommen Sie her, Darling. Ich würde Sie gern jemandem vorstellen», ruft Joanna und bricht den Zauber des Augenblicks. Sie richtet ihren Blick auf Sébastien und lächelt keck. «Teil sie doch mit uns, du Schuft. Du hast sie lange genug in Beschlag genommen, findest du nicht?»

«Nein, finde ich nicht», kontert Sébastien geschmeidig, was sie zum Lachen bringt.

Errötend hole ich tief Luft und bringe schuldbewusst etwas dringend nötigen Abstand zwischen Sébastien und mich und die Bilder von uns, die sich in meinem Kopf abspielen. Ich versuche, Joanna anzulächeln, und nicke. Dabei fühle ich mich, als wäre ich betrunken und orientierungslos.

«Ich sollte besser gehen.» Ich sehe ihm in die Augen, möchte nicht einmal mir selbst gegenüber zugeben, dass ein Teil von mir sich wünscht, er würde mich bitten zu bleiben. Denn, Gott steh mir bei, das würde ich vielleicht.

«Eines Tages wirst du aufhören, vor mir wegzulaufen. Und wenn dieser Tag endlich kommt, werde ich auf dich warten», flüstert er leise. Seine Worte sind wie eine Liebkosung. «Jetzt geh. Bevor ich meine Meinung ändere und beschließe, dass es mir doch nicht gefällt, dich mit anderen zu teilen.»

«Das kannst du nicht beschließen, denn ich gehöre nicht dir», sage ich leise, dabei frage ich mich, ob er das schnelle Schlagen meines Herzens hören kann.

«Zum Glück bin ich niemand, der so leicht aufgibt.» Er streicht mir eine Haarsträhne hinters Ohr, und als er die Hand wieder zurückzieht, fährt er mit dem Finger hauchzart an meinem Hals entlang und lässt eine Spur des Verlangens zurück. Die Zeit bleibt stehen. Jede Zelle meines Körpers seufzt vor Wonne auf und bettelt um mehr. «Außerdem, wenn man etwas Gutem über den Weg läuft, ist das vielleicht das Schicksal, das einem sagt, man sollte es nicht gehen lassen.» Er lächelt.

Dann geht er. Mein Blick folgt ihm, bis er die Frau von neulich aus dem Aufzug erreicht. Als sie ihn bemerkt, lächelt sie mit der einstudierten Leichtigkeit einer Frau, die weiß, dass sie attraktiv und verführerisch ist. Er legt dieselbe Hand, mit der er mich gerade noch berührt hat, auf ihren Rücken und führt sie zum Wohnzimmer.

Ich schüttle leicht den Kopf. Reiß dich zusammen, Valentina. Dich in einen Mann wie Sébastien zu verlieben wäre nicht nur dumm und schlecht für dein Herz, es wäre fatal.

Ich verlasse die Bar, um mich auf die Suche nach den Gastgebern zu machen, und verdränge Sébastien aus meinen Gedanken. Das Letzte, was ich brauche, ist eine weitere Komplikation in meinem Leben.

KAPITEL ZEHN

Sébastien

Meine Füße rutschen auf nassem Gras aus. Regen prasselt auf meine Haut, die Tropfen fühlen sich an wie Peitschenhiebe, als ich durch den Wald laufe. Ich versuche, sie einzuholen, ohne auf das strafende Geräusch des Donners zu achten, aber der Abstand zwischen uns wird immer größer. Sie lacht und sagt mir, ich solle mich beeilen, wir seien bald da. Meine Hände greifen in die Luft. Ihr Name kommt mir immer wieder über die Lippen. Aber sie bleibt nicht stehen. Das tut sie nie. Meine Augen brennen. Verzweiflung durchflutet mich. Ihre Schritte tragen sie weiter von mir fort, bis sie in der Nacht verschwindet und ich allein zurückbleibe.

Wie immer.

Voller Sehnsucht nach ihr.

Schweißgebadet wache ich auf. Unter meiner Haut toben Verzweiflung und Kummer. Dann zerreißt dasselbe Geräusch von Donner die Stille des Zimmers, das mich im Schlaf verfolgt hat. Die Härchen auf meinen Armen sträuben sich.

Nun hellwach, sehe ich auf den Wecker.

2:40 Uhr.

Scheiße.

Ich setze mich auf und reibe mir mit den Handballen die Augen, während sich die Geister auflösen, von denen ich gleichzeitig will, dass sie mich für immer verfolgen und dass sie mich in Frieden lassen. Seufzend steige ich aus dem Bett, weil ich weiß, ich werde nicht wieder einschlafen. Das ist nichts Neues. Schlaflosigkeit und ich, wir sind alte Freunde.

Ich will gerade in mein Atelier gehen, um zu malen, als ich die schwache Melodie einer spanischen Gitarre durch die Balkontüren hereinkommen höre. Ich folge der Musik, die mich an eine warme Sommernacht in Barcelona erinnert, und betrete den Balkon. Sofort hüllt mich die kühle Luft ein wie ein schwerer Umhang. Ich stelle mich ans Geländer, lege die Hände darauf und schließe die Augen. Der Regen benetzt meine Finger, und ich atme seinen Geruch tief ein.

Die andalusische Melodie hilft mir dabei, einen klaren Kopf zu bekommen, mich aus dem schwarzen Loch meiner Gedanken zu ziehen. Dann wird mir bewusst, wo sie herkommt. Ich beuge mich über das Geländer, um direkt unter mich zu sehen, und entdecke Valentina. Sie sitzt auf einem Metallstuhl unter dem Schutz meines Balkons, denselben grauen Cardigan von neulich Abend um ihre schmalen Schultern geschlungen. Mein Schwanz regt sich bei ihrem Anblick, der makellosen Haut und diesem verdammt herrlichen Mund.

«Hey», sage ich, während mir der leichte Regen auf den Hinterkopf fällt. Der Rest meines Körpers ist durch den Balkon über mir vor dem Regen geschützt, so wie sie durch meinen Balkon.

Sie legt den Kopf in den Nacken und lächelt leicht, als unsere Blicke sich treffen. «Kannst du nicht schlafen?»

Da ist sie, denke ich, während ich sie betrachte – die Atempause von all der Dunkelheit um mich herum. Schon als ich sie zum ersten Mal am anderen Ende des Raumes in der Galerie sah, wusste ich, dass ich geliefert war. Ich verstand es nicht, das tue ich immer noch nicht, aber als mein Blick sie fand, seufzte ein Teil von mir und sagte, da ist sie, sie ist alles, wonach du gesucht hast – willkommen zurück in der Welt der Lebenden, alter Knabe. Ich wollte sie kosten wie edlen Wein, wollte sie unbedingt berühren. Und das tat ich. Ich sagte mir, dass ich ihr nur half, aus einer beschissenen Situation herauszukommen, aber ich hätte Margot auch einfach sagen können, dass Valentina zu mir gehöre. Das hätte für sie gereicht. Stattdessen nahm ich sie in die Arme und küsste sie wie der Verhungernde, der ich war. Ich rechnete mit einer fügsamen Partnerin, einer schüchternen Küsserin, einer widerwilligen Komplizin. Sie war nichts von alledem. Sie erwiderte meinen Kuss mit ebenso viel Verlangen, wie ich empfand, und erschütterte mich verdammt noch mal bis ins Mark. Als wir uns immer wieder über den Weg liefen, wurde ich süchtig nach dem Gefühl, das sie mir gab, wann immer sie in meiner Nähe war. Sie zu sehen ist, wie Luft zu holen, nachdem man beinahe ertrunken wäre.

«Du auch nicht?»

Sie schiebt ihre Brille höher auf die Nase. «Nein, zu viel, das mir im Kopf rumgeht. Hat die Musik dich wach gehalten?» Ein schelmisches Grübchen zeigt sich auf ihrer linken Wange, dieses Grübchen, das ich küssen möchte, schon ziemlich genau seit dem Tag, an dem ich es dort bemerkt habe. «Schätze, diesmal bin ich an der Reihe, was? Tut mir leid. Ich drehe sie gleich leiser.»

«Die Musik ist in Ordnung.»

«Okay, gut.» Sie hebt eine Hand mit der Handfläche nach

oben, um Regentropfen aufzufangen. «Es ist das erste Mal, dass es regnet, seit ich hier bin. Paris ist reizend, wenn es regnet.»

Ich lege den Kopf in den Nacken, um nach dem Mond zu suchen, und bin mir bewusst, dass ich wieder reingehen sollte, aber einfach nur in ihrer Nähe zu sein beruhigt mich. Ich stelle fest, dass ich mich in ihrer Gesellschaft entspanne, obwohl es anfängt, stärker zu regnen. Vornübergebeugt stütze ich die Unterarme aufs Geländer und betrachte die Skyline: den funkelnden Eiffelturm im Hintergrund, die gezackten Dächer, den leeren Park auf der gegenüberliegenden Straßenseite, und die wenigen Autos, die auf der Straße unterwegs sind.

«Ich habe einen Job», platzt sie unvermittelt heraus.

«Ach ja?» Ich weiß nicht, warum, aber die Tatsache, dass sie dieses Stück von sich bereitwillig mit mir teilt, gibt mir das Gefühl, unbesiegbar zu sein. Ich habe den Eindruck, als wäre ich hereingebeten worden, obwohl sie nicht viele Menschen hereinlässt.

«Ja, eigentlich ist es nichts. Ich helfe nur einem Mann in seinem Blumenladen aus. Das dürfte interessant werden, da er kein Englisch spricht und ich kein Französisch.» Sie lacht leise. «Zum Glück gibt es das Internet und Wörterbücher.»

«Das ist nicht nichts.» Ein Auto fährt spritzend durch eine Pfütze am Straßenrand. «Macht es dich glücklich?»

Eine Pause. «Ja. Sehr sogar.»

«Das ist es, was zählt.»

«Ja, du hast recht.» Sie stößt einen langen Seufzer aus. «Joanna und ihr Mann geben tolle Dinnerpartys. Kennst du sie schon lange?»

«Seit ich hier eingezogen bin, vor ungefähr sechs Jahren. Sie sind anständige Leute.»

«Ich mag sie. Ich hatte heute Abend Spaß.» Sie zögert, anscheinend wägt sie ihre nächsten Worte mit großer Sorgfalt ab. «Was ist aus deinem Date geworden?»

Also hat sie darauf geachtet. Ich lächle und fühle mich wie der verdammte König der Welt. Der Regen ist vorübergehend vergessen. Wieder betrachte ich sie. «Eifersüchtig?»

«Ja, klar.» Valentina verschränkt die Arme vor der Brust und schnaubt, als wäre schon der bloße Gedanke beleidigend. In der Dunkelheit kann ich beinahe das süße Erröten sehen, das sich unter ihrer Brille ausbreitet, und stelle mir vor, wie ihr Atem stockt, wie sich ihre perfekten Brüste heben und senken und mich locken wie Sirenengesang. «Ich bin nur überrascht, dass sie nicht bei dir ist.»

Ich ziehe eine Augenbraue hoch. «Was bringt dich auf die Idee, dass sie nicht drinnen auf mich wartet?», necke ich sie.

«Ernsthaft? Von allen –»

«Sie ist nach Hause gegangen, Valentina. Du musst nicht eifersüchtig sein. Sie ist nur eine Freundin. Außerdem ist sie nicht du.»

Und das ist die Wahrheit. Alle meine Beziehungen nach Poppy waren angenehm, voll körperlichem Hunger und Anziehungskraft. Keine Versprechen, keine Verpflichtungen, nur verdammt viel Spaß. Ich bekam eine Möglichkeit, mich zu betäuben, zu flüchten. Die Frauen bekamen einen Mann, der jede Stelle ihres Körpers verwöhnte, wenn er sie vögelte. Es mochte kein besonders tolles Leben sein, aber es war genug für mich.

Das heißt, bis zu Valentina und diesem Kuss …

Sie will gerade etwas sagen, wahrscheinlich, um mich in die Schranken zu weisen, als meine letzten Worte in ihren hübschen Kopf durchzudringen scheinen und sie einer scharfen Erwiderung berauben. Ein bezaubernd verwirrter Ausdruck legt sich auf ihr Gesicht. Ich wünschte nur, es wäre mein Mund gewesen und nicht meine Worte, die ihn verursacht hätten.

Ich bin völlig hingerissen von ihr und bemerke deshalb nicht, dass das Gewitter heftiger wird, bis es zu spät ist. Ein starker Windstoß umweht uns. Wütender Donner grollt erneut. Ein Blitz zuckt gegenüber von uns im Park nieder und schlägt in die eiserne Bank. «Heilige Scheiße», stoße ich hervor. Erschüttert schließe ich die Augen, während ich versuche, mich zu beruhigen. Und dann kommen sie – die unvermeidlichen Erinnerungen, die mich ersticken. Die ‹Was-wäre-wenn›-Fragen werden zu Strafe anstatt Flucht. Armer erbärmlicher Trottel, denke ich. Sogar nach zehn Jahren setzt mir dieser Mist immer noch zu. Es ist, als würde jede Faser meines Körpers diese verfluchte Nacht noch einmal durchleben. Wie ich unter einem von Blitzen erleuchteten Nachthimmel gefahren bin, während Donner in meinen Ohren dröhnte. Regen, der auf die Windschutzscheibe prasselte. Wie es roch, als ich aus dem Wagen stieg, um ins Krankenhaus zu gehen. Ich sollte mich an ihr Lachen erinnern oder an den exakten Farbton ihres roten Haars oder daran, wie sie sich in meinen Armen anfühlte, doch stattdessen …

Ich öffne die Augen und sehe Regentropfen auf meiner Haut landen.

Stattdessen erinnere ich mich an das.

Dann höre ich ihre Stimme, sanft und süß, und sie ruft mich zurück aus der Hölle, in der ich ertrinke. «Sébastien? Alles okay?»

Ich bemerke, dass ich mich mit aller Kraft am Geländer

festhalte und heftig zittere. «Ich weiß nicht … Scheiße!», fluche ich, angewidert von der Verzweiflung in meiner Stimme. «Ich kann jetzt nicht. Ich muss gehen.»

Unhöflich lasse ich sie allein, bevor sie etwas erwidern kann. Im Zimmer bleibe ich nach nur wenigen Schritten wieder stehen. *Was tue ich da?* Jede Faser meines Wesens fleht mich an, wieder nach draußen zu gehen, weil ich ihr warmes Licht bereits brauche und vermisse, mich irgendwie hohl fühle, leer – aber ich bin von innen her erstarrt. Unfähig, mich zu bewegen. Mein Verstand will nicht aufhören, mich zu foltern, genau wie der Regen.

Ich ertrinke.

Ich weiß nicht, wie viel Zeit vergeht, bis ich die Türklingel höre. Erst da nehme ich meine Umgebung wieder wahr. Ich öffne die Tür und stehe Valentina gegenüber.

«Was willst du?», frage ich schroff, die Tür festhaltend. Ich kämpfe gegen den Drang an, sie in meine Arme zu reißen und über sie herzufallen, bis all die Geister fort sind.

Eine winzige Falte bildet sich auf ihrer Stirn, und ihr Blick ist voller Besorgnis. «Ich habe mir Sorgen um dich gemacht.»

«Es geht mir gut», lüge ich.

«Bist du sicher? Eben –»

«Ja. Geh wieder in deine Wohnung.» Ich mache Anstalten, ihr die Tür vor der Nase zuzumachen, aber sie hält sie mit der Hand auf.

«Ich weiß nicht … ich dachte», sie streicht sich eine Locke hinters Ohr, «vielleicht … möchtest du ein bisschen Gesellschaft?»

Ich möchte vor dir auf die Knie gehen und dich bitten, meinen seelenlosen Körper zu segnen, mich Erlösung in deinem Körper finden zu lassen, aber ich weiß, es ist sinnlos. «Falsch gedacht. Jetzt geh.»

Sie macht einen Schritt vorwärts. Anscheinend kümmert es sie nicht, dass ich sie aus meiner Wohnung raushaben will. «Aber –»

«Komm nicht rein», warne ich sie. «Es sei denn, du willst einen Fick.»

Die Grausamkeit meiner Worte lässt sie zusammenzucken, aber das sanfte Licht in ihren Augen verschwindet nicht. Wenn überhaupt, leuchtet es noch heller, wie ein einsamer Stern, der versucht, mir den Weg zu weisen. Sie streckt eine Hand aus, um mich zu berühren, und ich weiche zurück, als wäre die Berührung vergiftet. «Nicht.»

«Du zitterst, Sébastien.» Valentina legt eine Hand auf meine Brust, und es ist, als würde ich mit einem heißen Eisen gebrandmarkt, so brennen sich ihre Finger in meine Haut. Ich will mich bewegen, aber ich tue es nicht – ich kann es nicht. «Was ist los? Bitte rede mit mir.»

«Ich will nicht reden.» Ich schüttle den Kopf. Da ist ein geisteskrankes Monster in mir, das Blut will. Der Bastard will ebenso sehr verletzen, wie er verletzt wurde. Vielleicht hört dann der Schmerz auf.

Fluchend packe ich Valentina und ziehe sie in meine Arme. «Ich will viel lieber meinen Schwanz tief in dich rammen.» Ich grabe meine Finger in ihre Haut und fahre mit den Lippen über ihre Schulter, den eleganten Schwung ihres Halses, fülle meinen Mund bis zum Rand mit ihrem Geschmack – um mich zu erinnern oder zu vergessen. Es ist alles dasselbe. «Deine süße Pussy ficken.» Meine Berührung wird schmerzhaft, aber Valentina wehrt sich nicht gegen mich. Ich lasse sie los und umfasse ihre perfekten Titten, besudle ihre Haut mit meinen schmutzigen Händen. Ich will sie bestrafen und ihr Angst machen. Und wenn ich schon dabei bin, mich selbst ebenfalls bestrafen.

«Hör auf, Sébastien. Das bist du nicht.» Sie schlingt die Arme um mich und hält mich fest. Ich versuche, sie wegzustoßen, aber sie lässt mich nicht los. «Rede mit mir», bittet sie besänftigend. «Hey.» Ihr Blick findet meinen und hält ihn gefangen. «Komm zurück zu mir.»

Komm zurück. Komm zurück. Langsam zieht sie mich aus dem Abgrund, bis ich nicht mehr in der Vergangenheit, sondern hier vor ihr bin. Und die Erkenntnis, was ich fast getan hätte, trifft mich wie ein Schlag in die Eingeweide. Ein Erdbeben der Scham breitet sich in mir aus und hinterlässt Zerstörung. Ich habe Mühe, ihr in die Augen zu sehen, und lasse den Kopf hängen. «Es tut mir so verdammt leid, *ma petite chouette.* So verdammt leid –»

«Schh … Ist schon okay.» Immer wieder streichelt sie meinen Hinterkopf. Mit jedem Streicheln verblasst der Lärm langsam zu einem schwachen Echo. «Es ist okay.»

«Es ist der –» Ich schließe die Augen. Spüre sie um mich herum. Sie bringt mir Trost wie ein Glas Whiskey. Ich vergesse, meine Worte abzuwagen und meine Gefühle für mich zu behalten. Ich lasse sie aus mir heraus, ungefiltert und unlogisch. Und die ganze Zeit über hält Valentina mich fest – diese praktisch Fremde, die schreiend das Weite suchen sollte, anstatt hierzubleiben. «Gewitter wie das hier … die bringen alles wieder zurück.» Ich ziehe sie in eine enge Umarmung und vergrabe mein Gesicht an ihrem Hals. Ich muss sie spüren, muss wissen, dass sie real ist, wenn nichts sonst es zu sein scheint. «Geh nicht.»

Es heißt, die Zeit heilt alle Wunden, aber da bin ich anderer Meinung. Trauer hört nie auf, sie verändert sich nur. Du lernst, damit zu leben, dich aus den zerschmetterten Trümmern um dich herum wieder aufzubauen, bis du wieder ganz bist, aber du wirst nie mehr derselbe sein. Das Licht ist fort. Der Geschmack. Das Lachen. Du wirst ein Fremder, den du früher mal gekannt hast. Aber eines Tages wachst du auf und stellst fest, dass die Dunkelheit von einem Funken durchdrungen wird, einem Funken in Gestalt einer zierlichen Frau mit braunen Augen, die einen Mann ins Verderben treiben könnten.

«Das werde ich nicht.»

Ich erschaudere vor Erleichterung. Mein Verstand setzt aus. *Sie ist hier*, sage ich mir. Und einstweilen ist das mehr als genug. Es ist alles.

KAPITEL ELF

Sébastien

Ich blinzle ein paarmal und bemerke, dass es bereits Morgen ist. Das Sonnenlicht sickert durch die Vorhänge und fällt warm auf mein Gesicht. Blind taste ich auf dem Nachttisch nach meinem Handy, um auf die Uhr zu sehen, und erwische Gegenstand um Gegenstand, bis ich es gefunden habe. Überrascht weiten sich meine Augen. *Ohne Scheiß?* Also das ist mal was Neues. Zwanzig vor elf. Ich habe geschlafen. Ein Lächeln zieht meine Mundwinkel hoch. Und das auch noch wie ein verdammtes Baby. Ich bin ausgeruht – entspannt. Aber da ist auch ein anderes, fremdartiges Gefühl. Eines, das ich schon ganz vergessen hatte: das Gefühl, Frieden gefunden zu haben.

Dann erinnere ich mich.

Valentina. Ihre Weichheit. Ich wollte sie dicht bei mir behalten, solange ich konnte. Mich an ihren süßen Worten festklammern. Meine Krallen in sie graben, während sie mir sagte, dass alles gut werde.

Sie brachte mich in mein Schlafzimmer, half mir aus meinem durchnässten Shirt und ging ein frisches suchen. Es wurden keine weiteren Worte mehr gesprochen. Schweigen und ihre Gegenwart waren alles, was ich brauchte, und das wusste sie. Ihre Finger streiften meine Haut, als sie mir in das saubere T-Shirt half, ihre Berührung war zärtlich, gebend – ohne im Gegenzug um irgendetwas zu bitten. Ich wollte zu ihren Füßen weinen.

Plötzlich todmüde, fiel ich flach mit dem Bauch voran aufs Bett. Einen Moment lang hatte ich Angst, dass sie gehen würde, aber ich hätte es besser wissen sollen. Das hier war Valentina, und sie war mutig und gütig. Sie setzte sich neben mich, den Rücken an die Wand gelehnt, und ihr nackter Oberschenkel war so nah an meinen Lippen, dass es leicht gewesen wäre, sie zu erreichen und mein Gesicht zwischen ihren Beinen zu vergraben. Und bei Gott, das wollte ich. Aber ich tat es nicht. Ich schloss die Augen und atmete tief ein, um meine Lunge mit dem Geruch nach Frau und Valentina zu füllen. Das musste genügen. Dann nahm sie meine Hand, hielt die Scherben fest, die noch von mir übrig waren, ohne zu fürchten, sich an ihnen zu schneiden, und endlich kam der Schlaf.

Nun setze ich mich im Bett auf und kratze mir den Nacken, während ich mich im Zimmer umsehe. Die Tür zum Bad ist geschlossen, und meine Kleidung von gestern Abend liegt in einem ordentlichen Stapel auf dem braunen Ledersessel neben der Tür – Valentinas Werk, da bin ich sicher. Alles ist so, wie es sein sollte.

Ist sie gegangen?

Der Gedanke erfüllt mich mit Enttäuschung. *Mann, dich hat es schwer erwischt.* Kopfschüttelnd lache ich, schlage die Bettdecke zurück und steige aus dem Bett. Als ich mich strecke, weht der Geruch von Kaffee ins Zimmer. Ich öffne die Tür und bleibe stehen, während meine Augen gierig die Szene in sich aufnehmen, die sich in meiner Küche abspielt. Wie erstarrt und mit offenem Mund schaue ich zu. Und fühle mich wie ein Kind im Süßigkeitenladen.

Sich meiner Anwesenheit gänzlich unbewusst, tanzt Valentina langsam vor dem Herd herum, während sie etwas kocht und dabei eine bekannte Melodie summt, aber das Essen ist das Letzte, woran ich denke. Grinsend wie ein Verrückter verschränke ich die Arme, lehne mich an den Türrahmen und genieße die Show. *Danke, lieber Gott. Ich schulde dir was, Mann.* Mein Blick klebt an ihren schmalen Hüften, die sich hin- und herwiegen, Wonne und Dekadenz in jeder ihrer Bewegungen.

Ihr ganzer Körper dreht und wiegt sich zum Rhythmus der Musik in ihrem Kopf, und ich sehe keine Spur von der hochnäsigen, distanzierten Frau aus der Galerie. Nein, diese Frau hier ist wild, ungezähmt, leidenschaftlich und so verdammt sexy – ich habe sie gelegentlich schon erspäht in der Art, wie sie lacht, wie sie mich ansieht, wenn sie glaubt, dass ich es nicht bemerke, und verdammt, in der Art, wie sie küsst.

Reiß dich zusammen, Loser, denke ich. Aber dann rutscht ihr der Cardigan den Arm hinunter und enthüllt die zarte Haut ihrer Schulter. Ein ungebetenes Bild von ihr, wie sie rittlings auf meinem Schoß sitzt, blitzt vor meinem inneren Auge auf. Sie wiegt die Hüften auf meinem Schwanz, meine Finger graben sich in die weiche Haut ihres Hinterns, während meine Zunge genau die Stelle an ihrer Schulter findet, wo ich herausfinden werde, wie Sünde schmeckt.

Nein. Keine Chance. Ich bin geliefert. Absolut geliefert.

Und gerade als ich glaube, dass Valentina mich nicht noch mehr überraschen kann, hebt sie den Pfannenwender in ihrer Hand und benutzt ihn als Mikrophon. Selbstvergessen singt sie von dem Versuch, ein Gefühl lange zurückzuhalten. Sie wirft ihr ganzes Herz in den Refrain und trifft nicht ganz die Töne bei den ‹Come on's› und ‹Ooh's›, aber niemanden, der ihr zusieht, würde das kümmern. Jeder würde ihr genauso verfallen wie ich. Sie singt bezaubernd schief, und statt ihr wie eben noch das Hirn rausvögeln zu wollen, will ich sie jetzt um den Verstand küssen, bis ihre Lippen nur noch meine kennen.

Für das große Finale wirbelt sie einmal um ihre eigene Achse und kreischt auf, als sie mich hier stehen sieht. «Oh mein Gott.» Eine Hand auf der Brust, treten Schock und Verlegenheit in ihre reizenden Züge. «Ich dachte, du schläfst noch. Wie lange stehst du schon da?»

Ich stoße mich vom Türrahmen ab und schlendere auf sie zu, dabei genieße ich die Röte, die ihr in die Wangen steigt. Der Wilde, Jäger, Höhlenmensch in mir schreit: *Mein*! *Mein! Mein! Alles mein!* «Nicht lange genug.»

Sehr ladylike legt Valentina den Pfannenwender auf einen weißen Teller neben dem Herd und schaltet die Herdplatte aus. Verschwunden ist das sorglose Mädchen von noch vor einem Moment, und ich will es zurück. «Ich hoffe, die Show hat dir gefallen.»

Fünf Schritte trennen uns.

«Du hast ja keine Ahnung.»

Vier Schritte.

Verlegen zieht sie ihren Cardigan zurecht, verschränkt die Arme vor der Brust und lehnt sich mit dem Rücken an die Küchenzeile.

Drei Schritte.

«Was für ein Song war das überhaupt?»

Zwei.

Sie fährt sich mit der Hand über den Nacken, während sie

versucht, unter meinem anerkennenden Blick nicht herumzuzappeln. «Du weißt schon ... *Let's Get It On.*»

Ich stehe jetzt so dicht vor ihr, dass wir uns fast berühren und ich hoch über ihr aufrage. Mit einem verruchten Grinsen stütze ich die Hände auf die Küchenzeile und schließe sie zwischen meinen Armen ein. «Ja. Lass es uns tun», flüstere ich leise.

Sie blinzelt ein paarmal, sichtlich durcheinander. «I-ich meinte den Song von Marvin Gaye.»

«Das war Marvin Gaye?»

«Es war ein bisschen schief.»

Ich ziehe eine Augenbraue hoch, und um meine Mundwinkel zuckt es. «Ach wirklich?»

«Okay, vielleicht ziemlich schief.» Sie lacht offen, und ihre Augen sind ein Wirbel aus Schokolade und Karamell hinter der Brille.

Ah. Da ist sie ja wieder.

«Hast du Hunger? Ich habe Frühstück gemacht.»

«Kommt drauf an. Bist du als Köchin genauso gut wie als Sängerin?», necke ich sie und habe mehr Spaß, als ich sollte, mehr, als gut für mich ist. «Denn wenn es so ist ...» Ich tue so, als würde ich eine Grimasse schneiden.

Spielerisch versetzt sie mir einen Klaps gegen die Brust. «Arsch.»

Wir lachen, und es fühlt sich so gut an wie eine Zigarette nach einem wilden Fick. Schweigen senkt sich herab, als das Lachen verebbt, und ein Lächeln bleibt auf unseren Lippen. Ich könnte mich an das hier gewöhnen – an ihre Gegenwart, die lachend die leeren Zimmer meines Zuhauses füllt. Der ungebetene Gedanke überrumpelt mich. Aber sobald er einmal Wurzeln in mir geschlagen hat, fängt er an zu wachsen.

Ich verschlinge sie mit Blicken, während ich versuche, mir die genaue Stelle des winzigen Schönheitsflecks dicht an ihren Lippen einzuprägen. *Oben links, auf der Höhe ihres Grübchens – mein persönliches Bermuda-Dreieck.* «Danke für gestern Nacht», sage ich heiser.

«Nicht der Rede wert. Ich habe nur getan, was jeder an meiner Stelle getan hätte.» Nervös sieht sie sich um und weicht meinem Blick aus. «Außerdem hast du ein reizendes Gästezimmer mit einem sehr bequemen Bett. Weißt du … i-ich glaube, es ist Zeit für mich, zu gehen. Lass dir dein Frühstück schmecken.» Wie ein gejagtes Tier versucht sie zu fliehen. Sie stupst meinen Arm an, damit ich ihn wegnehme.

Aber ich lasse sie nicht fliehen. Ich verstärke meinen Griff um die Kante der Arbeitsfläche. «Warum bist du geblieben?»

«Weil du mich darum gebeten hast.»

«Du hättest gehen können, nachdem ich eingeschlafen war.» Mein Herz schlägt auf Hochtouren. Die Zeit scheint stillzustehen, während sie sorgfältig über ihre nächsten Worte nachdenkt.

«Weil ich bleiben wollte», flüstert sie. «Und es hat sich gut angefühlt …»

Ich beuge mich näher zu ihr. Meine Lippen streifen ihr Ohrläppchen. «Was hat sich gut angefühlt?»

«Gebraucht zu werden.» Sie dreht das Gesicht und sieht mir in die Augen.

Und was ich sehe, ist wie ein Schlag in den Magen. Ich will nach New York fliegen und dieses Arschloch von ihrem Mann umbringen, ihn eigenhändig zu Brei schlagen dafür, dass er es gewagt hat, diesen Schmerz in ihren Augen zu verursachen.

«Gewollt zu werden. I-ich hatte vergessen, wie sich das anfühlt und … und –»

«Du hast keine Ahnung, oder?» Mit der Rückseite meiner Finger streiche ich ihr das Haar von der Schulter. Sie erzittert unter meiner Berührung. Ich zeichne die elegante Kontur ihres Halses und ihrer Schulter nach, mit Händen, die erobern und beherrschen wollen – die sich danach sehnen, sie zu besitzen.

Sie stößt einen zitternden Atemzug aus. «Wovon?»

«*J'ai envie de toi.*» Ich nehme ihr Handgelenk und küsse seine Innenseite, spüre ihren Puls, wie er den meinen wieder zum Leben erweckt. «*J'ai besoin de toi. Tu me rends fou.*» Ich wünsche mir, meine Lippen könnten die Worte in ihre Haut eingraben, damit sie sie glaubt. Ich lasse ihr Handgelenk los, um ihr Gesicht in die Hände zu nehmen. Mein Daumen streichelt die berauschende Röte ihrer Wangen. «Wenn ich ein schwächerer Mann wäre –»

Valentina leckt sich über die Lippen, und ihre Brust hebt und senkt sich schnell. «Ja?»

Das beharrliche Schellen der Türklingel unterbricht den Augenblick, als hätte man kaltes Wasser über uns geschüttet. Leise fluchend lasse ich sie los. Mir wird bewusst, wie dicht ich davor war, die Kontrolle über die Situation zu verlieren. Himmel. Eine Minute länger, und ich hätte sie auf der Küchenzeile genommen.

«Du solltest wirklich deine Tür abschließen, weißt du, Sébastien», sagte eine vertraute Stimme neckend irgendwo hinter uns. «Wir waren gerade in der Gegend und dachten, wir überraschen dich – Oh. Sieht so aus, als – äh – Hallo!»

Das kann gerade nicht wirklich passieren. Aber Valentinas zutiefst verlegene Miene verrät mir, dass es doch so ist. In einem Versuch, sich zu bedecken, zieht sie den Cardigan enger um sich.

«Onkel Sebs! Onkel Sebs!» Ein kleiner Bengel mit schwarzen Locken kommt auf mich zugerannt und wirft die kleinen Arme um meine Beine. «Schau mal!» Er legt den Kopf in den Nacken und grinst mich breit an. «Ich habe einen Zahn verloren!»

«Super, Kumpel. Warum erzählst du mir nicht später alles darüber?» Ich zerzause dem kleinen Jack die Locken, während ich meine Cousine Sophie, ihren Mann und meine Nichte ansehe.

Seit Sophies Mann Jack der neue amerikanische Botschafter in Frankreich geworden ist und sie von D.C. hierhergezogen sind, versuchen sie, mich als fünftes Familienmitglied zu adoptieren. Die Arme beladen mit Tüten voller Lebensmittel, mit denen man eine ganze Armee ernähren könnte, starren sie Valentina und mich an, ihre Augen so groß wie Untertassen. Ich würde lachen, wenn es nicht so eine unangenehme Situation für Valentina wäre.

Ein instinktiver Wunsch, sie vor Verlegenheit zu beschützen, veranlasst mich dazu, mich neben sie zu stellen. «Nun, das ist definitiv eine Überraschung. Euch hatte ich nicht erwartet.» Ich werfe Valentina einen schnellen Blick zu, einen, der sagt, dass es mir leidtut und ich es verstehe, wenn mir das Ärger einbringt. Dann stelle ich ihr meine Familie vor.

Nach dem ersten Schock scheint Valentina sich zu entspannen. Alle lachen, als wäre die ganze Sache ein guter Witz. Und falls ihr bewusst ist, wie das hier auf meine Familie wirken muss, dann lässt sie es sich nicht anmerken. Das einzige verräterische Anzeichen irgendeiner unterschwelligen Verlegenheit ist die leichte Röte auf ihren Wangen.

«Wer bist du?», will der kleine Jack, der seine eigene Vorstellung braucht, mit der Offenheit eines beinahe Fünfjährigen von Valentina wissen. Ich will ihm gerade sagen, dass er sich um seine eigenen Angelegenheiten kümmern soll, als sie mich erneut überrascht.

Sie richtet ihre Aufmerksamkeit auf meinen Neffen, und ein sanfter Ausdruck legt sich auf ihr Gesicht. In dem Moment denke ich, dass sie das Schönste ist, was ich je gesehen habe. Es juckt mich in den Fingern, sie zu malen, sie genau so einzufangen, wie sie gerade ist. Ohne einen Funken Stolz oder Reserviertheit, einfach nur die echte Valentina.

«Komm her, Jack», befiehlt sein Vater. «Lass die Lady in Ruhe.»

«Schon okay.» Sie lächelt meine Familienmitglieder an und konzentriert sich dann ganz auf den kleinen Jack, der sie neugierig mustert. «Ich bin Valentina, und ich bin eine Freundin von deinem Onkel Sebs. Wie geht's dir?»

«Gut. Ich hatte einen Wackelzahn, und ich hab nicht geweint, als Daddy ihn rausgezogen hat. Da war *überall* Blut.» Grinsend zeigt er ihr die Lücke. «Siehst du? Kennst du die Zahnfee? Sie hat mir fünf Euro dagelassen.»

«Na, du bist ja ein tapferer Junge!»

«Ja.» Er dreht sich zu Sophie um, die ihn mit mütterlichem Stolz betrachtet. «Mommy, vielleicht kannst du sie zum Essen zu uns nach Hause einladen und nicht die anderen Frauen, die Onkel Sebs nicht mochte.»

Begeistert von der Aussicht, die Kupplerin spielen zu können, klatscht Sophie in die Hände. «Das ist eine hervorragende Idee!»

Jack schnaubt. «Jetzt bist du in Schwierigkeiten, Mann.» Er sieht Valentina an und formt lautlos ein «Lauf weg» mit den Lippen, was sie zum Lachen bringt.

«*Wirklich?* Wie viele waren es denn?», schließt sich Valentina lachend der ‹Ziehen-wir-Onkel-Sebs-durch-den-Kakao›-Party an.

«Haufenweise.» Abfällig rümpft der kleine Jack die Nase. «Und eine hat mich mal ganz fest in die Wange gekniffen. Das hat mir gar nicht gefallen.»

Isabella, das kleine Biest, schaltet sich auch noch mit ein. «Oh, und die Lady mit den roten Schuhen, die Männer nicht ausstehen konnte.»

Ich zucke mit den Schultern. «Ja, das war von Anfang an zum Scheitern verurteilt.»

Alle brechen in Gelächter aus, und in der einst leeren, tristen Küche ist die Lebensfreude nun geradezu greifbar. Meine Augen finden Valentina, wie sie es immer tun, und meine Familienmitglieder verschwinden im unbedeutenden Hintergrund, als wir einander ansehen.

Sie lächelt mich an.

Und da ist es wieder.

Das Licht.

Hoffnung.

KAPITEL ZWÖLF

Valentina

Benommen komme ich zurück in meine Wohnung, nachdem ich zum Frühstück bei Sébastien geblieben bin. Ich gehe direkt ins Bad. Die Kleider küssen meine Haut, als sie auf den Marmorboden fallen, dann hüpfe ich in die Dusche. Ich lege den Kopf in den Nacken und schließe die Augen. Das heiße Wasser überzieht mich von Kopf bis Fuß, Dampf steigt um mich herum auf.

Meine Bewegungen sind methodisch, aber in Gedanken durchlebe ich das Geschehene erneut. Die Nacht und der Vormittag verbinden sich wie in einer Endlosschleife. Wie ich zu seiner Wohnung ging, nachdem er vom Balkon geflohen war. Der Kummer, die Verzweiflung, die absolute Hoffnungslosigkeit in seinen Augen, als er die Tür öffnete. Er wollte mich von sich stoßen, aber das wollte ich nicht zulassen. Ich wusste nicht, was ich tun sollte, aber die Notwendigkeit, ihn vor seinem eigenen Schmerz zu beschützen, in diesem Augenblick der Not für ihn da zu sein, wurde lebenswichtig für mich. Deshalb bot ich mich seiner verheerenden Seelenqual an. Ich dachte, *nimm diesen Körper. Schlag ihn mit deinen Worten. Ver-*

unstalte ihn mit deinen Händen. Aber komm zurück zu mir. Bring den Sébastien zurück, den ich kennengelernt habe.

Die Wut, die in seinen Armen vibrierte, als ich ihn festhielt, hätte mir Angst machen sollen. Aber ich sah nur, dass er litt, dass er mich brauchte. Eine Flut von Fragen überschwemmte meinen Verstand, aber ich wusste, er war noch nicht bereit, die Antworten mit mir zu teilen, also hielt ich ihn einfach nur im Arm.

Als er endlich einschlief, überlegte ich zu gehen, aber dann warf ich nur einen einzigen Blick auf unsere verschränkten Hände und wusste, ich konnte es nicht. Genau wie ich wusste, dass sich etwas in unserer Beziehung verändert hatte. Ein namenloser Moment, der die nie endende Stille füllte – einer dieser kleinen Momente, aus denen das Leben besteht.

Ich greife nach dem Shampoo, gebe etwas davon auf meine Hand und genieße den fruchtigen Duft nach Beeren, bevor ich es in meine Kopfhaut massiere. Ich lächle, als ich an diesen Morgen denke.

Das Lachen … das Scherzen … die Kameradschaft … seine Lippen auf meiner Haut … das direkte Spiegelbild meiner Gefühle in seinen Augen, unmittelbar bevor wir unterbrochen wurden … seine reizende Familie, die sich bemühte, mir das Gefühl zu geben, willkommen zu sein.

Es hätte zu viel sein sollen. Zu überfordernd. Rote Warnlämpchen hätten vor meinem inneren Auge blinken sollen. Aber ich dachte nur, dass ich mich nicht erinnern konnte, wann ich mich zuletzt so glücklich gefühlt oder wann ich so viel Spaß gehabt habe.

Sébastiens Worte zum Abschied, als wir vor seiner Wohnung standen, dringen in meine Gedanken ein wie ein mitternächtlicher Einbrecher und ernüchtern mich.

«Morgen Abend ist eine Party im Plaza Athénée. Ich möchte, dass du mit mir kommst.»

«Ich denke nicht, dass das klug wäre.»

«Warum nicht?»

«Ich weiß nicht, wie das gehen soll, Sébastien.» Mit dem Finger zeigte ich zwischen uns beiden hin und her, dabei fielen mir eine Million Gründe ein, warum ich nicht einmal darüber nachdenken sollte, hinzugehen. «Wenn du in meiner Nähe bist ...» ... will ich dich immer mehr. *Ich biss mir auf die Unterlippe. «Ich befürchte, ich werde das alles hier bereuen.»*

Er lachte leise. «Weißt du, Reue ist keine so üble Sache. Manchmal kann es sich verdammt gut anfühlen, der Angst den Mittelfinger zu zeigen.» Er tippte mir sanft auf die Nase. «Ich werde bis elf auf der Party sein.»

«Was passiert, wenn ich nicht hingehe?»

«Aber, ma petite chouette, was, wenn du es tust?»

Es ist nur eine Einladung.

Aber irgendwie scheint es mehr als das zu sein.

KAPITEL DREIZEHN

Valentina

Es ist so leicht, anderen die Schuld für die eigenen Fehler zu geben. So brauchen wir nicht die Verantwortung dafür zu übernehmen, welche Rolle, groß oder klein, wir dabei gespielt haben. Ich könnte William die Schuld dafür geben, dass ich hier bin, vor diesem berühmten Hotel. Ich könnte seiner Untreue die Schuld für jeden Schritt geben, der mich näher zu diesem anderen Mann bringt.

Aber tief in mir werde ich immer wissen, dass ich hier bin, weil ich es will.

Den ganzen gestrigen Tag und heute habe ich versucht, mir Argumente einfallen zu lassen, die mich davon abhalten würden, herzukommen. *Es würde Sébastien auf falsche Gedanken bringen. Es wäre sehr unklug und dumm von mir. Ich will ihn, und das sollte ich nicht. Es wird nichts Gutes dabei herauskommen.* Dennoch hat mich keines dieser Argumente daran gehindert, auf die Uhr zu sehen und die Stunden zu zählen.

Und während ich mich zurechtmachte und ein figurbetontes, mattsilbernes Kleid mit Spaghettiträgern und tiefem Rückenausschnitt auswählte, dachte ich bewusst an alles, außer daran, für wen ich mich schick machte und wo ich hingehen würde. *Wie es scheint, bin ich ziemlich gut darin geworden, mich selbst zu belügen.*

Jetzt stehe ich an der Tür des Foyers auf der Suche nach ihm, und das ist der Moment, in dem ich mir nichts mehr vormachen kann. Die Wahrheit ist, dass ich nie die Absicht hatte, nicht zu kommen.

Trockene Kehle. Schwitzige Hände. Erregung strömt zügellos durch meine Adern bei jedem Schritt, den ich mache. Im Saal pulsiert das Leben, untermalt von der Musik und dem Gemurmel von Unterhaltungen. Der Duft von Blumen umhüllt die Luft wie ein Kokon. Teurer Champagner und Wein fachen das ausschweifende Benehmen der Menschen um mich herum an. Alles ist umso aufregender, weil ich weiß, dass er hier ist und dass ich es nicht sein sollte.

Ich entdecke ihn an der Bar in einer Gruppe von Leuten. Fasziniert halte ich kurz inne, um ihn auf mich wirken zu lassen. Sébastien. Ein Dieb unter Königen. Und wie er vor einer Kulisse strahlt, die selbst schon durch ihren Glanz blendet. Er lacht gerade über etwas, als sein Blick meinen trifft. Sofort verschwindet der Saal um mich herum, löst sich in Staub auf, bis auf uns zwei. Er lächelt ein Lächeln, das Gold schmelzen lassen könnte, ein Lächeln, von dem ich weiß, dass es nur mir gilt. Langsam hebt er die Champagnerflöte zu einem stummen Toast, bevor er sie an die Lippen setzt und einen Schluck trinkt, während er mich über den Rand des Glases hinweg ansieht. In meinen Ohren fängt es an zu summen. Ich lecke mir über die Lippen und erwarte beinahe, den Champagner auf ihnen zu schmecken – Sébastien zu schmecken.

Meine Füße bewegen sich wie von selbst. Als der Abstand zwischen uns verschwindet, verschwinden auch meine

Schuldgefühle. Morgen, wenn ich nicht mehr unter seinem Zauber stehe, wenn mir die Wahrheit offen ins Gesicht starrt und ich sie nicht mehr verleugnen kann, werde ich mich mit den Konsequenzen auseinandersetzen.

Aber nicht heute Abend.

Ohne den Blick von mir zu lösen, entschuldigt sich Sébastien von der Gruppe und bedeutet mir dann mit einem kaum merklichen Nicken, ihm zu folgen. Er geht zu einem leeren Balkon links von der Bar, weg von all dem Trubel und den Gästen. Stumm laufe ich hinter ihm her und beobachte dabei sowohl Frauen als auch Männer, die hungrig jeden seiner Schritte verfolgen, während sie zur Seite treten, um ihn durchzulassen.

Er erreicht den Balkon als Erster. Als uns nur noch weniger als fünf Schritte trennen, bleibe ich stehen, um noch einmal tief durchzuatmen und meinen Mut zusammenzunehmen, dann trete ich hinaus in die Nacht. Sébastien sieht über die Schulter, und unsere Blicke verschmelzen miteinander, bis ich neben ihm stehen bleibe.

«Ich habe das Gefühl, ich sollte ‹Überraschung, ich bin gekommen!› oder irgend so etwas sagen, aber du wusstest immer, dass ich kommen würde, nicht wahr?»

Sébastien dreht sich zu mir, beugt sich vor und gibt mir einen Kuss auf jede Wange. Er lässt sich bewusst Zeit, während seine Lippen meine Haut berühren, was eine gewaltige Menge Schmetterlinge in meinem Bauch loslässt. Und sie verwandeln sich von Schmetterlingen in Löwen, die in mir brüllen. «Ich wusste es nicht, aber ich hatte es gehofft.»

Mir wird schwindlig, und ich lege die Hände haltsuchend auf das schmiedeeiserne Geländer. Plötzlich nicht in der Lage, ihm in die Augen zu sehen, konzentriere ich mich auf den Eiffelturm, der hell vor dem Nachthimmel funkelt und die Stadt erleuchtet. Ich versuche, aus dem inneren Tumult schlau zu werden, den dieser aufreizende Mann in mir auslöst, aber es ist zwecklos. Es steckt keine Logik darin. Keine Vernunft. Wie kann ich in Worte fassen, was er durch seine bloße Nähe in mir weckt, wenn ich selbst es kaum begreifen kann?

«Ich liebe es, wie der Eiffelturm funkelt.»

«Das sind goldene Lichter, die abends zu jeder vollen Stunde angehen.»

«Es ist wunderschön. Als wäre er von Sternen übersät. Tolle Party übrigens.»

«Jetzt ja.»

Errötend tue ich so, als hätte ich ihn nicht gehört, obwohl meine Beine sich plötzlich wacklig anfühlen. Ein Lächeln huscht mir über die Lippen, während ich mit der Fingerspitze über das Geländer fahre und seine Worte insgeheim wunderbar finde. Wie kann Sébastien so absurd und gleichzeitig so liebenswert sein?

Er rempelt leicht meine Schulter mit seiner an. «Habe ich etwas Lustiges gesagt?»

Ich schüttle den Kopf, dabei denke ich bei mir, dass jetzt der perfekte Zeitpunkt wäre, das Thema zu wechseln. «Wie war dein Tag?»

Aus den Augenwinkeln sehe ich ihn lächeln, als wüsste er, was ich gerade getan habe und warum. «Wirklich, Valentina? Du fragst mich, wie mein Tag war? Als Nächstes redest du noch übers Wetter.»

Ich lache. «Das schien mir nur höflich zu sein.»

Ein Pärchen kommt auf den Balkon neben uns heraus. Sie hat blonde Haare und lange rote Nägel. Ich runzle die Stirn. Etwas an ihr kommt mir bekannt vor. Der Mann und die Frau verschwenden keine Zeit und verlieren sich sofort in ihrer Umarmung.

«Also ... Paris. Wie gefällt es dir bis jetzt?», höre ich Sébastien fragen, was meine Aufmerksamkeit wieder zurück zu ihm lenkt.

«Wer ist jetzt höflich?»

«Ich versuche nur, mich zu benehmen.»

«Wirklich?» Neckend ziehe ich eine Augenbraue hoch. «*Du? Dich benehmen?* Tust du das jemals?»

«Manchmal.»

«So wie jetzt?»

Verzaubert sehe ich zu, wie Sébastien die Hand hebt, um mit den Fingerknöcheln über meine Wange zu streicheln. Dabei fällt ihm eine Haarsträhne in die Stirn. Seine Lippen kräuseln sich sündig, und sein verhangener Blick sucht meinen Mund. «*Oui, ma petite chouette*, obwohl gutes Benehmen im Moment das Letzte ist, woran ich denke.»

Ich lache, doch seine Worte jagen Schauer der Erregung durch mich hindurch und überziehen meinen Körper mit Hitze. *Ich will ihn. Ich will ihn in mir. Ich will wissen, wie sein Samen auf meiner Zunge schmeckt. Die Wucht seiner Stöße spüren. Und vor allem will ich das hier. Das Lachen. Die Schmetterlinge. Ihn.* Ich starre auf die Skyline und ihre zeitlose Architektur, hole tief Luft und versuche, den Hunger meines Körpers und meines Herzens zu unterdrücken. Ich räuspere mich. «Also. Paris. Ich habe gestern einen Spaziergang durch die Stadt gemacht. Sie wieder neu entdeckt, um genau zu sein.»

«Komisch. Ich habe angenommen, es wäre dein erstes Mal.»

«Nein.» Ich schüttle den Kopf und sehe ihm wieder in die Augen. «Aber mein erstes Mal allein.»

«Ich verstehe.» Ein Schatten huscht über sein Gesicht, verdunkelt seine Augen und trübt flüchtig ihr Licht. Aber dann blinzelt er, und der Schatten ist fort. «Und hat es sich seitdem verändert?»

«Eigentlich nicht. Aber die Art, wie ich es sehe, hat sich verändert. Hast du je *Die Braut, die sich nicht traut* gesehen?»

«Nicht, dass ich wüsste.» Er holt eine Schachtel Zigaretten aus der Innentasche seines Smokings und bietet mir eine an, aber ich lehne höflich ab. Nach einem kurzen Nicken zündet er sich eine an, nimmt einen Zug und bläst den Rauch durch Mund und Nase aus. «Ist er gut?»

Der Rauch ringelt sich in der Luft wie eine Schlange, und ich bin versucht, ihn zu bitten, mich einmal ziehen zu lassen, nur damit ich meine Lippen dorthin legen kann, wo seine waren …

Konzentrier dich. Film. Richtig.

«Ich finde schon, allerdings sind romantische Komödien auch genau meine Kragenweite.» Grinsend werfe ich ihm einen verschwörerischen Blick zu. «Besonders die kitschigen Weihnachtsschnulzen.»

Er grinst zurück. «Wirklich?»

«Oh ja. Davon kann ich gar nicht genug kriegen. Jedenfalls … Julia Roberts. *Die Braut, die sich nicht traut.* Da ist diese Szene im Film, in der Richard Gere Julias Filmcharakter fragt, wie sie ihre Frühstückseier mag. Ich weiß nicht mehr genau, was sie gesagt hat, aber es war so was wie ‹so wie du sie magst› oder ‹was immer du nimmst›. Verstehst du, sie wusste nicht, wie sie ihre Frühstückseier mag, weil sie sie immer so aß, wie sie der Mann, mit dem sie zu dem Zeitpunkt gerade zusammen war, am liebsten aß.»

Er hebt die Zigarette wieder an seine Lippen. Zieht. Atmet aus. «Klingt, als wüsste sie nicht, was sie will.»

«Genau. Also fragt Geres Filmfigur sie: ‹Nein, wie magst *du* dein Ei?›» Ich verstumme kurz und nage an meiner Lippe. Gott, ich würde jetzt gerade wirklich für diese Zigarette töten. «Ich habe viel nachgedacht, seit ich hier bin. Bin in mich gegangen. Und wie Julias Filmfigur wurde mir bewusst, dass *ich* auch nicht weiß, wie ich meine Frühstückseier mag. Irgendwie, irgendwann habe ich vergessen, wer ich bin, was ich mag und was ich nicht mag. Ich war so darauf konzentriert, meinem Mann zu gefallen, in seine Welt zu passen, dass ich *mich* vergessen habe. Versteh mich nicht falsch. Das ist nicht seine Schuld. Er hat mich nie gezwungen, mich zu ändern. Ich habe das alles getan, weil ich es wollte.»

Meine Tante hat mal zu mir gesagt, dass Frauen Männer in der Hoffnung heiraten, sie verändern zu können, aber das können sie nicht. Und Männer heiraten Frauen in der Hoffnung, sie würden sich nie verändern, aber das tun sie immer. Aber als ich William begegnete, sah ich keinen Mann, den ich ändern wollte, damit er zu *mir* passt. Ich wollte ihn nicht zähmen. Er war perfekt, so, wie er war. Stattdessen wollte ich mich ändern, damit ich *seiner* würdig wäre.

Mit einem traurigen Lächeln schüttle ich den Kopf. «Tut mir leid … Ich lade meinen ganzen emotionalen Mist bei dir ab, und das ist wahrscheinlich das Letzte, was du hören willst. Die Probleme einer gelangweilten, verkorksten Hausfrau.»

«Sei nicht so hart zu dir. Wir sind alle verkorkst auf unsere eigene bescheidene Weise. Außerdem, Liebe kann so sein. Dich so verdammt hoch fliegen lassen, dass du für den Absturz blind bist. Und manchmal, selbst wenn du ihn kommen siehst – wenn du weißt, dass du ihn unmöglich überleben kannst –, ist es dir einfach egal, weil es sich so verflucht gut anfühlt.»

Ich räuspere mich und wende den Blick ab, schaue lieber hinunter auf die Straße und konzentriere mich auf ein schwarzes Auto, das vorbeifährt – das ist weniger riskant für den Frieden in meinem Herzen und Verstand. Gerade als ich denke, der Sturm sei vorüber und ich hätte ihn lebend überstanden, nimmt er zögernd, behutsam meine Hand, und die Berührung ist intimer, verheerender, als ein Kuss es je sein könnte. Jedes Atom meines Körpers ist auf ihn eingestimmt, fleht ihn stumm an, mich nie mehr loszulassen, hier bei mir zu bleiben und einfach nur meine Hand zu halten. Er dreht sie mit der Handfläche nach oben und bedeckt sie mit seiner. Es werden keine Worte gesprochen. Sie sind nicht nötig. Das Schweigen ist angenehm wie der warme Wind, der meine Haut küsst.

«Wie machst du jetzt weiter?»

«Wie meinst du das?»

«Man muss leben. Hinfallen. Versagen. Wieder aufstehen. Es immer wieder versuchen, bis man es richtig hinbekommt. Das Leben ist zu kurz, um nicht zu wissen, wie du deine Frühstückseier magst, Valentina.»

«Ich weiß nicht.» Ich verstumme und beobachte Leute, die vorbeigehen, versuche zu erraten, wo sie hinwollen, denke an Monsieur Lemaire und den Blumenladen und wie gut es sich angefühlt hat, den Job zu bekommen, einen Sinn zu haben. «Vielleicht ... Vielleicht herausfinden, ob ich gern im Regen tanze. Wie es sich anfühlt, die ganze Nacht aufzubleiben, um den Sonnenaufgang zu betrachten. Einen Tag lang nur so zum Spaß so tun, als wäre ich jemand anders.»

«Sieh mich an, Valentina», befiehlt er sanft.

Zögernd, immer zögernd, wenn es um ihn geht, zwinge ich mich, ihm in die Augen zu sehen.

«Du bist mehr, als du dir selbst zugestehst.»

«Da wäre ich mir nicht so sicher», erwidere ich spöttisch in dem Versuch, meine hauchdünne Verletzlichkeit hinter einer verbeulten Rüstung zu verstecken.

«Weißt du, was ich sehe, wenn ich dich anschaue?»

Ich schüttle kaum merklich den Kopf.

«Wenn ich dich anschaue, sehe ich eine Frau, die vielleicht die Orientierung verloren hat, die aber auch mutig genug ist, sie wiederzufinden. Das *weiß* ich. Und sie weiß es auch. Sie braucht nur einen kleinen Schubs in die richtige Richtung.»

Schweigen wächst und reift zwischen uns. Er hebt die Hand wie in Zeitlupe oder in einem Traum, schiebt sie unter mein Haar und legt sie in meinen Nacken. Sein Daumen streichelt meine heiße Haut und ersetzt das Blut in meinen Adern durch flüssige Lava.

«Was denkst du?», flüstere ich.

Sébastien lehnt sich vor, bis unsere Gesichter sich gefährlich nahe sind. Mein Verstand schreit mich an, mich zu bewegen, aber unklug ignoriere ich ihn, während ich in einem Meer von Blau ertrinke. Jede Stelle meines Körpers kribbelt.

«Dass ich noch nie jemanden so sehr küssen wollte, wie ich dich jetzt gerade küssen will.»

Eine Pause, die bitter nach Betrug schmeckt.

«Ich bin verheiratet.»

Eine weitere Pause. Die hier schmeckt nach Bedauern, Hoffnungslosigkeit.

Er streichelt mit dem Daumen über die Kontur meines Kiefers, über meine Unterlippe. «Warum bist du dann gekommen, Valentina?»

«Weil ich es wollte. Weil ich sein muss, wo du bist. Weil ich, wenn ich mit dir zusammen bin, glücklich bin.»

Irgendwo in den Tiefen meines Verstandes nehme ich das Geräusch lachender Menschen wahr, das Hupen eines Autos, die Sirene eines Rettungswagens – das Leben, das um uns herum weitergeht, als wäre alles wie immer. Das alles verblasst zu einem bedeutungslosen Nichts wegen eines Mannes, der mich hält, als wäre ich das Kostbarste, das er je gehalten hat.

Schweratmend nehme ich sein Handgelenk. Seine Haut ist geschmeidig und hart, warm und einladend. Und ich will sie nie mehr loslassen, obwohl ich es sollte.

«Sag etwas», flüstere ich.

«Dein Mann ist ein Idiot. Wenn du meine Frau wärst ...» Er überrascht mich, indem er den Kopf senkt und jeden meiner Finger küsst. Seine fordernden Lippen jagen Schockwellen durch mich hindurch. «Himmel, Valentina, du lässt mich Dinge fühlen, von denen ich nicht glaubte, dass ich sie je wieder fühlen könnte», stößt er krächzend hervor und küsst mich auf die Stirn. Der lachende Mann ist einem ernsten Fremden gewichen, einem, dessen Augen voller Schmerz und Verzweiflung sind. Ich will ihn wieder in meine Arme ziehen und ihn festhalten, bis der Schmerz vergeht. «Ich sehe dich an und wage zu hoffen, obwohl –»

«Valentina? Bist du das?», höre ich eine vertraute Stimme fragen und den Zauber des Augenblicks brechen.

Nein. Nein. Nein! Ich verfluche die Götter, die uns immer wieder unterbrechen. Schuldbewusst mache ich einen Schritt von Sébastien fort und bringe etwas Abstand zwischen uns. Dann drehe ich mich zu der Frauenstimme um.

«Gigi?» Schock durchzuckt mich, als meine Freundin ins Licht tritt. Durch Spinning modellierte Beine. Kirschrote Lippen. Sie trägt ein Minikleid, das nur sehr wenig der Phantasie überlässt. Georgiana ‹Gigi› Stanhope. Eine Sexbombe. Fester

Bestandteil von Society-Magazinen und Wohltätigkeitsveranstaltungen. Und zufällig mit einem von Williams besten Freunden und Geschäftspartnern verheiratet. «Was machst du denn hier?»

«Wie es aussieht, dasselbe wie du, Val.» Sie grinst und mustert Sébastien schamlos. «Mich amüsieren.»

Ein schuldbewusstes Erröten brennt auf meinen Wangen. «Ich wusste gar nicht, dass du nach Paris kommen wolltest. Ich meine, als wir uns das letzte Mal unterhalten haben, hast du gesagt, du hättest nichts geplant.»

«Das war bei Neiman's, stimmt's?» Sie zuckt mit den Schultern, und sogar ihr Schulterzucken ist verführerisch. «Kleine Planänderung.» Sie streckt die Hand nach einem blonden Gott im Smoking aus, der viel jünger als wir zu sein scheint, und schmiegt sich an seinen Arm. «Ich habe beschlossen, mir etwas zu gönnen. Val, darf ich dir Ryan vorstellen? Ryan, das ist Valentina.»

Ich stelle ihnen Sébastien vor, und wir plaudern eine Weile. Es gibt keine Pausen mit verlegenem Schweigen, weil Gigi unaufhörlich plappert. Als geborene Entertainerin ist sie es gewohnt, dass alle Blicke und alle Aufmerksamkeit ständig auf sie gerichtet sind. Das macht mir nichts aus. Ehrlich gesagt ist mir das sogar lieber. Dadurch habe ich Zeit, mir eine Antwort auszudenken, für den Fall, dass sie mich über William oder Sébastien ausfragt. Oder einen Vorwand, die Party zu verlassen, ohne unhöflich zu sein.

Sie sieht mich an. «Val, komm mal mit. Meine Herren, wir sind gleich wieder da. Tut nichts, was ich nicht auch tun würde.»

«Was nicht viel ist», raune ich sarkastisch, woraufhin sie lacht.

Sie führt mich zur Damentoilette, wo sie alle Kabinentüren öffnet, um sich zu vergewissern, dass wir allein sind. Als sie zufrieden ist, geht sie zu der Waschbeckenreihe aus Marmor, lehnt sich mit der Hüfte dagegen und verschränkt die Arme. «Und jetzt beantworte mir zwei Dinge, du unartiges Mädchen. Wo ist dein unglückseliger Ehemann? Und am allerwichtigsten, wie in aller Welt bist du in den Armen von Sébastien Leroux gelandet? Nicht, dass ich es dir auch nur im Geringsten verüble.»

«Du kennst ihn?»

«Wir waren eine Zeitlang auf demselben Internat in der Schweiz, aber ich glaube nicht, dass er mich wiedererkennt.» Sie schüttelt den Kopf. «Götter wie er mischen sich nicht unter einfache Sterbliche. Er war ein paar Jahrgänge über mir, aber Gerüchte darüber, was er mit dem Körper einer Frau anstellen konnte, folgten ihm überall hin. Und damals war er noch ein Junge. Sich vorzustellen, wie er jetzt ist ...» Sie tut so, als würde sie sich Luft zufächeln, und beugt sich vor, wie um mir ein Geheimnis zu verraten. «Hast du ihn schon gevögelt?»

«Zwischen uns ist nichts», erwidere ich schnell. Vor Verlegenheit erröte ich.

«Okay», antwortet sie mit einem süffisanten Grinsen. «Wenn du das sagst. Er ist ein ziemlich guter Fang, weißt du? Weltbekannter Künstler, Sexgott der Extraklasse und finanziell unabhängig. Sein Dad war eine Art Wall-Street-King. Seine Mom war eine berühmte französische Schauspielerin. Also frage ich dich noch mal: Wie bist du in seinen Armen gelandet, du *glückliches, glückliches* Mädchen?»

«Ich war nicht in seinen Armen.»

«Oh, Babe. Du laberst so viel Scheiße, dass deine Zunge schon ganz braun ist.»

Ich lehne mich neben sie an die Marmorbecken und stupse ihre Schulter mit meiner an. «Weißt du, für eine Egomanin bemerkst du viel zu viel.»

Sie hat so viel Anstand, zu lachen.

«William ist zu Hause. Und ich bin hier und versuche herauszufinden, wie mein nächster Schritt aussieht», sage ich mit einem plötzlichen Gefühl der Niedergeschlagenheit. Neben ihr zu stehen bringt alles wieder zurück und verpasst der Traumwelt, in der ich in den letzten paar Tagen gelebt habe, eine Dosis nüchterner Realität.

Gigi scheint zu verstehen. «Ich war wirklich wütend auf William, als Larry mir erzählt hat, was passiert ist. Also ernsthaft? Die Praktikantin zu vögeln? Hätte er nicht weniger klischeehaft sein können?» Sie nickt in Richtung der Toilettentür. «Ryan da draußen. Er ist mein Geschenk an mich selbst zur Scheidung.»

Meine Augen weiten sich. «Moment mal, was? Ich wusste gar nicht, dass Larry und du Probleme hattet.»

«Ja. Das Arschloch hat mich gegen ein neueres Modell ausgetauscht, also hab ich mir auch ein Upgrade gegönnt.»

Ich lege eine Hand auf ihr von Diamanten umhülltes Handgelenk. «Das tut mir leid, Gigi.»

Sie tätschelt meine Hand. «Oh, ich brauche dir nicht leidzutun. Du solltest lieber Mitleid mit Larry haben. Meine Anwälte sind besser als seine.»

Wir plaudern noch ein bisschen über den Stand ihrer Scheidung. Falls sie bemerkt, dass ich das Thema meiner eigenen Ehe meide, dann erwähnt sie es nicht. Außerdem, was gibt es da zu sagen? Dass sie so ziemlich vorbei ist?

Wir verlassen die Toilette und gehen wieder zu den Jungs, die noch am selben Ort auf uns warten. Sobald ich Sébastien erblicke, spüre ich, wie die Luft in meine Lunge zurückkehrt, und als unsere Blicke sich treffen und er mich anlächelt, kann ich wieder atmen. Falls das hier falsch ist, dann ist es mir egal.

Sébastien legt seine Hand auf die nackte Haut meines Rückens. Besitzergreifend. Schamlos. Er erhebt Anspruch auf diesen Teil meines Körpers, und mein Körper ergibt sich mit einem bebenden Seufzen. Dicht an mein Ohr gebeugt, flüstert er verlockende Worte: «Wollen wir von hier verschwinden?»

Und eine noch gefährlichere Antwort formt sich in meiner Brust, in meiner Kehle, auf meiner Zunge, in meinen Fingerspitzen. *Gott, ja.*

«Ja.»

KAPITEL VIERZEHN

Valentina

Er nimmt meine Hand, und ich hebe mein Kleid an und folge ihm. Lachen sprudelt in mir hoch, aus mir heraus. In diesem Moment sind wir jung, unbekümmert, ewig und lebendig. So verdammt lebendig. Haarsträubende Elektrizität strömt durch mich hindurch. Er klaut eine Flasche Champagner von einem vorbeigehenden Kellner. Wir gehen nicht mehr. Wir rennen an Fremden vorbei, an Gruppen wütender Leute. Das ist egal. Alles verschwimmt um mich herum bis auf die feste Wärme in meiner Hand, die mich fort von der Dunkelheit und in die Sicherheit führt wie ein Leuchtfeuer.

Wir schaffen es nach draußen. Schweratmend. Straßenlaternen baden unsere Umgebung in goldenen Schimmer. Ein Wirbelsturm aus Glück und Heiterkeit droht, mich mit sich zu reißen.

Ich sehe hoch in den Nachthimmel voller Sterne, die strahlen wie kleine Diamanten. Breite die Arme aus und drehe mich ein- oder zweimal im Kreis, fühle mich frei. «Schön, nicht wahr? Die Sterne?»

«Ja, wunderschön.»

Als ich in seine Richtung sehe, stelle ich fest, dass er stattdessen mich eindringlich ansieht. Lust sammelt sich tief in meinem Innern, in meinem ganzen Körper pulsiert die Sehnsucht.

Sébastien setzt die grüne Flasche an die Lippen und trinkt ein paar große Züge Champagner, mit Genuss und Vergnügen. Als er fertig ist, reicht er sie mir mit einem verschwörerischen Lächeln in den Augen. Ich starre die Flasche eine Sekunde lang an und denke: *Was soll's.* Alle Vorsicht und Benimmregeln in den Wind schlagend, lasse ich mich gehen und greife nach dem Champagner. Und ich trinke und trinke und trinke. Ich trinke, als ob ich mein ganzes Leben lang am Verdursten gewesen wäre und mein Mund gerade zum ersten Mal Wasser gekostet hätte.

«Langsam», sagt Sébastien mit Belustigung in der Stimme.

Ich lache und verschlucke mich dabei. Dann gebe ich ihm die Flasche zurück, während ich mir den Mund mit dem Handrücken abwische. «Tut mir leid. Das hat sich gut angefühlt», sage ich mit einem schüchternen Lächeln. «Hat auch gut geschmeckt.»

Sébastien geht zu einem Abfalleimer, um die leere Flasche wegzuwerfen. Ich betrachte ihn, als er wieder zurückkommt. Ein tödliches, schiefes Lächeln auf den Lippen, die Hände sorglos in den Hosentaschen, das Haar locker in der Stirn. Er ist animalisch und auf primitive Weise königlich, wie der Herrscher der Tierwelt, der auf seine Beute zuschleicht und ihr zusieht, wie sie sich ängstlich duckt, bevor er ihr das Leben nimmt. Meine Hände schwitzen. Mir ist schwindlig, meine Knie werden weich. Vielleicht hatte ich zu viel Champagner?

Nein, das ist er.

Ja, das ist definitiv er.

‹La Bohème› spielt im Hintergrund. Die berühmte Melodie schwebt durch die Fenster heraus, wo die Party immer noch in vollem Gange ist. Autos rauschen vorbei. Der Eiffelturm beobachtet uns. Ein paar Fußgänger gehen an uns vorüber.

Er bleibt vor mir stehen, schlüpft aus seiner Smokingjacke und legt sie mir fürsorglich über die nackten Schultern. Ich stecke die Arme in die Ärmel der Jacke und genieße den Rest seiner Körperwärme und den leichten Duft seines Rasierwassers. Genieße es, wie er mich ansieht. Das ist alles, was zählt.

«Ich kann dir leider gerade keinen Tanz im Regen anbieten. Aber wie wär's im Mondlicht?», sagt er heiser. Die Laterne badet ihn in goldenen Schimmer.

Oh Sébastien. «Du hast zugehört …»

«Natürlich hab ich das. Wenn es um dich geht, bin ich immer aufmerksam.» Ein ungezwungenes Lächeln breitet sich langsam auf seinem attraktiven Gesicht aus. «Also, wollen wir?»

Meine Hand zittert, als er sie nimmt und auf seine Brust legt, über sein Herz. Er legt mir einen Arm um die Taille und zieht mich eng an sich. Ein wohliger Schauer rieselt durch mich hindurch, und ein Keuchen schlüpft mir über die Lippen.

Ich bin ein Nervenbündel, darum versuche ich, zu lächeln und einen Witz aus der Situation zu machen. «Falls ich dir auf die Füße trete, entschuldige ich mich schon mal im Voraus. Ich bin furchtbar bei so was. Val mit den zwei linken Füßen. Einmal hat ein Typ zu mir gesagt, dass ich im Sitzen hübscher aussehe als –»

«Das bezweifle ich stark. Schon vergessen? Die Küche? Ich hab dich tanzen sehen.»

«D-das war was anderes. Ich wusste nicht –»

«Valentina ...»

«Oh, ja. Richtig. Wir tanzen.»

«Wohl eher: Wir versuchen es.» Er lacht, als ich ihm einen Klaps auf die Schulter verpasse, und der sanfte Klang lässt meine Knie weich werden. «Komm, stell deine Füße auf meine.»

«Was? Nein, das wird dir die Schuhe ruinieren.»

«*C'est la vie.* Genug Zeit geschunden, Valentina. Tanz mit mir.» Er hebt mich hoch und stellt meine Füße auf seine, dann beginnt er, sich hin- und herzuwiegen.

«Alles okay?», frage ich mit einem leichten Zusammenzucken, weil ich mir vorstellen kann, dass das hier schmerzhaft für ihn sein muss.

«Ging mir nie besser», flüstert er dicht an meinem Ohr und verstärkt seinen Griff um mich. «Ich hab dich, *ma petite chouette.*»

Ich hab dich. Einfache Worte, aber was für ein sicheres Gefühl sie mir geben!

Ich lasse meinen Blick über seine Züge wandern, während ich mich in dem berauschenden Gefühl verliere, in seinen Armen zu liegen. Sébastien ist wie die Sonne. Es ist dunkel ohne ihn und hell, so hell, wann immer er in deiner Nähe ist. Er kann dich blenden, aber was macht das schon, wenn dein Körper endlich wieder in Flammen steht?

Und unter dem Mondlicht und den Sternen als unsere Zeugen bewegen wir uns langsam, mühelos. Da ist keine Eile. Kein Platz für Gedanken. Nur Vergnügen. Die Welt könnte auseinanderbrechen, und es wäre egal. Ich lege den Kopf auf seine starke Schulter, atme seinen Geruch nach Mann und Rauch und Champagner ein, fülle meine Lunge damit, bis ich in ihm ertrinke. Er kommt näher, legt seine Wange auf meinen Scheitel und atmet tief ein. Und es fühlt sich gut an. Wir werden zu zwei Körpern, die langsam in einem Waldbrand tanzen. Wenn nach dem hier nichts mehr von mir übrig bleibt, dann war es das wert, denn zum ersten Mal seit sehr langer Zeit erinnere ich mich.

Ich erinnere mich daran, wie es ist, sich lebendig zu fühlen.

«Bereit?»

«Hmm?»

«Vertraust du mir?», fragt er heiser. Er verstärkt seinen Griff und zieht mich enger an sich.

Immer noch benommen blinzle ich ein paarmal. Dennoch springt die Antwort aus mir heraus.

«Ja.»

«Gut.»

Sébastien überrumpelt mich, indem er mich über seinen Arm nach hinten beugt und schwungvoll bis dicht über den Boden kippen lässt. Ein erschrockener Aufschrei wird zu Lachen und noch mehr Lachen. Und dann wird das Lachen zu einem Schweigen voller Bedeutung, zu Worten, die nicht ausgesprochen werden können. Mein Herz schlägt auf Hochtouren, während eine unsichtbare Schnur mich zu ihm zieht.

Mit einem reumütigen Lachen küsst er mich auf die Stirn. «Wie es scheint, haben wir Publikum.»

«Was?», frage ich, verwirrt durch das Gefühl seiner Lippen auf meiner Haut.

Sébastien richtet mich in seinen Armen auf und zwinkert mir zu, bevor er mich herumwirbelt. Die Bewegung ist grandios, kunstvoll. Ich quietsche vor Vergnügen, als er mich an den Hüften einfängt und unsere Körper eng aneinanderzieht.

Irgendwo rechts von uns bricht der Klang von wildem Applaus aus. Ich lasse ihn los und drehe mich in Richtung der kleinen Gruppe von Leuten, die uns zusehen. Übermütig und mit jubelndem Herzen nehme ich mein Kleid links und rechts zwischen die Finger, ziehe es auseinander und bedanke mich bei ihnen mit einem sehr damenhaften Knicks. Aus den Augenwinkeln sehe ich, wie Sébastien sich vor unserem Publikum verbeugt, was die Leute völlig durchdrehen lässt. Unsere Blicke treffen sich kurz über dem Lärm von Klatschen und johlenden Pfiffen hinweg. Ich lächle. Er lächelt. Und die Welt verschwindet um uns herum.

Ich verliebe mich in ihn.

Der Gedanke kommt nicht überraschend. Es fühlt sich eher an, als würde ich die Augen öffnen und zum ersten Mal nach sehr langer Zeit den Himmel sehen.

KAPITEL FÜNFZEHN

Valentina

Das Gesicht im Kissen vergraben, vermeide ich es noch ein bisschen länger, die Augen zu öffnen. Ich wackle mit den Zehen und genieße das Gefühl der seidenen Laken an meiner Haut. Mein ganzer Körper seufzt vor Wonne, als die Erinnerungen wie eine kaputte Schallplatte meines Lieblingsalbums in meinem Kopf ablaufen. War irgendetwas davon real oder war alles nur ein wunderbarer, wunderbarer Traum?

Aber es muss passiert sein. Denn mir ist immer noch leicht ums Herz. Ich fühle mich, als könnte ich fliegen. Ich will aufspringen und auf dem Bett herumhüpfen wie ein Kleinkind. Lachen und lachen, bis mir der Bauch weh tut und ich keine Luft mehr bekomme. Dieses Gefühl festhalten und für immer genau so leben.

Mit einem Seufzer drehe ich mich auf den Rücken und öffne die Augen. Mein Blick landet auf dem Kronleuchter und dem Regenbogen aus Licht, den jedes der Kristallstücke wirft. Ich blinzle ein paarmal, bevor ich nach meinem Handy taste, um auf die Uhr zu sehen. Es ist acht Uhr morgens, dann sehe ich auf das Datum.

Es ist Dienstag.

Eine andere Art der Aufregung durchströmt mich. In zwei Stunden soll ich im Blumenladen sein. Gerade als ich aus dem Bett steigen will, höre ich die Türglocke. Stirnrunzelnd nehme ich meinen Cardigan und ziehe ihn über mein Seidennachthemd, bevor ich die Tür öffne, um dort einen jungen Lieferanten mit einer großen Plastiktüte in der Hand vorzufinden. Der Duft von Butter steigt daraus hervor. Neugier fegt die letzten Reste von Schlaf aus meinem Kopf. Er lächelt mit seinem Helm in der Hand und reicht mir eine Nachricht.

Ich tippe auf Rührei.
S.

Ich nehme dem Jungen die Tüte ab und hole meine Brieftasche, um ihm Trinkgeld zu geben, dann schließe ich die Tür. Ich hebe das teure Briefpapier an die Lippen und küsse es, als wären es Sébastiens Lippen. Nachdem ich die Nachricht vorsichtig in die Tasche meines Cardigans gesteckt habe, gehe ich in die Küche, stelle die Tüte auf die Arbeitsplatte und hole mehrere Plastikbehälter heraus. Darin finde ich Eier, auf jede mögliche Art und Weise zubereitet: eine Frittata, ein Omelett, Spiegelei, Rührei, und die Liste geht weiter. Vergnügen und Freude explodieren irgendwo tief in mir. *Oh Sébastien. Du alberner, wunderbarer Mann.*

Nachdem ich geduscht habe, mache ich mich in Windeseile fertig. Ich föhne mein Haar nicht und lasse es stattdessen an der Luft trocknen. *Nimm die Locken an*, scherzt die Rebellin in mir. Sommerliches Blumenkleid. Check. Flache Schuhe. Check. Parfüm und Lipgloss. Check. Brille. Check. Bereit, die Welt zu erobern? Aber so was von – check!

Auf dem Weg zum Blumenladen entdecke ich neue Gerüche. Neue Geräusche. Der Soundtrack der Stadt wird zu einer wunderschönen Harmonie, die zu ihrem Rhythmus passt. Ich atme tief ein, während ich im Vorbeigehen mit den Fingerspitzen über die Blumen streiche, die an einem schmiedeeisernen Zaun wachsen. Die seidige Weichheit der Blütenblätter erinnert mich an Sébastiens Berührung. Ich frage mich, wo die Schuldgefühle sind, die Scham. Aber mein Herz bleibt alldem gegenüber blind und stumm. Ich versuche, mir William vorzustellen, aber mein inneres Auge zeigt mir einen Mann und eine Frau, die im Mondlicht zu ‹La Bohème› tanzen, während ihre Schritte langsam jeden dunklen Winkel ihres Lebens erhellen.

Kopfschüttelnd verdränge ich alle Gedanken an William aus meinem Kopf. Ich werde mich mit dem Durcheinander, das ich angerichtet habe, auseinandersetzen, wenn es so weit ist. Irgendwann wird der Tag kommen, an dem mich die Konsequenzen meines Handelns einholen.

Aber dieser Tag ist nicht heute.

Also kehre ich der Realität den Rücken. Weil ich diesen geborgten, rosafarbenen Traum so lange genießen will, wie ich kann.

Als ich im Blumenladen ankomme, wartet Monsieur Lemaire bereits auf mich. Er begrüßt mich mit einem zögernden Lächeln und einem Französisch-Englisch-Wörterbuch in der Hand. Ich lache.

«Anscheinend hatten wir beide dieselbe Idee.» Ich nehme ein Englisch-Französisch-Wörterbuch aus meiner Lederhandtasche und lege es auf den Tresen. Monsieur Lemaire sieht das Buch an und nickt mit einem gutgelaunten Funkeln in seinen verwitterten blauen Augen.

Kopfschüttelnd lächle ich ihn an, dabei denke ich, dass es Zeit ist, diesen Laden in Ordnung zu bringen. Ich stemme die Hände in die Hüften und mustere meine Umgebung. *Hmm.* Die Blumen brauchen Wasser und ein wenig Pflege. Die Regale sind mit Staub überzogen. Der Boden muss ordentlich gefegt und gewischt werden. Die Fenster könnten auch mal wieder geputzt werden. Ich sollte mich von der Menge an Arbeit, die vor mir liegt, eingeschüchtert fühlen, aber das ist das Letzte, was ich denke. Genau genommen habe ich mich noch nie im Leben so bereit gefühlt. Ich sprühe geradezu vor Tatkraft und Begeisterung.

Ich bemerke, dass Monsieur Lemaire mich neugierig und interessiert beobachtet, wahrscheinlich, um aus mir schlau zu werden. Ich kann mir vorstellen, was er sieht. Eine Frau, die besser ins Ritz passen würde als in einen in Staub versinkenden, heruntergekommenen Laden. Aber die Frau, die er sieht, ist nicht, wer ich bin. Sie ist, wer ich glaubte, sein zu müssen. Doch mit jeder Sekunde, die ich hier in Paris verbringe, bin ich mehr ich selbst, als ich es in meinem riesigen Haus in Greenwich je war.

Ich zeige zum hinteren Teil des Ladens und imitiere dann die Bewegung, den Fußboden zu fegen. Verwirrung gräbt sich in die Falten auf Monsieur Lemaires Stirn. Wenn das hier ein Cartoon wäre, dann würde er sich am Kopf kratzen, und über ihm wäre ein großes Fragezeichen gezeichnet. Ich lache und nehme mein Wörterbuch vom Glastresen. Nachdem ich das Wort gefunden habe, das ich suche, lege ich das Buch hin und sehe ihm in die Augen. «*Moi.*» Ich zeige auf mich. «*Balai*», sage ich und tue so, als hielte ich einen Besen in der Hand.

«Ohh!» Er nickt. «*Aimerais-tu faire le par terre?*»

Ich bin mir nicht ganz sicher, was er sagt, aber ich nicke

trotzdem. Das hier macht Spaß, trotz der sehr offensichtlichen Sprachbarriere zwischen uns. Er bedeutet mir, ihm ins Hinterzimmer des Ladens zu folgen, und dort reicht er mir ein Buch mit Bildern von Blumengestecken.

Was?

Wie sind wir von Besen zu Büchern gekommen? Habe ich das falsche Wort benutzt?

Verwirrt starre ich das Buch in meiner Hand an, da höre ich Monsieur Lemaire kichern. Als ich ihn ansehe, betrachtet er mich mit einem schelmischen Leuchten in den Augen und hat einen Besen in der Hand. Oh, er hat mich drangekriegt, und wie.

Lachend gebe ich ihm das Buch und nehme den Besen. «*Merci.*» Monsieur Lemaire, Sie Schlingel!

Der Tag vergeht wie im Flug. Meine Seele tanzt in einem Wirbel aus neuen Erfahrungen: dem Gefühl von Erde unter meinen Fingern. Schweiß auf meiner Stirn. Dem leisen, seltenen Lachen von Monsieur Lemaire, während er mich beobachtet, wie ich mich um die Blumen kümmere, als wären sie kleine Kinder. Missverständnisse, die zu noch mehr Gelächter führen. Ein ruhiges Mittagessen draußen auf der Bank vor dem Laden neben Monsieur Lemaire, der nicht viel sagt, weil er es nicht muss. Ich ziehe meine Schuhe aus, stelle sie neben mich auf den Boden und wackle mit meinen lackierten Zehen. Der warme Wind küsst unsere Haut und lässt unser Haar fliegen. Das Gefühl, etwas erreicht zu haben, überkommt mich, und meine Güte, es fühlt sich gut an.

Als es Zeit ist, zu schließen, tätschelt Monsieur Lemaire mir mit einer vom Alter gezeichneten Hand die Wange und sieht mir in die Augen. Ich wünschte, ich hätte Worte, um ihm für das zu danken, was er heute für mich getan hat, für das

Geschenk, das er mir gegeben hat, aber ich glaube nicht, dass ich je die richtigen finden würde. Wir verabschieden uns für heute.

Überschäumend vor Freude beeile ich mich, nach Hause zu kommen, weil ich Sébastien von meinem Tag erzählen möchte. Ich will ihn sehen. Zeit mit ihm verbringen. Diese eigensinnige Locke über sein Auge fallen sehen.

Kurz schaue ich in meiner Wohnung vorbei, um eine Flasche Champagner zu holen. Aufregung pulsiert durch meine Adern, als ich am Aufzug vorbeilaufe und stattdessen die Treppe zu seinem Stockwerk nehme. Sobald ich vor seiner Tür stehe, tue ich einen tiefen, beruhigenden Atemzug und klingle zweimal, bevor ich Gelegenheit habe, es mir anders zu überlegen. Ein Teil von mir will flüchten, aus Angst, er könnte mich für zu forsch halten. Aber der andere Teil sagt mir, dass ich nichts Falsches tue und mich entspannen soll.

Er macht die Tür auf. Ich hebe die Flasche und lächle einladend. «Ich schulde dir noch einen Drink ...»

Mit einem schiefen Grinsen kratzt Sébastien sich den Nacken, während sein Blick auf dem Champagner landet. Mein Gott. Es ist, als wäre er ein Geschenk der Unterwelt, um uns höhnisch die Freuden zu zeigen, die wir fänden, falls wir der Versuchung nachgeben und sündigen würden. «Was ist denn der besondere Anlass?»

«Wir feiern.»

«Ach ja? Was feiern wir denn?»

«Das Leben.»

KAPITEL SECHZEHN

Valentina

Ich verbringe meine Vormittage damit, Monsieur Lemaire im Blumenladen zu helfen, und nach und nach erwacht der Laden wieder zum Leben. Der Staub weicht mannigfaltigen Blumen, und mehr Kunden kommen herein. Sogar Monsieur Lemaire lacht mehr – wir beide tun das. Mein Französisch hat sich nicht wirklich verbessert, aber mit Hilfe von Sébastien, der gelegentlich vorbeischaut, um mit uns Mittag zu essen, sind wir in der Lage, besser miteinander zu kommunizieren und die Hürden der Sprachbarriere ein wenig einzuebnen.

Und es ist wunderbar. Einen Sinn zu finden. Sich selbst im Spiegel betrachten zu können und stolz auf die Frau zu sein, die daraus zurückblickt.

Ehe ich mich's versehe, bin ich schon seit ein paar Monaten in Paris. William ruft nicht mehr an, und ich habe aufgehört, es von ihm zu erwarten. Und mit jedem Tag, der vergeht, bettet sich Sébastien tiefer in die DNA meines Lebens, meiner Seele ein. Seit dem Moment, als ich ihn zum ersten Mal erblickte, hat er meine Welt langsam mit Farben erfüllt, deren Existenz ich bereits vergessen hatte. Und jetzt leuchtet sie in diesen Farben.

Spaziergänge am Fluss in sternenklaren Nächten mit ihm an meiner Seite, während ich mit ausgestreckten Armen und glühendem Herzen auf der Mauer entlangbalanciere. Das Teilen von Anekdoten in verschwiegenen Cafés, während wir trunken von Wein werden, von Essen, und ich trunken von ihm. Tanzen in den frühen Morgenstunden, wenn Sébastien mir an den Ufern der Seine Tango beibringt.

Lachen über alles und nichts.

Gedanken an ihn drängen sich mir immer wieder in den Sinn. Sie lassen mich erröten und erwecken tief in meinem Inneren einen Hunger, den ich sehr lange nicht mehr gespürt habe. Manchmal spät in der Nacht lasse ich meine Hand unter die Bettdecke gleiten, spreize die Beine und berühre mich, während ich mir wünsche, es wäre seine Härte in mir. Ich lecke mir über die Lippen und wünsche mir, es wäre seine Zunge. Reibe meine Brustwarzen und stelle mir vor, es wäre sein Mund. Ich greife nach einem Kissen, tue so, als wäre es sein Körper, und dann komme ich, flüstere seinen Namen in ein leeres Zimmer wie ein Gebet oder eine Beschwörung.

Es ist, als hätte Gott gesagt: «Hier, Kind, ich gebe dir die Nahrung für deine hungernde Seele. Die Musik, um die Stille zu füllen. Die Sonne, um dich zu wärmen. Den Mond und die Sterne, um dir den Weg zu zeigen. Aber sei vorsichtig. Sei nicht gierig. Zu viel von etwas kann niemals gut sein.»

Aber ich bin gierig.

Ich borge mir immer mehr Zeit mit ihm, da ich sehr wohl weiß, dass die Uhr tickt. Dass der Sand im Stundenglas ausläuft. Also lebe ich weiter in meiner kleinen Seifenblase und bete, dass ‹morgen› immer wieder kommt, während ich falle und falle. Und das ist alles, was ich tun kann.

KAPITEL SIEBZEHN

William

Zurückgelehnt in meinen Ledersessel, starre ich an die Decke und werfe einen Baseball dagegen. Im Dunkeln wirkt das dumpfe, rhythmische Abprallen beruhigend. Bis auf den Reinigungstrupp und mich ist die Firma leer. Die ununterbrochen klingelnden Telefone draußen vor meinem Büro wurden durch Latino-Musik ersetzt, die aus einem tragbaren Player draußen im Flur dröhnt.

Ich sollte von hier verschwinden, aber meine elende Großmutter hat mir zugesetzt und mir den Tag versaut, der sich bis dahin so gut entwickelt hatte. Die Erträge sahen gut aus. Es fühlte sich an, als würden wir endlich eine Pause bekommen nach einer Reihe schlechter Investitionen und noch schlechterer Erträge. Aber dann kam ihr Besuch.

Loretta Fitzpatrick, die Matriarchin, die den Schlüssel zu all dem Geld in den Händen hält, das ich verzweifelt brauche, platzte in mein Büro, ohne sich einen Dreck darum zu kümmern, dass ich gerade mitten in einem Meeting war. Larry und ein paar der Trader konnten sich ihretwegen gern zum Teufel scheren. Den Gehstock in der Hand, ihre Perlen wie

Artillerie um den Hals, kam sie kampfbereit ins Zimmer. Verschwunden waren die liebevollen Hallos und Küsse auf die Wangen. Ihr Enkelsohn hatte sie enttäuscht, und sie ließ ihn ihr Missfallen spüren.

«William», sagte sie kalt zur Begrüßung und nickte mir knapp zu. Den Rest der Männer ignorierte sie.

Meine Sekretärin stand auf der Türschwelle, Schuldgefühle und Furcht in ihren Zügen. «Sir, sie wollte nicht warten, bis das Meeting vorbei ist.»

Meine Großmutter würdigte sie keiner Antwort. Stattdessen richtete sie ihre ganze Aufmerksamkeit auf mich. «Bitte beende dein Meeting. Ich würde gern unter vier Augen mit dir reden.» Sie machte eine kurze Pause, und ihre scharfen blauen Augen brannten Löcher in mich hinein. «Es sei denn natürlich, du bist zu beschäftigt für mich.»

Ihre Worte trieften vor Sarkasmus, denn sie wusste, dass niemand, nicht einmal ich, es wagen würde, ihr irgendetwas zu verweigern. Am allerwenigsten, wenn sie für dieses Treffen den ganzen Weg von Greenwich hierhergekommen war. Loretta Fitzpatrick ist es gewohnt, ein Imperium mit eiserner Faust zu regieren, und ihr Privatleben führt sie auf dieselbe Weise. Nichts außer Perfektion genügt ihr. Mein armer Großvater hatte keine andere Wahl, als sich zurückzulehnen und ihr dabei zuzusehen, wie sie seine Arbeit für ihn machte. Demzufolge hat er bis zu seinem Tod getrunken und herumgehurt. Nicht, dass ich ihm das im Geringsten verübelt hätte.

Man kann sagen, dass sie dieselbe Perfektion auch von ihren Kindern und Enkelkindern erwartet. Mein Adoptivvater, das einzige Kind aus einer unglücklichen Ehe, brachte sich und seine Geliebte bei einer Bootsfahrt um. Loretta gab meiner Adoptivmutter die Schuld an seinem Tod, sagte, ihre Distanziertheit und Kälte seien es gewesen, die ihn in die Arme einer anderen Frau getrieben hätten. Natürlich wusste sie nicht, dass ihr wertvoller Sohn es genossen hatte, seine Frau und seine Kinder zu schlagen, nachdem er eine besonders bemerkenswerte Flasche Scotch geleert hatte oder in einer seiner düstereren Stimmungen gewesen war. Es gab dem kranken Hurensohn einen Kick, uns weinen zu hören oder farbenprächtige Blutergüsse auf unserer Haut zu sehen. Und wenn er Gwyneth und mich grün und blau geprügelt hatte, packte er meine Mutter an den Haaren, zerrte sie ins Schlafzimmer und machte auf dem Bett mit ihr weiter. Je mehr sie sich wehrte, desto mehr genoss er es. Manchmal zwang er uns sogar, dabei zuzusehen, und unsere Abscheu und Angst bereiteten ihm krankes Vergnügen. Das eine Mal, als ich versuchte, ihn zu bekämpfen, brach er meiner Mutter das Handgelenk. Auge um Auge, sagte er. Ich hasste ihn. Der Tag, an dem er starb, war der glücklichste Tag meines Lebens.

Ich habe meiner Großmutter nie verziehen, dass sie es vorzog, blind zu sein, obwohl alle Anzeichen da waren, und dass sie unsere Mutter dazu brachte, sich noch wertloser zu fühlen, als sie es ohnehin schon tat. Bald darauf starb sie an Krebs. Und als ich vor dem Loch in der Erde stand, während ihr Sarg zusammen mit den Überresten meiner Seele hinuntergelassen wurde, leistete ich mir selbst einen Schwur. Ich würde mir nie mehr erlauben, zu fühlen. Zwischen Blumengestecken und einem Meer schwarz gekleideter Menschen legte ich eine Hand auf meine Brust, genau dorthin, wo mein Herz hätte sein sollen, und spürte nichts.

Dann landete mein Blick auf meiner Großmutter, die ungerührt blieb, unbeteiligt, und erneut erfüllte mich Hass. Ich wollte, dass sie starb und mich verdammt noch mal mit dem Vermögen, das rechtmäßig mir gehörte, allein ließ.

«Bitte entschuldigen Sie uns», beendete ich heute das Meeting, nachdem Loretta hereingeplatzt war.

Während die Männer aus meinem Büro schlurften, fand mein Blick den meiner Großmutter, und der alte Hass kehrte zurück und rammte seine Hörner tief in meine Brust. Als der Letzte die Tür hinter sich geschlossen hatte, standen wir einander von Stille umgeben gegenüber.

«Welchem Umstand verdanke ich dieses Vergnügen?», fragte ich charmant.

Loretta kam auf mich zu und setzte sich in den Sessel direkt gegenüber von meinem Schreibtisch. Sie geht auf die neunzig zu, aber das sah man ihr auch heute überhaupt nicht an. Ihre Haltung war so kerzengerade wie der Gehstock in ihrer Hand. Sie ist majestätisch wie eine Königin. «Du weißt genau, warum ich hier bin. Mrs. Croft hat mir von deiner abgesagten Reise erzählt. Warum ist Valentina immer noch in Paris?»

Ich zuckte nachlässig mit den Schultern, nicht überrascht, dass die Haushälterin sie über den Zustand meiner Ehe auf dem Laufenden hält. Uns im Auge zu behalten ist ihre einzige Aufgabe im Haus, wenn sie gerade nicht so tut, als würde sie arbeiten. Und ich kann sie nicht feuern, ohne meine Großmutter wütend zu machen.

«Ich schätze, ihr war nach Sightseeing.»

«Wofür hältst du mich eigentlich? Deine liebeskranke Ehefrau? Du hast sie schon wieder enttäuscht, nicht wahr?»

Ich wartete stumm darauf, dass sie damit fortfuhr, mich mit ihren Worten zu bestrafen. Nicht, dass sie mir irgendwie schaden konnten. Großmutter kann mir nichts anhaben. Niemand kann das.

«Ich war mir sicher, du wärst anders als all die Männer dieser Familie, aber wie es scheint, habe ich mich geirrt. Gibt es da schon wieder jemand Neues?»

Ich schüttelte den Kopf und lockerte meine Krawatte. «Nein, niemand. Ich habe dir nach dem einen Mal versprochen, dass ich mit alldem fertig bin.»

Sie musterte mich von oben bis unten, Argwohn in jeder ihrer Bewegungen. Vielleicht wusste sie ja doch, dass ich nur Mist erzählte. «Gut. Ich habe ernst gemeint, was ich beim letzten Mal gesagt habe. Sowohl dein Großvater als auch dein Vater haben mich enttäuscht. Und falls du es auch tust, falls dieses Mädchen die Scheidung einreicht, werde ich dich enterben. So einfach ist das. Ich habe es satt, dass unser Name mit dieser Art von Anstößigkeit in Verbindung gebracht wird.»

Wie es schien, wollte meine Großmutter einen Standpunkt deutlich machen. Und wenn sie das tut, dann schert sie sich einen Dreck um die Konsequenzen. Und auf gar keinen Fall werde ich zulassen, dass sie mir das wegnimmt. Ich habe sie nicht umsonst die ganze Zeit über ertragen. Dieses Erbe gehört mir.

«Ich verstehe», sagte ich leise.

«Ausgezeichnet. Ich vertraue darauf, dass du weißt, was zu tun ist.»

Ich stand auf und ging an ihre Seite, um ihr beim Aufstehen zu helfen, aber sie wies meine Hilfe mit einer abwinkenden Handbewegung zurück. Langsam, aber sicher ging sie zur Tür und öffnete sie. Draußen im Flur wartete der gute alte Don in seinem schwarzen Anzug – ihr vertrauter Chauffeur. Sofort bot er ihr seinen Arm an. Während sie ihre runzlige Hand auf seinen Unterarm legte, wandte sie sich zu mir um, bereit, ihre geladenen Worte ein letztes Mal auf mich abzufeuern. «Enttäusch mich nicht, William.»

Sie ging, ohne noch einen weiteren Blick auf ihr ungehorsames Enkelkind zu werfen. Und als ich ihr nachsah, breitete sich eine intensive, an Hass grenzende Abneigung gegen Valentina wie schwarze Tinte in mir aus. Warum konnte sie nicht tun, was ich wollte? Warum musste sie dort bleiben?

Ich hatte unsere Reise nach Paris als eine Möglichkeit geplant, sie zu besänftigen. Sie wird immer schwierig und reizbar um unseren Hochzeitstag herum. Aber dann ist in letzter Minute ein Meeting dazwischengekommen, und Brooke wollte, dass ich einen Abend lang etwas mit ihr unternahm. Danach habe ich das Interesse daran verloren, nachzukommen. Ich dachte, Valentina würde von selbst zurückkommen. Ich hätte nie gedacht, dass sie diesen Moment wählen würde, endlich doch noch Rückgrat zu entwickeln. Wie immer ist Valentinas Timing einfach richtig beschissen.

Wütend schiebe ich diese Gedanken beiseite, stehe auf und lasse den Ball vergessen auf den Teppich fallen. Dann trete ich vor das bodentiefe Fenster hinter meinem Schreibtisch. Ich reibe mir den Nacken und starre auf die Skyline der Stadt. Die Lichter sind überall. Das Leben scheint dort draußen zu pulsieren – das heißt, auf der anderen Seite dieser Glaswand.

Ich lache, als ich an den naiven Jungen denke, der ich einmal war. Bevor ich entdeckte, dass das Böse unter den perfektesten Fassaden lauert. Ich frage mich oft, was aus mir geworden wäre, wenn mein Vater ein anständiger Mann gewesen wäre. Wäre mein Leben irgendwie anders? Was, wenn ich von einer anderen Familie adoptiert worden wäre?

Es gab eine Zeit, in der ich Hoffnung hatte.

Hoffnung kam in Gestalt einer großen, noch mädchenhaften Frau mit wilden Haaren in der Farbe von Milchschokolade. Als ich Valentina zum ersten Mal begegnete, sah ich jemanden voller Träume, voller Leben. Ich warf nur einen einzigen Blick in ihre arglosen Augen und hatte das Gefühl, dass die Welt vielleicht doch kein so beschissener Ort war. Ich wollte glauben, woran sie glaubte. Ich wollte der Mann sein, für den sie mich hielt, weil dieser Mann gut und würdig war. Unbesudelt. War ich in sie verliebt? Nein, aber ich wollte es sein. Und eine Weile lang machte ich mir selbst vor, dass ich endlich Frieden gefunden hätte.

Aber wie bei allen Phantasien, die auf wackligen Fundamenten gebaut wurden, zeigten sich irgendwann Risse, und dann brachen sie langsam ein und wurden zu Staub. Ich wollte, dass Valentina mich vor mir selbst rettete, und eine Zeitlang dachte ich, sie könnte es, aber ich irrte mich. Niemand konnte mich retten. Also verzerrte Hoffnung sich zu Verzweiflung und verunstaltete die Schönheit des gelobten Landes in meiner Reichweite.

Ihre Liebe fing an, mich zu ersticken. Ich konnte nicht in ihrer Nähe sein, ohne Ungeduld und Enttäuschung zu empfinden. Enttäuschung, weil sie nicht die Frau war, für die ich sie gehalten hatte. Sie war schwach, klammernd – ihre Liebe für mich machte sie erbärmlich. Sie war wie eine Schlinge um meinen Hals, die mir die Luft nahm.

Valentina. Einst meine Hoffnung, war sie nun diejenige, die alles ruinieren konnte, wofür ich verdammt hart gearbeitet hatte. Und das würde ich auf gar keinen Fall zulassen.

Ein paar Türen weiter höre ich das schwache Schlagen von Larrys Standuhr die volle Stunde verkünden. Es ist nach Mitternacht. Ich packe meine Sachen ein, gehe in die Garage hinunter, steige in meinen Wagen und fahre nach Hause.

Aber selbst auf meiner Fahrt durch die Stadt kann ich nicht aufhören, über alles nachzudenken. Meine Familie. Meine Vergangenheit. Meine Gegenwart. Valentina. Das Lenkrad fester umklammernd, wechsle ich die Spur und entscheide mich, nicht nach Hause zu fahren.

Brooke nimmt meinen Schwanz in die Hand, um ihn zwischen ihre Beine zu führen und an ihrer Klitoris zu reiben. Ans Kopfteil des Bettes gelehnt, betrachte ich ihre herrlichen Titten, während sie mich in sich schiebt und meinen Schwanz mit ihrem Verlangen umhüllt. Und anders als meine frigide Frau, die ich praktisch zwingen muss, Sex mit mir zu haben, ist diese Frau fürs Ficken geschaffen.

Ihre Taille mit den Fingern umfassend, gebe ich den strafenden Rhythmus unserer Vereinigung vor. Er ist hart und schnell. Sie schlägt mich, als ich mich vorbeuge und sie so fest in die Titte beiße, dass es blutet. Kurz wird mir schwarz vor Augen. Ich werfe sie auf den Rücken, um mit einem einzigen strafenden Stoß in ihre Möse einzudringen, und genieße ihre Schreie vor Schmerz und Verlangen. Als sie anfängt, sich gegen mich zu wehren, mir Gesicht und Arme zu zerkratzen, gehen meine Hände an ihren zarten Hals. Ich verstärke meinen Griff und sehe zu, wie sie versucht, Luft zu holen, während mein Schwanz weiter erbarmungslos, brutal in sie pumpt – das Leben aus ihr herausfickt. Unsere Körper sind schweißüberströmt. Das Zimmer riecht nach unseren schmutzigen Seelen. Und ich liebe es, verdammt.

Sie kommt zuerst. Ihre Augen schließen sich, während sie sich krampfhaft um meinen Schwanz zusammenzieht. Als ich es nicht länger zurückhalten kann, ziehe ich mich aus ihr heraus und spritze ihr auf den Bauch. In einem gleißend intensiven Orgasmus werfe ich den Kopf in den Nacken und schreie.

Jetzt liege ich im Bett und sehe ihre nackte Gestalt aus dem Badezimmer kommen. Während sie sich die nassen Haare trockenrubbelt, betrachte ich mit perversem Genuss die roten Male, die ich an ihrem Körper hinterlassen habe.

«Ich kann mich vielleicht eine Weile lang nicht mehr mit dir treffen.»

Sie neigt den Kopf zur Seite, sodass ihr blondes Haar über ihre linke Schulter fällt. «Ist deine Frau wieder zurück?»

Ich schüttle den Kopf. Die Wut und die Verachtung, die verschwunden waren, sobald ich hergekommen war, regen sich wieder in mir. «Loretta hat mir ein Ultimatum gestellt.»

«Wirklich?», fragt sie mit hochgezogener Augenbraue. «Und zwar?»

«Zerbrich dir darüber nicht dein hübsches Köpfchen. Ich habe das unter Kontrolle. Komm her.»

Sie lässt das Handtuch auf den Boden fallen, bevor sie zu mir aufs Bett kommt und sich rittlings auf meinen Schoß setzt. Ich hebe eine Hand, um mit den Fingerspitzen ihren Hals nachzuzeichnen. Ein verdorbenes Vergnügen umhüllt meine Sinne. «Hab ich dir weh getan?»

Brooke schüttelt den Kopf. «Du bist ein echt kranker Wichser, weißt du das?»

Ich lache trocken, bevor mir die Warnung meiner Großmutter wieder einfällt und mich ernüchtert. «Das hier wird mir fehlen», sage ich und fahre mit den Fingerknöcheln an ihren Titten entlang über ihren Bauch und hinunter zu ihrer heißen, feuchten Pussy.

Stöhnend schließt sie die Augen, als ich sie spreize und

ihre Klitoris mit dem Daumen reize. Haltsuchend legt sie die Hände auf meine Schultern, während sie anfängt, sich an mir zu reiben. «Du lässt das so endgültig klingen», keucht sie, als ich sie mit vier meiner Finger aufspieße. «Was hast du vor?»

Ich küsse sie, anstatt ihr eine Antwort zu geben.

KAPITEL ACHTZEHN

Sébastien

Du bist jeder Gedanke in der Nacht, jeder Wunsch in der Stille.

Die Luft riecht nach süßem Gras, und die Sonne scheint hell und warm ohne eine einzige Wolke am Himmel. Ich stehe wie gebannt auf der Veranda und betrachte die Silhouette einer Frau, die lachend mit einer Gruppe Kinder herumtobt. Sie lächelt breit, die ungebärdigen Locken fließen ihr über den Rücken, und eine Blumenkrone aus Löwenzahn sitzt schief auf ihrem Kopf. Sie trägt ein Kleid, das besser für einen Tag am Strand als für eine exklusive Diplomatenparty in einem Chateau außerhalb von Paris passen würde, aber nur ein einziger Blick auf sie, und es ist dir egal, ob sie einen Kartoffelsack trägt oder ein Ballkleid. Du bist nicht mehr in der Lage, die Augen von ihr zu nehmen. Und das nicht, weil sie die bemerkenswerteste Frau hier ist. Da gibt es andere mit viel klassischeren Zügen. Aber keine von ihnen kann ihr das Wasser reichen. Sie erinnert mich an das Meer: ungezähmt, unvorhersehbar, aber schön, so verdammt schön.

Valentina wirft mit glänzenden Augen einen Blick in meine Richtung, eine einladende, gesunde Röte auf den Wangen, und winkt begeistert, bevor das Rudel Zwerge sie mit Umarmungen überfällt. Die Hände in den Hosentaschen vergraben, genieße ich die Show und lache bei dem Anblick. Selbst die Kinder haben ihr Herz an sie verloren.

«Es ist wirklich wunderbar, diesen Klang wieder zu hören ...»

Versunken in der Szene, die sich vor mir entfaltet, habe ich nicht bemerkt, dass meine Cousine neben mich getreten ist. Ich reiße meinen Blick von Valentina los und richte ihn auf Sophie. Viele sagen, sie sei die Schönheit der Familie, und dem muss ich zustimmen. «Welchen Klang?»

«Dein Lachen.»

Ich nicke. «Hier sind ziemlich viele Kinder.»

«Oh, du kennst doch Jack. Er muss immer jeden einladen, der auch nur entfernt mit der Botschaft zu tun hat.» Sie mustert Valentina. «Sie scheinen sie alle wirklich zu mögen.» Sie setzt eine Champagnerflöte an die Lippen und nimmt einen Schluck. «Sei vorsichtig, Sébastien.»

«Wie meinst du das?» Ich runzle die Stirn, weil mir nicht gefällt, worauf das hinausläuft. «Es ist nichts passiert.»

«Noch nicht», fügt sie hinzu, dabei sieht sie mich aus den Augenwinkeln an. «Hör mal, Sebs, ich mag Valentina auch. Ich glaube wirklich, dass sie die perfekte Frau für dich ist. Ihr großer, vermutlich einziger Fehler ist, dass sie verheiratet ist.»

«Ich weiß.»

«Du glaubst, das zu wissen. Aber du warst noch nie verheiratet. Du kannst die Jahre, die sie zusammen gewesen sind, nicht auslöschen. Und in dem Moment, in dem du versuchst, sie zwischen ihrem Mann und dir wählen zu lassen, wirst du sie verlieren.» Sie verstummt kurz, um ihren nächsten Satz sorgsam abzuwägen. «Nach allem, was du weißt, könnte es auch nur eine schwierige Phase sein.»

Vor etwa einer Woche waren Sophie und Jack zum Abendessen bei mir in der Wohnung. Valentina war auch da. Die Unterhaltung floss dahin wie der Wein. Ein Glas wurde zu fünf oder acht Flaschen. Ehe ich mich's versah, hatte Valentina sich in Bezug auf ihre Ehe geöffnet. Da war keine Verärgerung mehr. Sie gab William nicht einmal die Schuld. Es war, als hätte sie sich endlich mit dem Zustand dessen, was auch immer von ihrer Ehe übrig ist, abgefunden. Und der Bastard in mir war glücklich.

«Ihr Mann hat sie nicht verdient.»

«Das zu entscheiden steht dir nicht zu.» Sie klopft mir auf die Schulter. «Sei schlau. Lass das hier nicht weitergehen.»

Kopfschüttelnd nehme ich ihre Hand und bedecke sie mit meiner. «Ich glaube nicht, dass ich sie aufgeben kann.»

«Hast du es überhaupt versucht?»

«Ich will es nicht.»

«Dann bist du geliefert, Hübscher. Vergiss nur nicht, sie und ihr Mann sind noch nicht fertig miteinander.»

Eifersucht lässt mich rotsehen. «Was zum Teufel soll das bedeuten?»

«Du weißt ganz genau, was es bedeutet. Es ist erst vorbei, wenn es vorbei ist.» Sie tätschelt zärtlich meine Wange, bevor sie wieder zurück zu den übrigen Gästen geht.

Beunruhigt durch Sophies Warnung gehe ich Valentina suchen, die inzwischen mit den Kindern woanders hingegangen ist. Das Bedürfnis, bei ihr zu sein, frisst mich auf. Sobald ich sie mit dem kleinen Jack auf dem Schoß und den anderen Kindern um sie herum im Gras sitzen sehe, bin ich wieder ruhig. Scheiß auf ihren Mann. Wenn er sie wirklich lieben würde, dann wäre er schon am nächsten Tag hier gewesen. Wenn Valentina meine Frau wäre, dann hätte ich Himmel und Hölle in Bewegung gesetzt, um zu ihr zu kommen. Denn wenn du endlich jemanden findest, der es wert ist, für ihn zu leben, dann kämpfst du bis zum letzten Blutstropfen in dir für ihn.

Als ich zu ihnen gehe, verpuffen der Ärger und die Angst allmählich. Ich habe nicht die Antworten auf ihre Ehe, die hat nur sie, aber wir werden einen Weg finden. Sie bemerkt meine Anwesenheit nicht, also bleibe ich im Hintergrund und lehne mich mit der Schulter an einen Baumstamm und lausche ihrer leisen Stimme, während meine Augen sie verschlingen. Der Stoff schmiegt sich an ihre schlanken Kurven, als der Wind ihn wie eine zweite Haut dagegendrückt.

«Es war einmal ein trauriger König eines gewaltigen Landes, in dem ewige Mitternacht herrschte. Kinder wuchsen auf, ohne zu wissen, wie die Sonne oder ein Morgenhimmel aussahen. Es hieß außerdem, wenn der König verärgert war, dann folgten Regen und heulender Wind und erschütterten ihre Häuser mit ihrer wütenden Macht.»

«Er hört sich böse an», sagte ein kleiner Junge und schlang die Arme um sich.

«Er war nicht böse, Tobias. Er war nur einsam und sehr griesgrämig. Deshalb machte er ständig ein finsteres Gesicht.» Lächelnd schüttelt Valentina den Kopf.

«Er hört sich an wie mein Vater», sagt Jack kichernd.

Valentina lacht, und verdammt, der Laut ist wie Musik in meinen Ohren. «Jedenfalls wurde der König von allen gefürchtet, von den Bewohnern, den Dienern und den benachbarten Herrschern gleichermaßen. Er war dafür bekannt, unbarmherzig und gefühllos zu sein.»

«Wie hat er ausgesehen?»

«Hmm.» Sie klopft sich ans Kinn, während sie über ihre Antwort nachzudenken scheint.

«Wie ein Bär!», befiehlt Jack.

«Wie ein Pferd?», schlägt ein blondes Mädchen schüchtern vor.

«Ja! Wie klug ihr beide seid.» Valentina lächelt die Kinder ermutigend an, und Jack wächst ungefähr zehn Zentimeter vor männlichem Stolz. Sie lässt den Blick über ihr gebanntes Publikum schweifen und senkt die Stimme. «Es hieß, er hatte das Gesicht eines Bären und den Körper eines Pferdes. Seine Untertanen hatten Angst, ihn zu berühren, weil sie glaubten, er könne sie in Stein verwandeln. Also lebte der arme König abgeschieden in seinem großen Schloss auf dem Gipfel des höchsten Berges.»

«Das ist aber traurig», sagt meine Nichte Isabella. «Ganz allein zu leben.»

«Wetten, Daddy würde es gefallen?», wirft Jack ein, was Valentina kichern lässt. «Er ist allergisch gegen Leute, weißt du.»

«Oh, ich weiß!», ruft Isabella aus. «Er braucht eine schöne Prinzessin mit einer Blumenkrone genau wie deine, die ihn küsst und in einen schönen König verwandelt.»

Ich stoße mich vom Baum ab und schlendere zu dem Kreis aus Kindern und meiner kecken Nichte in der Mitte. «Jetzt wird die Geschichte interessanter …»

Valentinas Augen tanzen vor Lachen, als sie meinen Blick festhält. «Nein. Leider stand das nicht in den Karten für ihn.»

«Jammerschade.» Ich verschränke die Arme und ziehe eine Augenbraue hoch. «Was ist aus diesem finster dreinblickenden Ungeheuer geworden?»

«Er war kein Ungeheuer. Nur missverstanden. Und jetzt

wäre ich dir unendlich dankbar, wenn du so freundlich wärst, still zu sein, damit ich die Geschichte zu Ende erzählen kann.»

Ich nicke gnädig und muss lächeln. Valentina breitet anmutig ihren Rock aus und drückt den kleinen Jack noch einmal an sich. Der Glückspilz. «Also, wo war ich? Ach ja. Eines Tages hielt ein Zigeunermädchen in einem blauen Wohnwagen vor dem Schloss.»

«War sie schön?», fragt das kleine blonde Mädchen von vorhin.

«Natürlich war sie das. Das sind sie immer», wirft ein älteres Mädchen ein.

«Verliebt sich der König in die Zigeunerin?»

«Igitt, nein!», rufen die Jungs beinahe einstimmig vor Abscheu. *Arme Kinder. Wenn sie nur wüssten …*

Wir verlieren die Aufmerksamkeit der Kinder, weil sie anfangen, untereinander zu lachen und zu streiten. Nicht, dass das schlimm wäre. Denn Valentina steht auf und streicht Gras und Erde von ihrem Rock. Mit einem unanständigen Lächeln auf ihrem breiten Mund und diesem verdammten Grübchen, das mich verrückt macht, kommt sie zu mir, als wäre sie eine Jungfrau, die bereit ist, den Göttern geopfert zu werden. Mich verspottend. Berauschend. Ein Windstoß lässt ihr Haar in alle Richtungen fliegen und ihr Kleid in der Luft tanzen.

Sie steht jetzt vor mir. «Du kommst mir bekannt vor. Sind wir uns schon mal begegnet?»

«Das will ich doch hoffen», antworte ich gedehnt, während ich ihr eine Strähne hinters Ohr streiche.

«Weißt du, Sophie hat recht, du berührst mich tatsächlich, wann immer dir danach ist», neckt sie mich.

«Und trotzdem ist es immer noch nicht genug.»

Leicht errötend senkt Valentina den Kopf, aber nicht, bevor ich sie lächeln sehe. Aus den Augenwinkeln bemerke ich, dass düster aussehende Wolken die Sonne verdecken. Der Geruch nach Regen steigt mir in die Nase. Bäume wiegen sich im Wind. Und dann kommt er. Der Regen. Sanft. Warm. Frisch auf unserer Haut.

Sie wischt mir einen Regentropfen von der Stirn. Besorgnis steht ihr ins Gesicht geschrieben. «Wir sollten reingehen.»

Ich nicke und versuche, ruhig zu bleiben. Hoffe, dass es so bleibt. Ohne Donner. Ohne Erinnerungen. Sie nimmt meine Hand und verschränkt die Finger mit meinen, eine natürliche Geste, als gehörte ihre Hand schon immer dorthin. Wir laufen, bis wir einen großen Baum erreichen. Während wir uns in seinem Schutz unterstellen, blitzt ein Bild vor meinem inneren Auge auf. Ein älterer Mann, der seinen Kindern beim Spielen draußen im Regen zusieht. Zurückgezogen in der Sicherheit seines Wohnzimmers, wünscht er sich, er könnte sich ihnen anschließen, aber das kann er nicht. Er hat zu viel Angst. Also muss er sich damit begnügen, einfach nur dazusitzen und sein Leben an sich vorbeiziehen zu sehen.

Ich drücke Valentinas Hand. «Ich will nicht mehr davonlaufen.» Das Leben ist zu kurz, um abseits stehend dabei zuzusehen.

«Bist du sicher?»

Während Kinder und Erwachsene an uns vorbeilaufen und versuchen, nicht nass zu werden, bleiben wir, wo wir sind. Es wird Zeit, mich meinen Dämonen zu stellen. Was ist denn das Schlimmste, das passieren kann? Dass sie mich wieder zurück in die Hölle ziehen? Es ist ja nicht so, als wäre ich dort nicht schon mal gewesen. Mit einem Blick auf unsere Hände denke ich: *Und ich bin wieder zurückgekommen. Ich habe überlebt.*

«Ja, ich bin sicher.»

Ich trete aus dem Schutz des Baumes, schließe die Augen, lege den Kopf in den Nacken und spüre, wie der Regen mich von innen heraus reinigt. Da sind keine großen Gesten. Keine magischen Worte, um den Schmerz verschwinden zu lassen. Aber heute kämpfe ich zurück. Heute entscheide ich mich für das Leben.

Ich öffne die Augen, sehe ihr herrliches Gesicht und grinse. «Wenn ich mich richtig erinnere, hast du mir mal gesagt, du möchtest gern im Regen tanzen. Nun, *ma petite chouette.* Wie wär's mit einem Tanz?»

«Was?» Ihre Augen weiten sich überrascht, aber sie lächelt dennoch. «Jetzt?»

«Ja, warum nicht?»

«Du bist verrückt!» Sie lacht, kommt aber trotzdem zu mir gelaufen. Und in diesem Moment ist sie ebenso bezaubernd, wie sie frei ist. «Aber ich auch, wie es scheint.»

Ich lege den Arm um ihre Taille und ziehe sie enger an mich. Verlangen, Hunger und Sehnsucht nach ihr hallen wie ein Echo in mir wider. «Bereit, *ma petite chouette*?»

Strahlend legt sie die Arme um meinen Hals. «So bereit wie noch nie.»

Wir beginnen im Regen zu tanzen. Unsere Kleidung ist völlig durchnässt. Aber nichts davon ist wichtig. Victor Hugo hat einmal gesagt: *La vie est une fleur dont l'amour est le miel.* Das Leben ist eine Blume, deren Honig die Liebe ist.

Der Mann hatte nicht ganz unrecht.

Seit Valentina in mein Leben getreten ist, weiß ich, dass ich keine Chance gegen sie habe. Ich bin seit der Sekunde verloren, in der sie in die Galerie kam und das Leben sie mir in den Weg warf. Jetzt, da ich eine Kostprobe von einem Leben mit ihr darin bekommen habe, würde mir das Leben, das ich zuvor geführt habe, nicht mehr reichen. Ich will, dass sie nackt unter den Sternen für mich tanzt. Ich will sie lieben, während ihr Haar auf mein Gesicht fällt und ihr schlanker Körper mich immer wieder in sich aufnimmt. Ich will, dass sie mir zeigt, wie man das Leben ohne Angst lebt – ohne Einschränkungen.

Sophie hat mir einmal gesagt, dass die Liebe nichts verkleinert. Sie macht alles größer. Dass Poppy gewollt hätte, dass ich wieder Liebe finde, dass ich darüber hinwegkomme, dass ich lebe. Aber mein Herz blieb verschlossen. Stumm. Erstarrt. Unberührt von der Parade von Frauen, die in mein Leben kamen, mein Bett zierten und meinen Körper jede Nacht warm hielten.

Aber dann traf ich Valentina.

Und die Welt war wieder in Ordnung.

Ich werde Poppy immer lieben. Um sie und unser ungeborenes Kind trauern. Niemand kann sie ersetzen. Weil es kein Wettbewerb ist. Ich brauche nicht eine mehr zu lieben als die andere. Aber wenn ich Valentina ansehe, sie in meinen Armen spüre, ihr Herz an meinem schlägt, verstehe ich endlich, was Sophie meinte, als sie sagte, Liebe verkleinert nichts.

Sie macht alles größer.

Als ich Valentina ansehe, ohne unseren Blick zu unterbrechen, springe ich bereitwillig in den Abgrund. Manche Menschen nennen es Wahnsinn. Ich nenne es Liebe.

Sie gehört mir, sage ich zu mir.

Aber wie lange noch?, antwortet eine andere Stimme.

KAPITEL NEUNZEHN

Valentina

Wir stehen jetzt vor meiner Wohnung. Unschlüssig. Nicht bereit, den Abend zu beenden. Nicht bereit, uns zu verabschieden.

«Danke für den heutigen Tag, Sébastien. Ich hatte sehr viel Spaß.» Ich sollte ihn hereinbitten, aber etwas in mir verbietet es.

«Nicht der Rede wert.»

Ich zeige hinter mich, auf die Tür. «Ich muss ... äh ... es ist wahrscheinlich zu spät für einen Schlummertrunk, aber –»

«Es ist besser so.» Er schüttelt leicht den Kopf. «Ich werde vernünftig sein und das Richtige tun und gehen.»

Ich starre auf meine Füße, unfähig, ihm in die Augen zu sehen, weil ich Angst habe, dass ich ihn dann anflehe zu bleiben. «Ja, bitte.»

Bevor ich weiß, was geschieht, legt er einen Finger unter mein Kinn und bringt mich dazu, ihn anzuschauen. Die Härchen in meinem Nacken sträuben sich. «Weißt du, was ich mir ständig wünsche?»

Ich schüttle den Kopf.

«Ein anderes Leben in einem anderen Universum, mit dir an meiner Seite. Und jetzt geh rein und schließ die Tür.»

Ohne Fragen zu stellen, tue ich, was er sagt. In der Wohnung schließe ich die Tür hinter mir, lehne mich mit dem Kopf dagegen und hole tief Luft. Es ist besser so, sage ich mir, aber es könnte ebenso gut auf taube Ohren treffen, so viel nützt es. Jede Faser meiner Seele schreit danach, ihm nachzulaufen.

Ein Seufzen schlüpft mir über die Lippen, als mein Blick auf dem Spiegel landet, der links neben mir an der Wand hängt. Ich starre mein Spiegelbild an. Verschwunden ist die makellose Frau, deren Mann sie nicht wollte und die seit langer Zeit nicht mehr genug empfunden hat. Stattdessen sehe ich jemanden mit Feuer in den Augen. Sie lächelt, und man erkennt Spuren der Frau, die sie einst war. Die Frau, die keine Angst davor hatte, in Pfützen zu springen und in Cafés zu weinen. Und das alles wegen Sébastien. Er hat mich wieder daran erinnert, wie es sich anfühlt, ich selbst zu sein.

Was machst du hier?, fragt die Stimme in meinem Kopf. *Geh ihm nach.*

Was soll ich zu ihm sagen?

Ist das wichtig? Geh!

Mein Herz beginnt heftig zu schlagen, als mich das Bedürfnis, ihn zu sehen, erneut überkommt. Jede Vorsicht in den Wind schlagend, öffne ich die Tür, bereit, ihm hinterherzulaufen, doch ich bleibe wie erstarrt stehen.

Vor meiner Wohnung steht Sébastien, eine Hand erhoben, als wollte er gerade an die Tür klopfen. Gierig nehme ich die harten Konturen seines Gesichts in mich auf.

«Du bist noch da», sage ich schwach. Es fühlt sich an, als wäre gerade eine Bombe aus Schmetterlingen in mir hochgegangen.

Die Ärmel seines weißen Hemds sind bis zu den Ellbogen hochgekrempelt. Er steht breitbeinig da. Ein schwaches, reumütiges Lächeln um die Mundwinkel, lässt er die Hand sinken. «Ich bin noch da.»

Ich sehe ihn an und vergesse Kummer und Konsequenzen. Weil ich egoistisch bin. Fehlerhaft. Verletzt. Weil ich es müde bin, so müde, im Dunkeln zu leben. Ich will *wissen, spüren*, wie es ist, in sein Licht gebadet zu sein, selbst wenn es nur für kurze Zeit ist. Ich will so tun, als wären wir nur zwei Menschen, die einander in dieser riesigen Welt endlich gefunden haben.

«Warum?»

«Weil du es bist.»

Er macht einen Schritt vorwärts, oder vielleicht bin das ich. Das ist nicht wichtig. Unsere Körper prallen aufeinander, als er die Hände in meinem Haar vergräbt und mich enger an sich zieht, so als ob er versuchte, uns miteinander zu verschmelzen. Wir verlieren uns in einem Augenblick, der uns an einen Ort trägt, an dem die Vergangenheit und die Zukunft nicht von Bedeutung sind – sie existieren nicht. Und es fühlt sich ein bisschen an wie fallen. Wie fliegen. Zu Boden stürzen. In den Wolken tanzen. Ein Käfig und ein freier Himmel. Das Licht von tausend Laternen, die den dunklen Himmel erleuchten.

Er senkt den Kopf und zeichnet die Kontur meines Kiefers, meiner Wangenknochen – meines ganzen Gesichts – mit seinen Lippen, seinen Händen nach, überschüttet mich mit drängenden, strafenden Küssen, die eine sengende Spur hinterlassen. «Sag mir, dass ich gehen soll», drängt er mit vor Intensität vibrierender Stimme. «Sag mir, dass ich dich allein lassen soll.»

«Ich kann nicht.» Mein ganzer Körper zittert, als ich das

ungeheure Ausmaß dessen spüre, was gerade geschieht. *Endlich, endlich!*, schreit er. Das Gefühl von Sébastiens Lippen auf meiner Haut macht mich verrückt, als Verlangen, Sehnsucht, Bedürfnis sich miteinander vermischen. «Ich kann dich nicht anlügen.»

«Du musst. Siehst du es denn nicht? Wie sehr ich dich will? Wie sehr ich dich brauche? Scheiße, ich kann nicht mal mehr atmen, wenn du in der Nähe bist.» Sébastiens Hände zittern, als sein Blick auf meine Lippen fällt, dann sieht er hoch und mir wieder in die Augen. Er hält inne, sein Griff wird fest, tiefe Leidenschaft bebt in seiner Stimme. «Ich habe kein Recht, dich zu berühren, dich so sehr zu begehren, wie ich es tue, aber Gott steh mir bei, ich kann nicht damit aufhören. Ich habe versucht, das Richtige zu tun, aber ich kann es nicht mehr. Du bist alles, woran ich denken kann. Ich habe das Gefühl, dass ich verrückt werde, wenn ich dich nicht sehe, dich nicht berühre. Und doch, wenn du hier bei mir bist, ist es nie genug.»

Dann presst er seinen Mund auf meinen. Und es ist ein wilder Abtausch. Eine eingesperrte Bestie, die endlich freigelassen wurde und mich ebenso wahnsinnig und lüstern küsst, wie ich mich fühle. Wir stürzen uns in den Krieg. Keine Ahnung, wie wir es in meine Wohnung schaffen. Er drängt mich oder ich dränge ihn gegen die Tür. Das ist unwichtig. Ich lache, er lacht. Wir sind nichts als Zungen und Münder und Hände.

Er küsst mich, als ob er sterben würde und meine Lippen sein letzter Atemzug wären. Es ist ein Kuss, der die Sterne in meiner eigenen kleinen Galaxie neu anordnet, mein Leben auf einen neuen Kurs bringt, mein Schicksal verändert. Und wenn ich abstürze und verglühe wie eine Sternschnuppe, was macht das für einen Unterschied, wenn ich in diesem kurzen Augenblick in seinen Armen bin? Zum ersten Mal seit sehr langer Zeit ist kein Eis mehr in mir. Stattdessen ist da helles, heißes, loderndes Feuer.

Ich sollte ihn bitten aufzuhören, aber ich kann mich nicht dazu durchringen, auch nur ein einziges Wort zu sagen. Stattdessen lasse ich mich von seinem süßen Atem berauschen, während seine Berührung meine Verteidigungsmauern zum Einsturz bringt und meine Vernunft gleich mitreißt. Ich erzittere abwechselnd unter Scham und Lust, als seine Finger die Träger meines Sommerkleids von meinen Schultern schieben, langsam meine Haut für ihn entblößen. Die Rückseite seiner Finger liebkost die Rundung meiner Schulter, folgt der Gänsehaut, die jetzt meine Haut überzieht.

«Heiliger Himmel, Valentina. Was machst du mit mir? Ich bin eifersüchtig auf die Sonne, weil sie deine Haut berühren darf und ich nicht. Ich bin eifersüchtig auf jeden Mann, der vor mir kam», haucht er zwischen wunderbaren, wunderbaren Küssen, die mich nehmen und fordern und als die Seine kennzeichnen. Sébastien umfasst meinen Po, seine Bewegungen sind kraftvoll und verzweifelt. Er zieht mich an sich und reibt seine wachsende Härte an mir. Ich stöhne, als er den heißen Umriss seines Glieds zwischen meine Beine drängt, um mir zu zeigen, wie sehr er mich will. Dringlichkeit und Verlangen übernehmen die Führung, sodass unsere Bewegungen immer fieberhafter, sehnender werden, mehr und mehr und mehr.

Sébastien schiebt mein Kleid hinunter und enthüllt meine kleinen Brüste. Ich weiß, ich sollte irgendeine Art von Scham verspüren, aber mein Kopf ist leer und mein Stolz fort. «Dunkelheit ist um mich herum, bis ich dich sehe. Dann ist alles bunt. Helle, leuchtende Farben, die ich nicht beschreiben kann», sage ich zitternd, während mein Körper nach ihm schreit, lüstern darum bettelt, von ihm genommen zu werden. Ein Stöhnen kommt mir über die Lippen, als Sébastien sein Gesicht zwischen meinen Brüsten vergräbt. Er saugt an meinen steifen Brustwarzen, rollt die Spitzen mit der Zunge, und ein Sternenregen schießt durch mich hindurch. Es wird alles zu viel, zu intensiv, zu schön.

Sein Mund ist überall auf mir, gräbt sich in meine Haut. Seine Hand wandert tiefer und schiebt sich unter den Stoff meines Kleides, streift über die feuchte Spitze meines Strings. Er neckt mich. Quält mich. Fluchend schiebt er den dünnen Stoff zur Seite und findet meine für ihn angeschwollene Klitoris. Er reibt sie langsam, was mir ein Stöhnen entlockt und jede Zelle meines Körpers singen lässt.

«Fuck … dieser Laut macht so verdammt süchtig.»

Ich vergrabe die Hände in seinem Haar, werfe den Kopf in den Nacken und gehe innerlich in Flammen auf, während er auf mir spielt wie ein Virtuose und eine harmonische Symphonie mit meinem gequälten Körper erschafft. Ich lecke mir über die trockenen Lippen und versuche zu atmen, aber meine Lunge fühlt sich völlig leer an. Und als ich glaube, diese wunderbare Folter nicht länger ertragen zu können, taucht er zwei Finger tief in mich, wo ich ihn am meisten brauche, wo ich am stärksten für ihn brenne. Mit erbarmungslosen Stößen treibt er mich einem gleißenden, explosiven Höhepunkt entgegen. Seine Küsse und Berührungen werden fordernder, und ich gebe ihm alles, worum er bittet. Aber als er den Reißverschluss seiner Hose aufzieht und ich die Spitze seines Glieds an meinem Eingang spüre, kommt alles kreischend zum Stillstand.

«Nein … Ich kann nicht … Hör auf …» Ich schiebe ihn von

mir, halte mich jedoch an der Vorderseite seines Hemds fest, aus Angst, ihn loszulassen. «Nicht das.»

Mit einem Fluch hebt er seinen brennenden Blick zu mir, Verlangen in den Augen. Der Raum könnte in Flammen stehen, und ich würde es nicht einmal bemerken. Es würde keinen Unterschied machen. Ich bin völlig erstarrt und kann mich kaum auf den Beinen halten, während Sébastien mit tiefen Zügen um Atem ringt.

Überwältigt von Emotionen und Schuldgefühlen halte ich mich an seinen Schultern fest. «Ich will alles», sage ich schweratmend. «Alles mit dir. Aber das kann ich meinem Mann nicht antun. Nicht, solange ich noch mit ihm verheiratet bin.»

«Er ist mir scheißegal.» Er nimmt meine Hand und legt sie auf sein Herz. «Spürst du das? Fühlt sich das falsch für dich an?» Er nimmt meinen Kopf, zieht mich enger an sich und küsst mich wild. Atemlos. «Und was ist damit? Denn für mich hat sich schon sehr lange nichts mehr so richtig angefühlt.»

Unfähig, einen zusammenhängenden Gedanken zu fassen, schüttle ich den Kopf. Mein Gewissen liegt im Widerstreit mit meinem Herzen. Ich nehme sein Handgelenk und küsse seine Hand. «Ich kann nicht. Bitte versteh das.»

«Warum nicht, Valentina? Er ist nicht hier bei dir. *Ich bin es.*»

«Das weiß ich, du wunderbarer Mann.» *Aber ich kann nichts mit dir beginnen, wenn …* «Ich bin verheiratet. Dann wäre ich nicht besser als er. Und du hast etwas Besseres verdient.»

Ich habe das Gefühl, an einem Scheideweg zu stehen, mit einem Fuß in der Gegenwart und einem in der Vergangenheit. Eine Straße führt zu William und dem Leben, das wir miteinander aufgebaut haben. Die andere führt zu Sébastien und dem Unbekannten. Ich weiß, welche Straße ich nehmen will, aber ich kann der anderen noch nicht vollständig den Rücken kehren, bis sich dieser Weg hinter mir geschlossen hat.

«Wie nennst du dann das, was zwischen uns passiert ist?»

«Ich weiß nicht ... träumen?»

«Für mich war das kein verfluchter Traum, Valentina. Nicht für mich», sagt er, Schmerz in den Augen. «Ich bin dabei, mich in dich zu verlieben, verdammt noch mal.» Er macht einen Schritt rückwärts. «Ich kann das jetzt nicht.»

«Es tut mir so leid.» Ich lasse sein Handgelenk los und schlinge die Arme fest um ihn, so als ob ich ihn nie wieder loslassen wollte. Verzweiflung treibt jede meiner Bewegungen an. «Ich werde mich darum kümmern. Ich verspreche, dass ich das in Ordnung bringe.»

«Ich kann nicht. Lass mich los, Valentina.» Er schüttelt den Kopf. Sein Atem geht schneller. «Denn wenn ich jetzt nicht gehe, dann werde ich dich wieder küssen, und ich glaube nicht, dass ich diesmal aufhören kann. Nicht, bis du unter mir liegst und mein Schwanz tief in dir vergraben ist.»

Sébastien schiebt mich von sich und verlässt die Wohnung. Die Tür schlägt zu, und ich bleibe noch einen Moment lang stehen, während ich versuche, mich zu beruhigen. Als ich den Blick senke, bemerke ich den mitgenommenen Zustand meiner Kleidung. Unkontrolliert zitternd schlinge ich die Arme um mich, während Tränen aus meinen Augen sickern. Ich wünschte, ich wüsste, warum ich weine, aber alles ist ein Durcheinander in meinem Kopf, in meinem Herzen. Ich weine, weil ich glücklich bin, obwohl ich es nicht sein sollte. Ich weine, weil ich in einen Mann verliebt bin, der nicht mein Mann ist. Und ich weine, weil mein Mann diese Art von Treuebruch nicht verdient.

KAPITEL ZWANZIG

William

Der Tag beginnt wie jeder andere. Nichts ist anders. Nichts außergewöhnlich. Wache um fünf Uhr morgens auf. Gehe joggen. Komme um Viertel nach sechs zurück. Gehe duschen. Ziehe einen grauen Anzug an, ein perfekt gestärktes weißes Hemd und eine rot gestreifte Krawatte. Alles ist, wie es sein sollte. Perfekt. Präzise. Monoton. Kalkuliert.

Es ist alles eine verdammte Lüge.

Tief in mir ist nichts als Chaos wegen meiner dummen, schwachen Frau. Sie hat mich beinahe alles gekostet. Aber ich habe einen Plan. Einen Plan, wie sie im Nu zurück zu mir kommen wird.

Valentinas fataler Fehler ist, dass sie zu viel empfindet, zu sehr liebt und zu leicht vergibt. Sie stellt alle anderen über sich selbst und ihre eigenen Bedürfnisse. Wenn mein Kaffee kalt geworden ist, macht sie eine neue Kanne, damit ich frischen heißen Kaffee haben kann. Wenn ich einen beschissenen Tag habe, dann ist sie die Erste, die fragt, ob sie irgendetwas tun kann, um ihn besser zu machen. Ich habe sie betrogen und sie ist geblieben, weil sie mich zu sehr liebt. Und wenn man sie glauben macht, dass ich nichts bin ohne sie, dass ich sie in meinem Leben brauche, um zu überleben, dann wird sie mit eingezogenem Schwanz zu mir zurückkommen, weil sie mich verletzt hat.

So einfach ist das. So einfach.

Ich lasse das Frühstück ausfallen, das mein Koch Evan für mich zubereitet hat, eile zur Tür hinaus und steige in meinen Wagen. Auf dem Weg zu Gwyneth rufe ich Meredith an und ordne an, alle meine Meetings für heute abzusagen.

Ich erreiche Gwyneths Haus, lasse mich selbst rein, ohne zu läuten, und mache mich auf die Suche nach meiner Stiefschwester. Sie lebt in einem dieser widerlichen Herrenhäuser, wo der Prunk die Eleganz übertrumpft. Sie geilt sich an dem Wissen auf, dass die meisten Leute sie um ihre Schönheit und ihren Reichtum beneiden. Je mehr Leute sie hassen, desto glücklicher ist sie. Das habe ich nie verstanden.

Als ich durch einen Flur voller protziger Gemälde und Statuen gehe, laufe ich einem der Hausmädchen über den Weg. Hübsches, junges Ding. Als sie mich sieht, wird sie rot und lässt den Staubwedel fallen, dann murmelt sie eine Entschuldigung. Ich nehme die rosige Färbung ihrer Wangen, ihre geweiteten Pupillen, das Stocken ihres Atems wahr. Sie will mich, und wenn es nicht so absolut wichtig wäre, mit meiner Schwester zu reden, dann hätte ich ihrem süßen Körper vielleicht eine Chance gegeben. Ich wette, sie könnte mich richtig gut vögeln.

Mit meinem charmantesten Lächeln frage ich sie nach Gwyneth.

Zuerst wirkt sie verwirrt und blinzelt ein paarmal. Dann räuspert sie sich, holt tief Luft und sagt mir, wo meine Stiefschwester sich aufhält. Sie ist immer noch in ihrem Schlafzimmer. Typisch. Gwyneth hat sich dem Glauben verschrieben, dass niemand vor elf Uhr vormittags aus dem Bett sein sollte.

«Und ihr Mann?» Ich fege mir ein imaginäres Staubkörnchen vom Jackett.

«Er ist gerade gegangen, Sir.»

Ich tätschle ihr die Wange und sage ihr, dass sie ein braves Mädchen ist, bevor ich sie fortschicke. Als sie davonhuscht, sehe ich ihrem strammen Hintern in dieser blauen Uniform hinterher, die meine Schwester die Hausangestellten tragen lässt. *Wie schade ...*

Ohne mir die Mühe zu machen, an die Tür zu klopfen, trete ich ein. Absolute Dunkelheit begrüßt meine Augen. Ein gelangweiltes Seufzen schlüpft mir über die Lippen, während ich das Zimmer durchquere und vorbei an dem riesigen Himmelbett, in dem Gwyneth gerade schläft, zu den Fenstern gehe. Ich ziehe die Vorhänge auf und lasse die Sonne die vier Wände mit ihrem hellen Licht überfluten. Zufrieden geht mein Blick zu Gwyneth. Sie liegt auf dem Bauch, der nackte Schwung ihrer Schultern und des Rückens ist einladend.

Ich gehe zu ihr, knie mich neben das Bett und schiebe den Wasserfall blonder Haare zur Seite, der ihr Gesicht bedeckt. Unsere Eltern konnten keine Kinder bekommen, deswegen haben sie Gwyneth und mich aus unterschiedlichen Familien adoptiert, als wir noch klein waren. Da ich in einem Pflegesystem aufgewachsen war, das sich nicht um mich kümmerte, wusste ich nicht, was Liebe war, bis Marla mich adoptierte und wir bei ihr aufwuchsen. Wir liebten sie wie unser eigen Fleisch und Blut. Als wir noch klein waren, nannte sie uns ihre goldenen Engel und sagte, dass Gott uns geschickt habe, um auf sie aufzupassen und ihr Leben mit Schönheit zu erfüllen.

Vater hat uns geschlagen, weil er es nicht ertragen konnte, uns anzusehen.

«Mein schönes Dornröschen», flüstere ich ihr lachend ins Ohr, woraufhin sie langsam wach wird und sich regt. Meine Stimme klingt rau wie Sandpapier. «Soll ich dich küssen, um zu sehen, ob du geweckt werden kannst?»

Gwyneth blinzelt den Schlaf fort, und ihre Augen gewöhnen sich an das Licht. «William.»

Mein Name aus ihrem Mund klingt wie ein geteiltes Geheimnis, eine Einladung. Federleicht landet mein Mund auf ihren zarten Lippen und raubt ihr die Luft, die sie atmet. Süße und Wärme, das ist es, wonach dieser Kuss schmeckt. Es ist ein freundschaftlicher Kuss, aber mein Körper reagiert sofort, als mich ein Gefühl des Nach-Hause-Kommens ergreift.

«Guten Morgen», sage ich, nachdem ich meine Lippen von ihren gelöst habe.

«Was machst du hier?», fragt sie atemlos. Mit den Fingern berührt sie ihre Lippen, als versuchte sie, das Gefühl meines Mundes auf ihrem noch ein wenig länger festzuhalten. «Bist du gekommen, um ein bisschen zu kuscheln?»

Ich lasse sie los, richte mich auf und setze mich in den Brokatsessel neben dem Bett. Auf die mitternachtsblaue Seide unter meinen Händen konzentriert, sage ich: «Du musst etwas für mich tun, Schwesterherz.» Ich hebe den Blick, um ihr Gesicht zu mustern. «Es hat mit Valentina zu tun.»

Sie richtet sich auf die Ellbogen auf, dabei bedeckt das Laken kaum ihre Brüste. Sie ist sich bewusst, dass ich sehen kann, dass sie unter diesem hauchdünnen Stück Stoff nackt ist, aber es ist ihr egal. Wie ich schon sagte, meine Schwester hat nicht eine einzige schamhafte Faser im Leib.

«Was hat dieses Stück Abschaum jetzt wieder angestellt?» Ihre grünen Augen funkeln vor Abscheu.

«Gwyneth …», warne ich sie. «Vergiss nicht, dass du von meiner Frau redest.»

Sie schnaubt verächtlich. «Was kümmert es dich, was ich über sie sage? Du liebst sie doch nicht mal.»

«Du hast recht, das tue ich nicht. Aber ich finde es geschmacklos, wenn du so über sie sprichst. Es langweilt mich.»

«Na schön», sagt sie und klingt wie ein trotziges Kind, das seinen Willen nicht bekommen hat. «Aber warum brauchst du meine Hilfe? Ich bin der letzte Mensch, der dir bei ihr helfen könnte. Valentina kann mich nicht ausstehen.»

«Es geht um Loretta.» Seufzend lege ich einen Knöchel über mein Knie und sehe aus dem Fenster, wo ihre Landschaftsgärtner bereits fleißig bei der Arbeit sind. Ich mag es nicht, mich so früh am Morgen schon ärgern zu müssen. «Sie hat mir neulich einen Besuch abgestattet. Irgendwie hat sie herausgefunden, dass Valentina in Paris ist und nicht zurückkommt. Loretta hat es sich in den Kopf gesetzt, mich zu enterben, falls Valentina sich von mir scheiden lässt», sage ich gedehnt.

«Was? Valentina steht dir nicht mehr auf Abruf zur Verfügung?» Sie lacht, ohne auf den Teil mit unserer Großmutter einzugehen. «Na, das ist ja was ganz Neues. Kann es sein, dass mein großer Bruder sein Händchen bei Frauen verliert?»

Mit einer einzigen schnellen Bewegung knie ich rittlings über ihr, umfasse ihre fleischigen, vom Laken bedeckten Titten und kneife ihre bereits harten Brustwarzen, um sie mit meiner Berührung zu bestrafen und ihr ein Stöhnen zu entlocken. Ich senke den Kopf dicht zu ihrem Ohr und genieße den Geschmack des Schweißes an ihrem Hals. «Ich brauche gerade nicht mal meine Finger in deiner Pussy zu vergraben, um zu wissen, dass du feucht bist.» Hart beiße ich sie in die Lippen, bis sie vor Schmerz aufschreit. «Ich kann es riechen.»

«Du Mistkerl.» Sie reibt ihre Pussy an meinem Schwanz. Sie braucht es verdammt dringend und ist mir ausgeliefert. Genau, wie ich es mag. «Was soll ich für dich tun?» Sie schluckt schweratmend.

«Ich möchte, dass du nach Paris fliegst und sie zurückbringst. Sag ihr, dass ich ohne sie ein Wrack bin. Bring sie dazu, es zu glauben.»

«Wie soll ich das machen?»

«Finde es heraus. Ich bin sicher, deinem hübschen kleinen Köpfchen fällt schon etwas ein.»

«Warum fährst du nicht selbst?»

«Weil sie mich nicht sehen will. Außerdem soll sie glauben, dass ich ihr den Freiraum gebe, um den sie mich gebeten hat.»

Sie lacht leise. «Du weißt überhaupt nichts über Frauen, oder?»

«Wie meinst du das?»

Sie seufzt. «*Du* musst zu ihr, Dummkopf. *Zeig* ihr, dass dir etwas an ihr liegt. Du weißt, dass sie eine Schwäche für dich hat. Du bist ihr Kryptonit. Lass deinen Zauber spielen, mach die erbärmliche große Geste, und sie wird dir glauben.» Gwyneth schmunzelt. Ihre Augen verspotten mich. «Außerdem, wenn sie noch nicht wieder zurückgekommen ist, dann vielleicht, weil da ein anderer ist ...»

«Das ist unmöglich.» Ich steige von ihr und dem Bett herunter, und schon vermissen meine Hände die Wärme ihrer Haut. «Aber ich verstehe, was du meinst», sage ich auf dem Weg zur Tür.

«Willst du schon gehen?» Ihre Stimme hinter mir ist von Enttäuschung durchzogen.

Ich verriegle die Tür, um sicherzustellen, dass uns niemand stören wird. Dann drehe ich mich um, um sie anzusehen, und ein Lächeln huscht über meine Lippen. Zwischen uns herrscht ein stummes Einverständnis, eines, das von einer Verbindung spricht, die weder erklärt noch begründet werden kann.

«Was tust du?» Gwyneth richtet sich auf und lehnt sich ans Kopfteil des Bettes. Das seidene Laken gleitet von ihrem Körper wie ein Wasserfall. Mein Schwanz regt sich beim Anblick ihrer perfekten Titten, voll und schwer und so anders als die meiner flachbrüstigen Frau.

«Ich denke, ich leiste dir noch ein Weilchen Gesellschaft.» Ich ziehe an meiner Krawatte, um sie zu lockern, während sich meine Füße in Bewegung setzen, um den Abstand zwischen uns zu verringern. Lust pumpt mir das Blut schnell und hart durch die Adern.

«Ach ja?» Sie lächelt hungrig wie eine Katze, die sich gleich auf den armen ahnungslosen Kanarienvogel stürzen wird. Sie schiebt das Laken beiseite und spreizt ohne Scham die Beine für mich. «Willst du jetzt doch zu mir kommen?»

Als ich neben ihr stehe, beuge ich mich hinunter, wickle mir ihr Haar um die Hand und ziehe ihren Kopf zurück, um sie zu zwingen, mich anzusehen. Ich sauge die Angst, das Bedürfnis und Verlangen in ihren Augen in mich auf, der kranke Bastard in mir labt sich daran, bevor ich meine Stiefschwester hart auf die Lippen küsse. Es ist ein verletzender, strafender, schmutziger Kuss. Genau, wie wir es mögen.

Als der Kuss endet, flüstert Gwyneth an meinen Lippen: «Niemand küsst mich so wie du.»

«Korrektur.» Langsam öffne ich meinen Gürtel und betrachte dabei ihre rosigen Wangen und ihre geschwollenen Lippen. «Niemand fickt dich so wie ich, kleine Schwester.»

KAPITEL EINUNDZWANZIG

Valentina

Vor zwei Tagen habe ich Sébastien zuletzt gesehen, und seitdem ist keine Minute vergangen, in der er sich nicht in meine Gedanken gedrängt hat. In der ich mich nicht nach ihm gesehnt habe. Jedes Atom meines Körpers fleht mich an, zu ihm zu gehen, aber ich gebe ihm den Freiraum, den er braucht, während ich über meinen nächsten Schritt nachdenke.

Nachdem er mich in jener Nacht allein in meinem Bett zurückgelassen hat, ist mir bewusst geworden, dass die Idylle vorüber ist. Und sosehr es mich entzweireißt, weiß ich seit dem Moment, dass es Zeit wird, aufzuwachen und meinen Schlamassel in Ordnung zu bringen. Ich war weder fair zu Sébastien noch zu William. Sie haben beide Besseres verdient. Aber Zweifel lauern stets nur einen Schritt hinter mir. Flüstern mir verführerisch ins Ohr. Sie lassen mich jede Entscheidung in Frage stellen, die mich an diesen Punkt gebracht hat, und malen meine Zukunft in Farben der Unsicherheit und Angst. Ich hasse sie. Ich will mir die Ohren zuhalten und all den Lärm ausblenden. Aber es funktioniert nicht. Ich höre alles. Laut und deutlich.

Kann ich das alles für ein paar wunderbare Monate mit Sébastien wegwerfen? Was-wäre-wenns sind zu noch mehr Was-wäre-wenns geworden und treiben mich in den Wahnsinn.

Es klopft an der Tür, und als ich aufmache, steht Sébastien vor mir. Es erfordert meine ganze Kraft, stehen zu bleiben und nicht zu ihm zu gehen. Mich ihm nicht zu Füßen zu werfen. Ihn nicht anzuflehen, mich zu nehmen. Bevor Sébastien in meine Welt kam, dachte ich, das Leben wäre so gut, wie es werden konnte. Aber dann wurde mir ein flüchtiger Blick in ein Leben geschenkt, in dem Glück nichts ist, das ich einmal gekannt und völlig vergessen habe. Es wurde real. Greifbar. Es hatte die Gestalt eines Mannes. Den berauschenden Duft seines Rasierwassers. Es klang wie sein Lachen. Fühlte sich an wie seine Arme um mich. Sébastien zeigte mir, wie es ist, glücklich zu sein, so irrsinnig glücklich. Als ich jetzt seine schmerzhaft schönen Züge betrachte, frisst mich die Angst, das alles könnte vorbei sein, innerlich auf.

Und das ist der Moment, in dem ich die Antwort auf all meine Fragen kenne.

Er kommt herein, ohne ein Wort zu sagen. Ich kann meinen Puls spüren, kann ihn in meiner Brust schlagen hören, als ich die Tür hinter mir schließe und mich umdrehe, um ihn anzusehen, in der Hoffnung, dieselbe Antwort in seinen Augen zu sehen.

«Hi.»

Er kommt zu mir, bis unsere Körper aufeinanderprallen. *Peng.* Die Kontur seines harten Körpers schmiegt sich an meine weichen Rundungen. Die Spitzen meiner Brustwarzen kribbeln vor Verlangen. Mein Zentrum pocht für ihn. Er legt einen Arm um meine Taille und die gespreizten Finger der anderen Hand um meinen Hinterkopf, um mich enger an sich zu ziehen.

«Ich will, dass du mich ebenso brauchst, wie ich dich brauche. Will in dich eindringen, wie du in meine Gedanken eindringst. Dich ohne Scham und Gnade ausfüllen. Mich in dir verlieren und nie mehr zurückkommen», zischt er, bevor er mich in eine so feste Umarmung zieht, dass ich spüre, wie mir die Luft aus der Lunge weicht. Er bringt all die Stimmen mit seinem Kuss zum Schweigen. Er ist verzweifelt. Sehnend. Und dann, weil wir nichts mehr zu verlieren haben, springen wir in den Abgrund und fallen.

Was für ein wunderschöner Tod das ist.

Sébastien beendet den Kuss. «Es tut mir leid wegen neulich Nacht.» Er lehnt die Stirn an meine, die Hände um meinen Nacken gelegt. «Ich habe den Kopf verloren. Ich dachte, dass ... habe ich dich verloren?»

Mit zitternden Händen packe ich sein T-Shirt, und plötzlich könnte ich weinen vor Freude. Ich kann mich nicht weiter selbst belügen. Mir ist bewusst, dass es vielleicht zu früh ist, aber Liebe kennt keine Zeit. Keine Regeln. Keine Grenzen. Keine Logik. Liebe sieht und erkennt ihre fehlende Hälfte. Und ich sehe meine gerade direkt an. «Spät in der Nacht, wenn ich ganz allein bin, dann denke ich an dich, Sébastien. Ich lasse unseren Anfang vor meinem inneren Auge ablaufen. Unsere ganze Zeit miteinander. Den Moment, in dem ich es wusste. Du brauchst mich nicht vor die Wahl zu stellen, weil ich dich wähle.» Ich stelle mich auf die Zehenspitzen, um sein Gesicht mit fieberhaften Küssen zu überziehen, während ein Beben durch ihn hindurchläuft. Oder vielleicht durch mich. «Ich wähle dich. Du hast mich neulich gefragt, ob ich das hier spüre.» Ich nehme seine Hand und lege sie über mein Herz.

«Spür meines, wie es für dich schlägt. Immer und immer wieder. Jetzt. Morgen. Für immer.»

«Himmel, Valentina. Komm her», stößt er hervor, bevor er mich küsst, atemlos, unvernünftig und ungehemmt.

Als wir wieder Atem holen, schlinge ich die Arme um seinen Oberkörper und lege den Kopf in den Nacken, um ihn anzusehen. Ich lächle.

Über seine Lippen huscht ebenfalls ein leichtes Lächeln. «Was?»

«Ich küsse dich wirklich, wirklich gerne.»

«Gut.» Er grinst. «Weil ich vorhabe, damit noch eine ganze Zeit weiterzumachen.»

Ernüchtert lehne ich meine Wange an den weichen Baumwollstoff seines Shirts. «Ich rufe William heute Abend an, sobald ich von Monsieur Lemaire zurück bin.»

«Ist es das, was du willst?», fragt Sébastien und gibt mir einen Kuss auf den Scheitel.

«Ja. Es ist nur ...» Ich kaue auf meiner Lippe, während ich sorgfältig meine Worte abwäge, entscheide mich aber, ehrlich zu Sébastien zu sein. Ich will nicht länger lügen oder etwas verbergen. Ich will, dass alles offen ausgesprochen wird. Einen Moment lang warte ich auf die Schuldgefühle und die Abscheu, die ich empfinden sollte, aber sie kommen nicht. «Es wäre besser, die Sache mit William von Angesicht zu Angesicht zu beenden. Ich sollte zu ihm fliegen, aber das hier wird einstweilen genügen müssen. Ich will keine Lügen mehr.»

«Möchtest du, dass ich dich in die Staaten begleite?»

Sanft lächelnd schüttle ich den Kopf. «Danke, aber das muss ich alleine tun.»

«In Ordnung.» Er streichelt mir über den Rücken, und seine Wärme gibt mir Kraft. «Es wird alles gut. Du wirst schon sehen.»

«Versprochen?»

«Natürlich, *ma petite chouette.*»

KAPITEL ZWEIUNDZWANZIG

Valentina

Als ich an diesem Abend nach der Arbeit auf den Aufzug warte, um zu meinem Stockwerk hochzufahren, erfüllt mich bereits die Vorfreude darauf, Sébastien wiederzusehen. Automatisch berühre ich meine Lippen, als ich an unsere Küsse denke, und lächle. Die Wärme seiner Berührung, seiner Umarmung, seiner Küsse tränkt immer noch meine Sinne, versklavt mich mit der Erinnerung daran.

Oben angekommen steige ich lächelnd aus dem Fahrstuhl und erstarre, als mein Blick auf dem Mann landet, der vor meiner Wohnungstür auf dem Boden sitzt. Seine hängenden Schultern erinnern mich an einen gebrochenen Mann. Sein normalerweise perfektes blondes Haar ist ein Durcheinander. Ich fühle mich, als wäre ich mit einem Eimer kaltem Wasser übergossen worden.

Er schaut hoch, und sein Blick ist voller Schmerz. «Hallo, Valentina», sagt mein Mann traurig und steht auf. «Können wir reden?»

KAPITEL DREIUNDZWANZIG

Valentina

Ich nicke und öffne die Tür zu meiner Wohnung. Einen Moment lang glaube ich, meine Augen trügen mich, als ich William zusehe, wie er hineingeht. Denn obwohl ich *weiß*, dass der Mann vor mir mein Ehemann ist, sieht er ihm nicht *ähnlich.* Dieser Mann hier wirkt hohl. Leer. Sein übliches Strahlen ist verschwunden und hat Kummer Platz gemacht.

«Was machst du hier?» Ich schließe die Augen, weil der Boden unter meinen Füßen plötzlich schwankt. «Ich meine, was machst du in Paris?»

«Ich wollte dich sehen. Du fehlst mir.» Er vergräbt die Hände in seiner Jeans und starrt auf den Boden. «Wie geht es dir?»

«Gut ... und dir?», frage ich zögernd.

«Ich weiß nicht ...» Er reißt seinen Blick vom Fußboden los und sieht mir in die Augen. «Nichts ist mehr dasselbe, seit du fort bist.»

Ich halte den Atem an. Seine Worte treffen mich wie Kugeln. «Ich weiß nicht, was du von mir hören willst, William.» Plötzlich dreht sich das Zimmer um mich, und ich halte mich am Tisch im Flur fest. «Um die Wahrheit zu sagen, weiß ich nicht einmal, was ich darüber denken soll, dass du nach all der Zeit ohne einen Anruf oder eine Nachricht hier auftauchst.»

«Ich bin daran nicht der einzige Schuldige, Valentina. Du hast auch aufgehört, mich anzurufen.»

Sein schlichter Vorwurf trifft mich wie ein Schlag ins Gesicht. Er schmerzt. Die Wahrheit darin hinterlässt einen Abdruck in Form von glühend roter Farbe, die sich auf meinen Wangen ausbreitet.

«Es tut mir leid, Darling. Das war unnötig.»

«Nein, das habe ich verdient», erwidere ich und verschränke die Arme vor der Brust, um zu verhindern, dass meine Hände zittern. Dabei landet mein Blick kurz auf meinem Ehering, und ich erinnere mich an die Ehegelübde, die ich abgelegt habe. Gelübde, die ich gebrochen habe, nachdem ich hier angekommen bin. Williams Anwesenheit ist wie ein Hammer, der immer wieder auf mich einschlägt. Beschämt lasse ich den Kopf sinken und mustere den Teppichboden.

«Würdest du dich gern setzen?»

«Nein, danke.»

«Okay.» Da ich eine Ablenkung brauche, gehe ich in die Küche und schenke mir ein Glas Wein ein. «Was zu trinken?»

«Nein, danke.»

Er folgt mir in die Küche, und durch seine Nähe beschleunigt sich mein Herzschlag. Als er neben mir steht, zieht er mich an sich und umarmt mich fest.

«Bitte nicht.» Unfähig, ihn anzusehen, versuche ich, ihn von mir zu schieben. Mein Inneres ist in Stücke gerissen. Das hier ist mein Mann, sage ich mir. Seine Umarmung sollte mir willkommen sein, aber sie ist es nicht. Nicht mehr.

«Lass mich dich halten, wenn auch nur einen Moment

lang», sagt er mit bewegter Stimme. «Es tut mir so leid, Darling.» Er legt eine Fingerspitze unter mein Kinn und bringt mich dazu, ihn anzusehen. Sein Blick ist flehend und voller Kummer.

«William ...» *Erzähl ihm von Sébastien. Sag ihm, dass es vorbei ist.* «Ich ... Wir müssen –»

«Bitte komm zurück nach Hause.»

«Ich weiß nicht, ob ich das kann, William. So viel ist passiert.»

«Ich weiß, aber dein Leben ist zu Hause in Greenwich. Bei mir. Ich brauche dich. Siehst du das denn nicht? Du hältst mich zusammen ...» Mit dem Handrücken streichelt er meine Wange. «Vor dir dachte ich, ich wäre verloren. Ich habe der Liebe nicht vertraut. Den Menschen nicht vertraut. Ich war eine einsame Insel – eine Insel, die niemand erreichen konnte. Aber eines Tages hat sich das alles geändert. Ich lernte zu vertrauen. Ich lernte, der Liebe zu vertrauen, und das wegen dir. Ich liebe dich, Val. Und ohne dich ...» Er lässt mich los, und seine Hände fallen herab, als würde er kapitulieren. «Ich weiß nicht, was ohne dich aus mir wird. Vielleicht hatte mein Vater recht mit mir ...»

«Das verstehe ich nicht. Was war mit deinem Vater?» Jedes Mal, wenn ich versucht habe, das Thema seiner Kindheit anzusprechen, nachdem ich über meine eigene gesprochen habe, war es, als würde ich auf eine Mauer stoßen. Er wechselte entweder das Thema oder brachte mich mit Küssen zum Schweigen, zum Vergessen. Schließlich lernte ich, sein Schweigen zu respektieren, in der Hoffnung, dass er sich eines Tages bereit fühlen würde, diesen Teil von sich mit mir zu teilen.

«Ich weiß, ich rede nie über ihn.» Er hält kurz inne, um seine nächsten Worte sorgfältig abzuwägen. «Dafür gibt es einen Grund.» Er lacht trocken. «Sagen wir einfach, er hätte nie den Preis für den Vater des Jahres gewonnen.»

Verwirrt runzle ich die Stirn, und ein ungutes Gefühl setzt sich in meiner Magengrube fest. «Was meinst du damit?»

«Du hast die Narbe auf meinem Rücken gesehen.»

Ich nicke und wappne mich innerlich für das, was er gleich sagen wird.

«Erinnerst du dich noch, was ich dir darüber erzählt habe?»

«Du hast mir gesagt, euer Deutscher Schäferhund habe sich losgerissen und dich in den Rücken gebissen. Er habe ein Stück Haut herausgerissen. Du hättest für mehrere Tage ins Krankenhaus gemusst, weil die Wunde sich entzündete.»

«Max hat sich nicht losgerissen», sagt er leise, das Gesicht ohne jede Regung. «Ich habe versucht, meine Mutter und Gwyneth vor meinem Vater zu beschützen, aber das hat ihn nur noch wütender gemacht. Die Schläge wurden hässlicher, häufiger. Ich war wirklich froh, als er starb. Ich habe ihn gehasst.»

Kummer und Mitleid für sie verknoten sich in meinem Herzen zu einem so festen Kloß, dass ich ihn nicht mehr lösen kann.

«Ich ertrank in Hass, und dieser Hass schwärte in meinem Blut. Etwas in mir veränderte sich für immer. Er sagte immer, ich sei es nicht wert, geliebt zu werden, und ich habe ihm geglaubt. Ich trug seine Worte und den Hass wie eine Rüstung. Das heißt, bis zu dir.»

«Oh, William.» Ich lege die Arme um ihn und ziehe ihn eng an mich, während mir das Herz für ihn und für den Jungen bricht, der er einmal war.

«Ich brauche dich, Val. Du bist der Klebstoff, der mich zusammenhält.» Er erwidert meine Umarmung. Dabei wirkt er zutiefst verzweifelt. «Ich konnte nicht mehr denken, essen oder schlafen. Ich habe mich unablässig dafür bestraft, unsere Ehe zerstört zu haben. Das einzig Gute in meinem Leben.»

Vielleicht lag ich völlig falsch. Ich habe ihn zum Bösewicht in meiner Geschichte gemacht, aber vielleicht war die ganze Zeit ich es.

Das ist der Moment, in dem all die Schuldgefühle über mich hereinbrechen. Gott. Was habe ich getan? Ich werde von ihnen verschluckt. Ertrinke in ihnen. Ich habe William seine Affäre seit über einem Jahr wie eine Pistole an den Kopf gehalten. Und was habe ich in der Zwischenzeit getan? Den Kopf wegen eines anderen Mannes verloren.

«Ich war ein verdammter Narr, dass ich nicht sofort alles abgesagt habe und nach Paris gekommen bin. Komme ich zu spät? Du hast mir immer wieder eine Chance gegeben, und ich habe es immer wieder vermasselt, aber das war das letzte Mal. Wenn du mich zurücknimmst, wird es nie wieder vorkommen. Es war die Hölle ohne dich.» Er küsst meine Stirn. «Ich darf dich nicht verlieren ... Ich darf es einfach nicht», stößt er inbrünstig hervor. «Bitte verzeih mir, Darling.»

Mit jedem Satz, den er ausspricht, wird die Kluft zwischen Sébastien und mir größer. Er entfernt sich immer weiter von mir, während mich die Realität einholt.

Mein Blick wandert über Williams vertrautes Gesicht, und mir kommen Erinnerungen an unser gemeinsames Leben, die mich zurück zu ihm ziehen. Und ich denke auch an den Traum – den Traum, den wir zusammen hatten. Das Leben, das wir uns aufgebaut haben, blitzt vor meinen Augen auf. Zwölf Jahre. Dachte ich wirklich, ich könnte ihn einfach so hinter mir lassen?

«Weißt du, was die wahren Wunder des Lebens sind?», fragte ich William. Ich saß rittlings auf seinem Schoß. Er umfasste meinen nackten Po mit seinen großen Händen und zog mich eng an seine Erektion.

«Ja.» Er beugte sich vor, um die Nase an meinen Hals zu schmiegen. «Eins davon ist es, meine Frau zu vögeln.»

Ich stöhnte, als seine Küsse meine Haut kitzelten und mich entzünden wie eine Granate. «Sei bitte ernst.»

Lachend hob William den Kopf und sah mir in die Augen. Sekunden verstrichen, ohne dass einer von uns etwas sagte. Er wurde ernst – nachdenklich –, und sein leichtfertiges, neckendes Lächeln war verschwunden. «Gebäude und Statuen sind mir egal. Das sind nur Dinge. Du bist mein wahres Wunder, Val. Neben dir aufzuwachen und dich zu lieben.» Er rieb seine Wange an meiner. «Du bist alles, was mich gut und wertvoll macht.»

Eine Bombe voller Erinnerungen trifft mich mitten in die Brust. Sie explodiert und verteilt Scham in meinen Adern. «Wir können nicht mehr so weitermachen. Es muss sich etwas ändern, William.»

«Ich weiß, Darling. Und das wird es, du wirst sehen.» Er überschüttet mein Gesicht mit Küssen. «Ohne dich bin ich nichts, hörst du? Nichts. Ich liebe dich so sehr, Val.»

«Ich liebe dich auch», antworte ich, aber die Worte schmecken wie Säure auf meiner Zunge. Er beugt sich herab, und sein Mund sucht meinen, aber ich kann nicht. In letzter Sekunde drehe ich mein Gesicht zur Seite, und sein Kuss landet auf meiner Wange.

«Alles wird jetzt wieder gut», sagt er. «Ich werde es dir beweisen.»

Seine Worte sollten beruhigender Balsam sein, stattdessen schließen sie sich um mich wie ein Gefängnis.

«Lass uns Paris verlassen.»

«Was?» Ich blinzle, als erwachte ich aus einem Traum. «Jetzt?»

«Ja, hier gibt es doch nichts, was uns hält. Lass uns nach Hause fahren, Val», fleht er zärtlich.

Aber das gibt es. Das gibt es!

Ich nicke mit einem Kloß im Magen und habe plötzlich das Gefühl, mich übergeben zu müssen. «Okay.»

«Ich bin mit dem Jet hergeflogen. Ich bin sicher, er kann in einer Stunde bereit sein. Brauchst du noch mehr Zeit?»

Betäubt schüttle ich den Kopf. «Ich brauche nicht lange.»

«Hast du immer noch diesen Fahrer eingestellt?»

«Pierre? Ja. Möchtest du, dass ich ihn anrufe?»

«Nicht nötig. Gib mir seine Nummer, dann arrangiere ich alles.»

«Sicher.»

Im Schlafzimmer werfe ich all meine Sachen in die Koffer. Ein Sturm aus Kleidern, Handtaschen und Schuhen wirbelt um mich herum. Im Nu bin ich mit dem Packen fertig. Als ich bereit bin, die Tür hinter mir zu schließen, landet mein Blick auf der hölzernen Eule, die auf dem Nachttisch steht. Ich gebe der Schwäche nach und erlaube mir, an den Mann zu denken, der mich heute Abend erwartet.

Und es tut weh. Es tut so weh.

Ich will weinen, aber die Tränen kommen nicht – ich verdiene sie nicht. Das ist die Konsequenz für mein Handeln – die verdammte Realität. Karma hat mich schließlich doch noch gefunden, und es ist erbarmungslos in seiner Strafe. Aber ich wusste, dass es mich irgendwann einholen und seine Strafe fordern würde.

Unfähig, die Eule weiter anzusehen, schließe ich die Tür,

höre, wie sie klickend hinter mir ins Schloss fällt – ein endgültiger Laut, unversöhnlich. Ich mache ein paar Schritte in Richtung Wohnzimmer, wo William und Pierre auf mich warten, aber auf halbem Weg ändere ich meine Meinung. *Ich kann nicht. Ich kann nicht. Ich kann nicht.* Ich wirble auf dem Absatz herum und gehe zurück, um die hölzerne Figur zu holen, das Einzige, was mir von einem wunderschönen Traum bleibt, der jetzt nur noch eine Erinnerung ist.

Als ich hinaustrete, Sébastiens Geschenk in der Tasche, kommt mir die Erkenntnis, dass ihn aus meinem Herzen zu verdrängen genauso wäre, als würde ich die Sonne bitten, nicht mehr jeden Morgen aufzugehen – ein Ding der Unmöglichkeit. Er hat sich tief unter meine Haut, ins Mark meiner Knochen gegraben. Wenn man mich aufschneiden würde, dann würde man Teile von mir, William und Sébastien ineinander verschlungen vorfinden. Aber ich kann eines für meinen Mann tun, und das ist, nie zurückzublicken, Sébastien aus meinen Gedanken zu streichen. Mein Herz schreit, dass das unmöglich ist, und meine Seele weint. Aber ich stelle mich taub.

Ich werde es für William tun.

«Bereit?», fragt er und steht vom Sofa auf.

Hohl nicke ich. Wir gehen zur Tür. Pierre öffnet sie für uns, und wir verlassen die Wohnung. Ich höre ihn die Tür hinter uns schließen, und der Laut durchbohrt mich wie ein Pfeil durch die Brust. Ich mache einen Schritt.

Zwei Schritte.

Drei Schritte.

«Wartet. Ich kann nicht. Ich kann nicht.»

William sieht sich zu mir um, Verwirrung in seinen Zügen. «Wie bitte?»

«Ich …» Ich drehe mich um. «Ich muss mich noch verabschieden.»

Er runzelt die Stirn. «Von wem?»

Ich schüttle den Kopf und lasse ihn ohne Erklärung zurück. Verzweiflung und Dringlichkeit lassen mich schneller laufen. Ich nehme die Treppe, zwei Stufen auf einmal, bis ich sein Stockwerk erreiche. Ich habe keine Ahnung, was ich zu ihm sagen soll. Ich weiß nur, dass ich ihn ein letztes Mal sehen muss. Vielleicht muss ich versuchen, es zu erklären.

Ich hebe die Hand und klopfe und klopfe, aber niemand antwortet.

Komm schon, Sébastien. Mach die verdammte Tür auf.

Ich klopfe wieder und drücke die Türklingel. *Komm schon.* Noch mal. *Komm schon.* Noch mal. *Komm schon.* Noch mal.

Langsam, nach und nach, geht das Licht in mir aus, bis nichts als Dunkelheit bleibt. Komisch, wie Herzen weiter schlagen können, wenn es sich so anfühlt, als würden sie in tausend Stücke zerbrechen.

Ich warte eine Minute, dann noch eine und noch eine. Aber Sébastien kommt nicht zur Tür, und kein magisches ‹Ping› des Aufzugs bringt ihn zu mir.

Meine Sicht verschwimmt, als mir die Tränen kommen, und ein Schluchzen entreißt sich meiner Brust. Ich lege eine Hand auf das kühle Holz und lehne den Kopf dagegen. «Vielleicht treffen wir uns in einem anderen Leben wieder und machen es richtig. Aber was auch geschieht, du wirst immer meine einzige perfekte Erinnerung bleiben, mein einziger perfekter Traum. Ich liebe dich, du wunderbarer Mann.»

Ich nehme mir einen Moment, um mich wieder zu fassen, dann wische ich mir die Tränen weg und gehe wieder nach unten.

William steckt sein Handy in die Gesäßtasche seiner Jeans, als er mich bemerkt. Er räuspert sich. «Alles okay?»

«Tut mir leid.» Mein Blick landet kurz auf Pierre, und die Traurigkeit und das Verstehen, das ich in seinen Augen sehe, geben mir beinahe den Rest. Es erfordert jedes Quäntchen meiner Willenskraft, nicht zusammenzubrechen. «Ich wollte mich noch von jemandem verabschieden, der ...», ich halte den Atem an, «der mir sehr geholfen hat.»

«Wer ist es?» Sein Stirnrunzeln vertieft sich. «Vielleicht sollte ich ihm auch danken.»

«Nein, schon okay. Es ist dieselbe Frau, die ich vor einer Weile erwähnt hatte. Die mich zu ihrer Dinnerparty eingeladen hatte», lüge ich und habe das Gefühl, mich übergeben zu müssen.

William scheint mir zu glauben, und ich stoße einen Seufzer der Erleichterung aus. «Ich lasse ihr von meiner Assistentin einen Blumenstrauß schicken, sobald wir zu Hause sind.» Er nimmt meine Hand, und wir gehen zum Aufzug und lassen die Wohnung hinter uns.

Ich starre aus dem Fenster und sehe zu, wie die Autos zu einem verschwommenen Wirbel aus Farben werden, als mir Sébastiens Gemälde wieder einfällt. Verzweiflung bringt mich dazu, umkehren zu wollen, um es zu holen, aber es ist zu spät. Ich lehne mich vor und bitte Pierre, morgen zurück zur Wohnung zu gehen, um das Gemälde für mich zu holen und es mir nach Greenwich zu schicken. «Natürlich.»

«Vielen Dank!», sage ich und empfinde eine Explosion der Dankbarkeit für Pierre. «Machen Sie sich keine Sorgen wegen der Kosten. Ich werde Ihnen überweisen, was immer Sie brauchen.» Er nickt und hält an einer roten Ampel.

Dann fällt mir Monsieur Lemaire ein, und noch mehr Schuldgefühle fressen mich auf. Ich sehe William an, der links neben mir sitzt. Er telefoniert mit dem Piloten des Jets, um die Einzelheiten unseres Flugs durchzugehen.

«Pierre, ich hätte noch einen letzten Gefallen, um den ich Sie bitten muss», sage ich leise und lehne mich noch weiter vor.

«*Oui*, Madame.»

«Könnten Sie bei Monsieur Lemaire vorbeischauen und ihm erklären, dass ich nach Hause fahren musste und dass es mir sehr leidtut?»

Pierre nickt, und ich gebe ihm die Adresse des Ladens. «Kommen Sie nicht nach Paris zurück?», fragt er. Unsere Blicke treffen sich im Rückspiegel.

Niedergeschlagen. Leer. Betäubt.

Ich schüttle den Kopf. «Nein, Pierre. Ich denke nicht.»

KAPITEL VIERUNDZWANZIG

Valentina

Als die Räder des Jets auf der Landebahn des Westchester County Airport aufsetzen, ist die Sonne schon seit ein paar Stunden aufgegangen. Ich lehne den Kopf zurück in den Ledersitz und schließe die Augen, emotional mitgenommen, als käme ich gerade aus einem Kriegsgebiet. Aber es ist ein neuer Tag – eine Chance, noch einmal völlig neu anzufangen. Also rapple ich mich hoch und mache weiter, trotz Wunden, und sperre Sébastien und meine Zeit in Paris fort, tief in den hintersten Winkel meines Verstandes.

Während der Jet zum Terminal rollt, konzentriere ich mich auf den mit Pfützen übersäten Asphalt, in denen Ölflecken wie Regenbögen schillern. Das Flugzeug kommt auf der Rollbahn zum Stillstand, und die fröhliche Stimme des Piloten, die unsere Ankunft verkündet, weckt mich aus meiner Trance.

William küsst meine Stirn. «Wir sind zu Hause, Darling.»

Mit einem Nicken schlucke ich den Kloß in meiner Kehle hinunter und zwinge mich, ihm in die Augen zu sehen. «Ja, das sind wir.»

Unser Zuhause scheint in der Zeit, in der ich fort war, unberührt geblieben zu sein. Dieselben Gemälde hängen an den Wänden. Dieselben großen Säulen schmücken die Eingangshalle mit der breiten Treppe. Die vertrauten Gerüche nach Zitrone und Holz steigen mir in die Nase. Alles ist, wie es sein sollte, dennoch ist nichts mehr dasselbe.

William hilft mir aus dem Mantel, während ich den Blick durch die Eingangshalle schweifen lasse. Es kommt mir vor wie ein ganzes Leben, seit ich zum letzten Mal hier war. Als seine Finger meinen Nacken streifen, läuft mir ein Schauer über den Rücken. Ich schlucke und schließe kurz die Augen.

Fort von Paris wird die Realität immer schwerer zu ignorieren. Jede Bewegung, jedes gesprochene Wort wird zögerlich. Vorsichtig. Wohlüberlegt. Es ist wie ein unausgesprochener Austausch: *Bitte, lass mich wieder rein. Erinnere dich an das hier – erinnere dich an uns. Wir haben einander mal geliebt. Wir tun es immer noch. Du hast mich verletzt. Ich habe dich verletzt. Es tut mir leid. Mir tut es auch leid. Gib uns nicht auf.*

«Val», flüstert er und legt von hinten zärtlich die Finger um meine Oberarme, als er näher an mich herantritt.

Ich tue einen rauen Atemzug, als die Wärme seiner Hände in meine Knochen dringt. Irgendwo tief in mir ist ein Zuhause, das aus unserem gemeinsamen Leben gebaut ist, seine Wände sind aus Erinnerungen, Liebe, Träumen, Schmerz, Schönheit und Leid. Ich dachte, seine Türen wären verschlossen, aber jetzt höre ich, wie William klopft und mich anfleht, ihn wieder einzulassen.

Ich zögere, und er weiß das.

Sanft dreht er mich um, bis wir einander gegenüberstehen. Ich mustere seine Züge. Er ist William, mein Mann. Aber mein verräterisches Herz bleibt stumm.

Er umfasst zärtlich mein Gesicht. Ich lege meine Hände auf seine.

«Diese Zeit getrennt ...» William beugt sich herunter und küsst mich auf die Wangenknochen, die Augenbrauen, den Mund. Jedes Mal, wenn seine Lippen in Kontakt mit mir kommen, rüttelt es an der Tür, erschüttert es das Fundament des Hauses. «Ich dachte, ich hätte dich endgültig verloren. Ich konnte nicht atmen. Mein Leben –» Seine Stimme bricht, und seine Berührung wird besitzergreifender, verzweifelter. «Mein Leben hat keinen Sinn ohne dich.»

Und dann stelle ich die eine Frage, von der ich mir gesagt hatte, dass ich sie nicht stellen würde, weil sie vielleicht die Büchse der Pandora öffnen könnte, aber ich muss es wissen. Ich muss es von ihm hören. «Warum hast du so lange damit gewartet, nach Paris zu kommen?»

Zögern blitzt in Williams Augen auf, und er holt Luft. «Ich habe darüber nachgedacht, aber dann hast du mich um Freiraum gebeten. Um Zeit. Und nach all dem Mist, den ich dir angetan habe, dachte ich, das Mindeste, das ich tun könnte, wäre, deine Wünsche zu respektieren. Das war nicht klug von mir, aber ich wusste nicht, was ich sonst tun sollte.» Er nimmt meine Hand. «Es hat höllisch weh getan, Val. Aber es hat mich eine sehr wertvolle Lektion gelehrt.»

Sein Griff wird stärker. Als ich den nackten Schmerz in seinem Blick sehe, will ich mich selbst geißeln, mein eigenes Blut sehen. Ich habe diesen Schmerz verursacht. Die Schuld für das, was ich ihm angetan habe, wird zu einem Kreuz, das ich auf den Schultern trage und das mich niederdrückt.

«Ich musste dich beinahe verlieren, um zu erkennen, wie

sehr ich dich brauche. Wie sehr ich dich liebe.» Er hebt meine Hand an seine Lippen und küsst sie. «An manchen Tagen sagte ich mir, ich sollte trotzdem hinfahren und dich anflehen, zu mir zurückzukommen. Scheiß auf den Freiraum, um den du gebeten hattest. Aber ich hatte Angst davor, was ich vorfinden würde.»

«Und zwar?»

«Dich. Wie du dir ein Leben ohne mich aufbaust. Ich weiß, du hattest jedes Recht dazu, aber es hätte mich umgebracht. Zu wissen und zu *sehen*, dass du mich nicht brauchst, um glücklich zu sein. Und der Gedanke, dass du mich hinter dir lässt ...» Er schließt kurz die Augen. «Ich habe Tag für Tag gewartet, bis ich es nicht länger konnte. Ich musste dich sehen.»

Ich ertrinke in Reue, denn genau das habe ich getan. In Paris, berauscht von Sébastien und dem verlockenden Unbekannten, war es leichter, zu glauben, dass ich William verlassen könnte. Verschwunden war der Alltag. Die schmerzhaften Erinnerungen. Plötzlich war das Leben wieder schön. Alles war neu. Aufregend. Strahlend. Und leicht, so leicht.

Aber fort von alldem erkenne ich jetzt, wie naiv ich war. Liebe ist nur ein Teil einer erfolgreichen Ehe. In einer Ehe geht es nicht darum, Buch zu führen, wer es am meisten verbockt hat. Es geht darum, diese Fehler zu nehmen und sie zu verarbeiten. In der Ehe geht es um Hingabe und Vergebung – wahre Vergebung – und darum, nicht aufzugeben.

Ist es dumm, ihn wieder hereinzulassen? Ich weiß es nicht. Aber ich kann das hier nicht wegen eines schönen Traumes wegwerfen. *Sébastien war mehr als das!*, schreit mein Herz, aber ich ignoriere es. Ich verstecke diese Liebe an einem Ort, den William nie erreichen wird, einem Ort, der Sébastien und nur Sébastien gehört, einem Ort zwischen Himmel und Hölle, Folter und Seligkeit. Ich konzentriere mich auf William, der mich in der Gegenwart verankert, im Jetzt, in diesem Leben. Unter all dem Schmerz und der Enttäuschung ist er immer noch mein Ehemann und der Mann, in den ich mich vor langer Zeit verliebt habe. Außerdem, wer bin ich, ihn zu verurteilen? Meine Hände sind ebenso schmutzig wie seine. Meine Tante hat immer gesagt, wer im Glashaus sitze, solle nicht mit Steinen werfen. Deshalb nehme ich meine schmutzigen Steine und stecke sie zurück in die Tasche. Ich kapituliere. Ich öffne die Tür und lasse ihn wieder herein.

Sanft nehme ich Williams Gesicht in die Hände und bringe ihn dazu, mich anzusehen, während ich meiner Sonne und meinem wunderschönen Traum Lebwohl sage. «Das ist alles Vergangenheit.»

«Ich bringe das wieder in Ordnung, das verspreche ich», sagt er ernst, bevor er mich küsst, und diesmal drehe ich mein Gesicht nicht weg. Er löscht die Erinnerung an den Kuss eines anderen Mannes aus und ersetzt sie durch seinen. Mein Herz schreit, dass das hier falsch sei, dass das nicht die Arme, die Lippen seien, die ich will, aber ich ignoriere diese Stimme und ihr Flehen, während ich versuche, mich im Geschmack seines Mundes zu verlieren. Und als er mich packt und auszieht, jede Stelle meines Körpers berührt, lasse ich ihn.

Er spreizt meine Beine und dringt mit einem einzigen schnellen Stoß in mich ein. Ich lasse ihn mich immer wieder ausfüllen, in mich hereinkommen, mich für sich beanspruchen, bis ich nicht mehr fühlen oder denken kann und von Dunkelheit verschluckt werde. Sie willkommen heiße.

Da ist keine Musik mehr. Kein Lachen mehr.

Ich tue alles, damit der Schmerz und die Erinnerungen

fortgehen, bis da nichts mehr ist als Taubheit. Aber es funktioniert nicht.

Meine Seele schreit nach einem anderen Mann.

Oh, Sébastien …

Teil zwei

KAPITEL FÜNFUNDZWANZIG
Valentina

Die Nacht ist hereingebrochen, aber der Hochzeitsempfang hat gerade erst begonnen.

Der üppige Duft von Rosen hängt in der Luft, und der Sänger der Band säuselt charmant einen Oldie von Tony Bennett für das Publikum. Der weitläufige Rasen des Country Club ist in einen von funkelnden Lichterketten erhellten Zauberwald verwandelt worden. Ein Teil von mir sagt: *Genieße es, Valentina!* Allerdings kann ich mich nicht dazu bringen, etwas zu empfinden. Nicht das Geringste.

Während ich mich umsehe, umgeben von so vielen Leuten, so viel Ausgelassenheit, habe ich mich noch nie so allein gefühlt. Manchmal komme ich mir vor wie ein kleiner Fisch in einem riesigen Meer, der gegen den Strom schwimmt, ohne sich daraus befreien zu können. Und je mehr ich gegen die Strömung ankämpfe, desto schwerer wird es, zu schwimmen. Ich ertrinke, und ich kann nichts tun außer lächeln.

Ich trinke einen Schluck Wein und sehe der Braut zu, wie sie langsam mit ihrem attraktiven Mann tanzt, einem von Williams Kumpels von der Uni. Er beugt sich vor, um ihr etwas ins Ohr zu flüstern, während sein kleiner Finger zärtlich ihre Schulter streichelt, und sie wirft lachend den Kopf in den Nacken. Die perfekte Momentaufnahme. Ich hoffe, der Fotograf hat sie im Kasten. Ich hoffe, sie bleiben so glücklich, so lange sie können …

«Hey, du.» Eine Frau rempelt meine Schulter mit ihrer an.

Ich drehe mich zu meiner Freundin um und lächle zum ersten Mal seit gefühlt sehr langer Zeit ein echtes Lächeln. «Gigi, hi.»

Wir küssen uns auf die Wangen und sehen einander an. «Konnte doch nicht die Hochzeit des Jahres verpassen», sagt sie keck.

Ich kichere. «Als ob dich das kümmern würde.»

Ihr Blick landet auf dem Brautpaar, und ihre Züge werden weicher. «Ehrlich gesagt liebe ich Hochzeiten. Das war schon immer so.» Sie zuckt mit den Schultern, setzt ihr Glas an die Lippen und trinkt einen großen Schluck Weißwein. «Jedenfalls, ich hörte, dass du zurück bist», fährt Gigi fort und sieht mich wieder an.

«Jepp», antworte ich und lasse dabei das P knallen. «Paris war schön, aber es war Zeit, nach Hause zu kommen.»

Sie zieht eine Augenbraue hoch. «Bist du da sicher?»

«Ich weiß nicht genau, was du meinst.» *Aber das tue ich. Ich weiß es.*

«Was ist mit, ach, ich weiß nicht …» Mit dem Finger zeichnet sie einen Riss in der Brüstung nach. «Einem gewissen umwerfenden Franzosen?»

Und da ist er wieder, der Schmerz. Von der Sorte, die keine Menge an Alkohol lindern wird, die du gar nicht vergessen kannst. Ich verberge ihn hinter einem erzwungenen Lächeln, aber mein Herz weiß es. Es erinnert sich an jeden einzelnen Tag. Und ganz gleich, wie lange es her ist, es gibt Zeiten, da tut es so weh, dass ich kaum noch atmen kann.

«Wir waren nur Freunde», sage ich leise.

Sie schnaubt auf undamenhafte Weise. «Freunde sehen einander nicht so an, Val.»

«Bitte, Gigi. Ich möchte lieber nicht darüber reden.» Da mir plötzlich kalt ist, schlinge ich die Arme um mich und sehe zu Boden, dabei bemerke ich leidenschaftslos grüne und braune Grasflecken am Saum meines Kleides. «Das ist alles vorbei.»

«Ist es das?», fragt Gigi wissend.

Nachdem ich vor einem Monat wieder zurückgekommen bin, habe ich mich wieder in meinen Alltag gestürzt. Seitdem versuche ich, mir ein neues Leben mit William aufzubauen. Tage wurden zu mehr Tagen und noch mehr Tagen, und William steht zu seinem Wort. Vorbei ist die Zeit der langen Überstunden. Der einsamen Nächte. Bei jeder Gelegenheit, die sich ihm bietet, überschüttet er mich mit Liebe und Zuwendung. Außerdem hat er eingewilligt, mit mir zur Eheberatung zu gehen. Aber spätnachts, wenn meine Wachsamkeit nachlässt, ist es schwer, nicht zuzugeben, dass das alles ein Schwindel ist.

Ich bin eine Schwindlerin.

Sébastien ist überall. In Gewittern. Dem Geschmack von Wein. Ich schließe die Augen, und er wartet dort darauf, dass ich zu ihm zurückkomme. Verloren in Schmerz, wünsche ich mir, bettle ich um einen einzigen weiteren flüchtigen Blick auf ihn. Aber trotz allem halte ich diesen Schmerz weiter fest, weil er alles ist, was mir von Sébastien geblieben ist, und ich würde lieber für den Rest meiner Tage in der Hölle leben, als ihn loszulassen. Nur seine Erinnerung hält mich am Leben, gibt mir die Kraft, in dieser weiten Leere weiterzumachen, die das Leben ohne ihn ist.

Ich lege meine Hände auf die steinerne Balustrade, die immer noch warm ist, weil sie den ganzen Tag der Sonne ausgesetzt war. Den Blick zum Himmel hebend, versuche ich, mich abzulenken, indem ich die dunkle Kuppel bewundere, die von funkelnden Sternen übersät ist. Sie erinnert mich an einen anderen Abend, der diesem ähnlich war, als die Nacht noch jung war und ein faszinierender Mann mich zum Tanzen aufforderte. In diesem einen, ewigen Moment war das Leben voller Magie, voll wunderbarer Möglichkeiten.

Ich lache leise, obwohl mir eigentlich nach Weinen zumute ist. Lege eine Hand auf meine Brust und erwarte beinahe, dort ein klaffendes Loch vorzufinden. Ich habe mir das Herz herausgerissen, als ich ihn verließ, und jetzt ist da nichts mehr. Nichts. Manchmal zerbricht es dich, das Richtige zu tun. «Weißt du, warum Menschen lügen, Gigi?»

«Weil es leichter ist, als sich der Wahrheit zu stellen?»

Mit einem Kloß im Hals beiße ich mir auf die Lippe. «Weil die Wahrheit manchmal mehr schmerzt, als eine Lüge es je könnte.»

Sie nimmt meine Hand. «Val –»

«Da bist du ja», höre ich meinen Mann sagen, bevor er mir einen Arm um die Taille legt und seine Wärme in meine Knochen dringt. Er gibt mir einen sanften Kuss in die Halsbeuge. «Ich habe dich schon gesucht, Darling.»

Mit einem kaum merklichen Kopfschütteln versuche ich, mich wieder zu fangen, und setze dann ein Lächeln für William auf. «Hey. Ich habe mich gerade mit Gigi unterhalten.»

Ein paar angespannte Sekunden lang mustert er mich, als

wüsste er, dass ich etwas verschweige, bevor er sie begrüßt. «Gigi, wie geht's dir? Lange nicht gesehen.»

«William», erwidert Gigi und sieht ihn mit unverhohlener Abneigung an. Sie ist eine der wenigen, die sich nicht von William und seinem guten Aussehen blenden lassen.

«Ich muss meine Frau leider einen Moment lang entführen.» Er lächelt sie an, dann richtet er seinen Blick auf mich. «Da ist jemand, den ich dir vorstellen möchte.» Er nimmt meinen Arm und macht Anstalten, mich zur Bar zu führen. «Gigi. War wie immer schön, dich zu sehen.»

«Lass uns mal wieder telefonieren, ja?», sage ich schnell, bevor ich William folge.

«Klar, du hast ja meine Nummer.»

Als ich über die Schulter zurückblicke, stelle ich fest, dass sie uns hinterhersieht, eine Falte zwischen den Augenbrauen. Sie hebt die Hand und winkt zum Abschied.

«Geht es dir gut, Darling?», höre ich William fragen, was meine Aufmerksamkeit wieder zurück zu ihm lenkt. Er ist mir so nahe, dass ich spüren kann, wie die Hitze seines Körpers mich wärmt. «Du hast gerade eben ein wenig aufgewühlt gewirkt.»

«Alles in Ordnung, ich bin nur ein wenig angeschlagen.»

William bleibt mitten in der Bewegung stehen und dreht sich zu mir um. Legt mir die Hand an die Wange und streichelt mit dem Daumen meinen Wangenknochen. «Möchtest du nach Hause?»

Die Sorge in seiner Stimme macht mich fertig. *Deshalb bin ich geblieben.* Ohne weiter über mein Handeln nachzudenken, drehe ich mein Gesicht seiner Handfläche zu und küsse sie. «Nein, ist schon okay. Es geht mir gut.»

«Das ist meine Val.» Er lächelt sein charmantestes Lächeln. «Komm. Da drüben sind die Leute, die ich dir vorstellen möchte.»

Wir gesellen uns zu einer kleinen Gruppe. Ich kenne ein paar, und William stellt mich den anderen vor, die ich nicht kenne. Er macht einen Witz. Erzählt eine Anekdote. Es macht keinen Unterschied. Alle Augen sind auf ihn gerichtet. Sie fressen ihm aus der Hand. Man kann sehen, wie sich die Frauen in ihn verlieben und die Männer ihn insgeheim hassen und so sein wollen wie er.

Ich betrachte die Kontur seiner aristokratischen Nase, den Schwung seiner vollen Lippen, den rasiermesserscharf geschnittenen Kiefer und das fein modellierte Kinn mit Grübchen. Er ist faszinierend. Überlebensgroß. Er fährt sich mit den Fingern durch die längeren blonden Locken, und Erinnerungen an sein wild im Wind wehendes Haar an dem Tag, an dem wir zu seiner Großmutter fuhren und wir beide das Leben in vollen Zügen genossen, hält mich vorübergehend gefangen. Ich sollte glücklich sein. Begeistert darüber, dass er mir gehört. Aber ich sehe meinen Mann an, wie er schallend über irgendeinen Witz lacht, und muss mir in Erinnerung rufen – mich ermahnen –, dass es das ist, was ich will.

Ich wiederhole diese Worte immer wieder, bis ich sie in meine blutige Haut geritzt habe.

Vielleicht werde ich sie dann endlich glauben.

KAPITEL SECHSUNDZWANZIG

Sébastien

Die Hotelbar ist leer bis auf die Barkeeperin und mich. Sie fragt mich, ob ich noch eines wolle, während sie den Tresen mit einem Geschirrtuch abwischt, und ich hebe meine halb leere Bierflasche.

«Alles bestens.»

Aber ist es das? Ich weiß es nicht mal mehr, verdammt.

Ich bin entzweigerissen. Leid und Wut. Mal vermisse ich Valentina mit einer tiefen Sehnsucht in der Seele, und mal möchte ich sie am liebsten aus meinem Herzen, meinem Kopf löschen und verfluche sie dafür, dass sie mich verlassen hat. Ich sage mir, dass ich sie vergessen werde, aber selbst diese Worte klingen hohl in meinen Ohren. Die Erinnerung an sie ist mein Peiniger und mein Erlöser.

Meine Hölle und mein Paradies.

Ich richte meine Aufmerksamkeit auf die Flasche in meinen Händen, bevor ich sie an die Lippen setze und einen Schluck nehme. Mein Leben war leer, bevor sie kam, aber ich war zufrieden. Und jetzt? Mein Körper ist hier. Er wirkt heil. Aber da ist nichts innen drin. Sie hat alles mitgenommen, als sie ging.

Die Luft in meiner Lunge.

Das Schlagen meines Herzens.

Jetzt ist da nur Stille, wo vorher Lachen war. Nur Dunkelheit, wo einst gleißende Hoffnung war. Sie hat mir gezeigt, wie schön das Leben wieder sein konnte, aber sie hat mir verdammt noch mal nicht gezeigt, wie ich ohne sie leben, ohne sie atmen soll. Also heiße ich die Taubheit willkommen, suche sie – warte darauf, dass der Abgrund mich verschluckt. Schließlich war ich dort schon mal.

Als die Flasche leer ist, bitte ich die Barkeeperin um eine weitere. Ich trinke, um zu vergessen, aber je mehr ich trinke, desto mehr erinnere ich mich an sie. Desto mehr tut es weh.

Oh, Valentina … warum musstest auch du mich verlassen, verdammt?

Als sie eine neue Flasche vor mich hinstellt und die leere wegnimmt, starre ich sie an. Sie ist eine Brünette mit einem freundlichen Lächeln. *Hübsch. «Merci.»*

«De rien.» Unsere Blicke treffen sich, und sie sagt: «Kommt ein Pferd in eine Bar. Fragt der Barkeeper: ‹Warum so ein langes Gesicht?›»

«Der war gut», antworte ich, ohne zu lachen.

Sie zuckt mit den Schultern. «Dachte mir, du könntest einen guten Lacher gebrauchen, aber ich glaube nicht, dass es funktioniert hat.»

«Wie kommst du darauf?»

«Du starrst diese armen Flaschen in deiner Hand schon seit einer Stunde finster an, *und* du schaust immer noch finster drein. Kein Wunder, dass meine Bar leer ist», gibt sie neckend zurück.

«Bin ich schon so lange hier?», frage ich gleichgültig und bemerke zum ersten Mal das Tattoo einer Orchideenranke, das ihren Arm hochklettert. Das Bild ist wie ein körperlicher Stich in die Eingeweide, der mich aufschlitzt.

«Länger.» Sie runzelt die Stirn. «Alles okay?»

Kopfschüttelnd tue ich so, als würde ich lächeln, obwohl ich innerlich vor Schmerz aufheule. «Alles bestens.»

«Okay», antwortet sie, Zweifel in ihrem Blick. «Sag Bescheid, wenn du noch was brauchst.»

In diesem Moment kommt ein weiterer Gast und setzt sich ans andere Ende der Bar. Sie geht zu ihm, um seine Bestellung aufzunehmen, und als ich ihr hinterhersehe, überfällt mich eine plötzliche Sehnsucht nach ihrer Gesellschaft. Vielleicht wird es den quälenden Geist von Valentina zum Schweigen bringen, wenn ich mit ihr rede, und mir eine kurze Atempause von der Hölle schenken, in der ich schmore.

Als sie auf meine Seite zurückkommt, lächelt sie höflich, bevor sie wieder dazu übergeht, gewissenhaft Gläser zu polieren.

«Kann ich dich was fragen?», will ich wissen, während ich das Etikett von der Flasche pule, um meine Hände zu beschäftigen.

«Schieß los.»

Ich konzentriere mich auf die bunte Ansammlung von Flaschen hinter ihr und gehe in Gedanken meine Schritte an jenem Tag zurück, um nach dem Moment zu suchen, an dem alles schiefging.

Ich ließ Valentina vor ihrer Wohnung zurück, nachdem ich ihr Leib und Seele zu Füßen gelegt hatte. Sie musste zur Arbeit, und ich musste ein paar Gemälde abliefern. Wir verabredeten, uns später an diesem Abend zu sehen. Auf meinem Weg zurück von der Galerie bekam ich einen Anruf von einer panischen Sophie. Ihre Babysitterin hatte in letzter Minute abgesagt, und sie brauchte meine Hilfe. Ich sollte auf die Kinder aufpassen, während sie zu einem Termin musste. Ich sagte ihr, sie solle sich keine Sorgen machen, ohne mir je träumen zu lassen, dass, bis ich wieder zurück in der Wohnung wäre, Valentina fort sein würde.

Ich ging sie suchen. Nachdem ich ungefähr fünf Minuten lang geklopft hatte, gab ich auf, setzte mich vor ihre Tür und wartete. Ich wusste, dass sie irgendwann kommen würde. Vielleicht war sie bei der Arbeit aufgehalten worden. Sophie hatte erwähnt, dass sie sie früher am Tag gesehen und eine große Bestellung bei ihr aufgegeben habe. Vielleicht war es das. Aber nachdem aus einer Stunde zwei wurden, überfiel mich langsam ein schlechtes Gefühl, und keine Menge an Erklärungen konnte es abschütteln. Ich versuchte, mich zu beruhigen. Mir keine Sorgen zu machen. Es gab eine Erklärung dafür, warum Valentina noch nicht da war. Bevor ich mich völlig verrückt machte, beschloss ich, wieder in meine Wohnung zu gehen und auf den nächsten Morgen zu warten. Ich würde nach unten gehen, und sie würde da sein. Alles würde wieder in Ordnung sein. Das musste es einfach.

Aber als ich am nächsten Morgen nach unten ging, war Valentina nicht da. Stattdessen fand ich eine Maklerin vor, zusammen mit einem Reinigungstrupp, der alle Spuren von ihr auslöschte. Mich hinter nachbarlicher Sorge versteckend, fragte ich die Maklerin, was mit Valentina passiert war. Sie sagte mir, dass die Wohnung wieder auf den Markt gebracht worden sei. Die Frau, die dort gewohnt habe, sei wieder zurück in die Vereinigten Staaten gegangen und habe nicht vor zurückzukommen.

Mir brach kalter Schweiß aus. Sie hatte mich ohne Erklärung verlassen. Ohne sich verdammt noch mal auch nur zu verabschieden.

Und wie ein dämlicher, erbärmlicher Trottel wartete ich darauf, dass sie zu mir zurückkam. Stunden wurden zu Tagen und

Tage zu Wochen. Schließlich gab ich auf, trank heftig und ging mit beliebigen Frauen ins Bett. Vögelte heftiger, vögelte mich ins Vergessen.

Ich lache bitter. Ich habe so verflucht hart versucht, bei Valentina das Richtige zu tun, mich ihrem Tempo anzupassen. Ich habe sie nicht mal gevögelt.

Trotzdem habe ich sie verloren.

Was für ein verdammter Witz.

Sie war einst meine Hoffnung, aber die Liebe, die ich für sie empfinde, ist mein Gefängnis geworden. Der Alkohol und die Frauen waren eine kurze Atempause. Doch spätnachts, umgeben von dem Geruch nach Sex und mit dem Geschmack von abgestandenem Bier auf der Zunge konnte ich mir nichts mehr vormachen. Es funktionierte nicht. Nichts funktionierte. Ich spürte den Schmerz immer noch. Roh. Unbarmherzig.

Als Poppy und unser ungeborenes Kind gestorben waren, glaubte ich, ohne sie nicht weitermachen zu können. Schmerz, Wut, Ungläubigkeit, sie alle trieben mich in den Wahnsinn. Ich brachte mich absichtlich in Gefahr. Wenn sie nicht bei mir sein konnten, dann würde ich ihnen folgen. Eines Tages saß ich da mit einem Messer in der Hand. Ich war es so verdammt leid. Müde. Ich konnte den Schmerz nicht mehr ertragen. Ich dachte immer wieder, dass es sehr leicht wäre, meinem jämmerlichen, wertlosen Leben ein Ende zu machen. Aber als ich die scharfe Klinge auf meiner Haut spürte, erkannte ich, dass ich es nicht tun konnte. Poppy hätte das nicht gewollt. Sie hätte gewollt, dass ich kämpfe. Dass ich der Mann war, in den sie sich verliebt hatte.

Ich suchte mir noch in derselben Nacht Hilfe.

Nicht jeder hat so viel Glück, eine zweite Chance zu bekommen, und ich bekam sie. Mir wurde durch Valentina eine geschenkt.

Dachte ich zumindest.

Und ganz gleich, wie tief ich in Ausschweifungen versinke, ich kann sie immer noch nicht loslassen.

Aber es gibt Zeiten, wie jetzt gerade, in denen ich versuche, die ganze Reihe von Ereignissen noch einmal ablaufen zu lassen. Nach einem Anzeichen dafür zu suchen, dass Valentina mich angelogen hat. Dass das, was wir miteinander hatten, nichts als Wunschdenken war. Das würde es so viel leichter machen, sie zu hassen. Darüber hinwegzukommen. Aber tief in meinem Herzen ist eine Stimme, die schreit, dass es alles echt war. Dass etwas passiert ist, das sie dazu gebracht hat, fortzugehen.

«Nun?», fragt die Barkeeperin und reißt mich aus meiner Versunkenheit. «Wie lautet deine Frage?»

Mehrmals blinzelnd richte ich meine Aufmerksamkeit auf sie.

Sie nimmt eine Flasche Whiskey, schenkt ein und reicht mir das kleine mit flüssigem Mut gefüllte Glas. «Geht aufs Haus. Und jetzt trink und dann rede.»

«Prost.» Ich kippe ihn hinunter und genieße das Brennen, mit dem er hinunterläuft. «Danke.» Ich grinse reumütig. «Schätze, den hab ich gebraucht.»

Sie zuckt mit einer zierlichen Schulter. «Man lernt einige Tricks, wenn man hier arbeitet. Also, wer ist sie?»

«Ist es so offensichtlich?»

Sie lacht. «Nein. War nur gut geraten.»

Ihrem Blick ausweichend, schiebe ich das Whiskeyglas zwischen den Händen hin und her, während ich darüber nachdenke, was und wie viel ich ihr erzählen soll. Ich bin mir nicht sicher, ob es der Whiskey ist oder ihre beruhigende Gegenwart, aber ich stelle fest, dass ich mich öffne und all meinen Mist bei ihr ablade. Ich erzähle ihr von Valentina und unserer gemeinsamen Zeit, von dem letzten Morgen, an dem ich sie sah, und wie ich glaubte, es würde endlich klappen, nur um dann nach Hause zu kommen und festzustellen, dass sie fort war.

«Das ist meine erbärmliche Geschichte.» Ich raufe mir die Haare und würde sie mir am liebsten ausreißen. «Es ergibt einfach keinen Sinn, dass sie gegangen ist, ohne auch nur mit mir zu reden.»

«Liebst du sie?»

Ich nicke. «Mehr, als ich je für möglich gehalten hätte.» Selbst wenn William sie für den Rest ihres Lebens lieben würde, wäre es nur ein Bruchteil dessen, wie sehr ich sie mit einem einzigen Schlag meines wertlosen Herzens liebe.

«Es muss einen Grund geben, warum sie gegangen ist.» Sie nimmt die leere Flasche und das Whiskeyglas vor mir. Mir fällt auf, dass sie mich diesmal nicht fragt, ob ich noch etwas trinken will. «Nenn mich verrückt, aber da muss mehr hinter ihrer Geschichte stecken. Wenn man jemanden liebt, dann verschwindet man nicht einfach ohne ein Wort. Ehemann hin oder her. Und nach allem, was du mir erzählt hast, glaube ich nicht, dass es eine leichte Entscheidung für sie war. Es muss einen Grund für ihr Verhalten geben. Und wenn ich du wäre, würde ich ihn herausfinden. Ich würde mit der Sache abschließen wollen.»

«Aber was, wenn –» Ich halte den Atem an, als mich ein Erdbeben der Emotionen erschüttert. «Ich habe eine Scheißangst davor, was ich herausfinden werde.»

«Wir können die Angst nicht unser Leben bestimmen lassen.» Sie legt eine Hand auf meinen Unterarm, die Berührung ist willkommen – stärkend. «Stell dir vor, was du deshalb verlieren könntest.»

Ihre Worte prallen immer wieder gegen mich wie eine Abrissbirne und reißen nach und nach die Mauern ein, die ich um mich errichtet habe, seit Valentina fort ist. Sie hat recht. Ich habe genug von meinem Leben der Angst geschenkt, habe sie über jede meiner Entscheidungen herrschen lassen. Und ich habe es satt.

So satt.

Wenn es eine Chance gibt, dass Valentina meine Liebe erwidert, werde ich sie ergreifen und um sie kämpfen.

Und falls ...

Nein. Ich werde nicht erlauben, dass diese Zweifel mich verfolgen.

Ich starre die Frau an, die vor mir steht, und danke Gott dafür, dass er sie mir geschickt hat. Er wusste, dass ich sie brauchte.

Ich nehme einen Geldschein heraus, der meine Zeche großzügig abdeckt, und lege ihn auf den Tresen. Sie lächelt, und ihre Augen funkeln vor Vergnügen.

«Hattest du genug zu trinken?»

«Denke schon.» Ich bringe das erste echte Lächeln seit einer sehr langen Zeit zustande. «Danke für alles.»

«Kein Problem.»

Ich stehe auf, schiebe den Barhocker zurück und gehe zur Tür. Ich bin schon fast über die Schwelle, als ich sie fragen höre: «Was wirst du jetzt tun?»

Ich werfe einen Blick zurück. «Mich für das Leben entscheiden.»

Draußen vor dem Hotel erwacht die Stadt zum Leben,

pulsierend im Rhythmus meines wilden Herzschlags. Ich hole mein Handy raus und rufe Sophie an. Sie geht beim ersten Klingeln ran.

«Was gibt's, Hübscher?»

«Deine beste Freundin ... Die Familie ihres Mannes ist aus Greenwich, richtig?»

«Sharon? Sie ist aus New Canaan, ihr Mann aus Texas. Aber ja, sie leben jetzt dort. Warum fragst du?»

«Hör mal, du musst mir einen Gefallen tun ...»

«Klar. Du klingst komisch. Alles okay?»

Ich starre auf die Autos, die vorbeifliegen.

Ich entscheide mich für das Leben.

Ich entscheide mich für sie.

«Ja.» Ich verstumme kurz. «Ich denke, das wird es sein.»

KAPITEL SIEBENUNDZWANZIG

Valentina

Guten Morgen, Val.»

Ich nehme gerade eine Pfanne aus einem der Schränke, als Evan hereinkommt. Er ist seit drei Jahren unser Koch. Früher hat er in einem italienischen Restaurant in Port Chester gearbeitet, in das wir häufig gingen, bis William ihm ein Angebot gemacht hat, dem er nicht widerstehen konnte. Jetzt ist er bei uns.

«Guten Morgen, Evan», sage ich fröhlich und stelle die Pfanne auf den Herd. «Ich mache heute das Frühstück.» Ich öffne einen weiteren Küchenschrank und hole diesmal eine Schüssel heraus.

Er stellt sich neben mich und verschränkt die Arme vor der schlanken Brust. Irgendwie erinnert er mich an den jungen George Clooney, damals, als er noch bei E. R. war. Anders als Mrs. Croft, die nie wirklich warm mit mir geworden ist, ist Evan zu einem guten Freund geworden. Er ist einer der wenigen echten Freunde, die ich habe.

«Sollte ich mir Sorgen um meinen Job machen?», scherzt er. Seine dunklen Augen funkeln vor Belustigung.

Ich lache. «Überhaupt nicht. Als ich aufgewacht bin, war mir einfach nach kochen.»

Er öffnet den Glasbehälter mit dem Mehl und reicht ihn mir. «Pfannkuchen?»

«Danke, und ja.»

«Gern geschehen.» Sein Blick folgt jeder meiner Bewegungen und beobachtet, wie ich das Mehl herauslöffle und in die Schüssel gebe. «Familienrezept?»

«Ja, von meiner Tante. Sie hat damals als Kellnerin in einem Diner gearbeitet.» Grinsend erinnere ich mich an den Tag, an dem sie nach Hause kam, ein selbstgefälliges Lächeln auf dem Gesicht, weil sie Johnny, den Koch und Besitzer des Diners, endlich dazu gebracht hatte, das Rezept für seine berühmten Pfannkuchen mit ihr zu teilen. «Sie hat das Rezept vom Besitzer bekommen, der es wiederum von seiner Großmutter hatte, und so weiter. Möchtest du sie probieren?»

Er reibt sich den Nacken. «Ich bin mir nicht sicher. Eigentlich sollte ich sie für dich machen.»

Ich werfe ihm einen spitzen Blick zu. «Evan, iss die verdammten Pfannkuchen.»

Er lacht. «Okay, Boss.»

Ich mache ihm einen Teller fertig und stelle ihn vor Evan hin. Während ich ihm dabei zusehe, wie er nach Messer und Gabel greift, bin ich aufgeregt und nervös zugleich, herauszufinden, wie er sie findet. Er kostet einen Bissen und schließt mit Oooh und Aaah die Augen.

«Verdammt.» Er nimmt einen weiteren Bissen. «Die sind echt was Besonderes.»

«Ziemlich gut, nicht?» Mit der Hüfte an die Küchenzeile gelehnt, sehe ich ihm dabei zu, wie er die Pfannkuchen verschlingt, und bin ziemlich stolz auf mich. Ich nehme meinen Kaffee, trinke einen Schluck und genieße den Geschmack der kolumbianischen Röstung. «Sag mal, hast du eigentlich immer schon gewusst, dass du Koch werden wolltest?»

Evan verdrückt den letzten Bissen, er hat seinen Teller völlig leergeputzt. Dann wischt er sich den Mund mit einer Serviette ab und richtet seine Aufmerksamkeit wieder auf mich. «Nein.» Er lacht. «Ich wollte Zahnarzt werden, bin aber von der Schule geflogen. Hab zu viel gefeiert und getrunken. Ich glaube, ich war einfach nicht mit dem Herzen dabei, weißt du? Meine Eltern waren ziemlich sauer, also haben sie mich rausgeworfen und aufgehört, meine Rechnungen zu bezahlen. Sie sagten, es wäre Zeit, dass ich eine Dosis Realität bekomme. Das war eine Zeitlang ziemlich scheiße.»

«Weil du kein Geld hattest?»

«Na ja, das, und weil ich keine Ahnung hatte, was ich mit meinem Leben anstellen wollte. Zu der Zeit hab ich bei Lara übernachtet. Jeden Morgen bin ich aufgewacht und hab ihr zugesehen, wie sie sich für ihr Praktikum fertig machte. Sie war begeistert, zu arbeiten und etwas zu lernen. Und da war ich und saß nur rum, spielte Xbox und wartete, bis meine Freundin wieder nach Hause kam. Wartete darauf, dass das Leben anfing.»

«Das gefällt mir: Darauf warten, dass das Leben anfängt.»

«Ich fühlte mich nutzlos, weißt du?»

Wenn Evan nur wüsste, wie gut ich das verstehe. «Ich glaube, ich kann's mir vorstellen.»

«Wirklich?», fragt er in überraschtem Tonfall.

Ich nicke nur, weil ich nicht näher darauf eingehen will. «Also, was hast du gemacht?», frage ich leise, gespannt auf seine nächsten Worte, als wären sie die Antwort auf meine eigenen Fragen.

«Nun, ich hab schon immer gern gekocht. Bis dahin betrachtete ich es als Hobby, etwas, worin ich gut war, was ich aber nie wirklich als Beruf in Betracht gezogen hatte. Aber eines Tages schlug Lara vor, ich solle mal mit ihrem Onkel reden, der ein Diner in Bayside hatte. Vielleicht könne er mir einen Job geben. Ich fuhr den ganzen Weg bis nach Queens, und der Rest ist Geschichte.» Er steht auf, um seinen Teller in die Spüle zu stellen. «Kochen ist nicht nur ein Job, es ist meine Leidenschaft. Was ist mit dir?»

«Was soll mit mir sein?» Ich stelle mich dumm.

«Irgendwelche Leidenschaften?»

«Na ja, ich koche auch gern, so viel steht fest.» Ich stelle meine Kaffeetasse auf die Küchenzeile und spiele mit dem Griff. «Aber ich würde es nicht unbedingt eine Leidenschaft nennen.» Ich muss an die reizenden Nachmittage denken, die ich in Monsieur Lemaires Blumenladen damit verbracht habe, mich um die Blumen zu kümmern und sie wieder zum Leben zu erwecken. «Blumen», sage ich langsam, lächelnd. «Blumen sind meine Leidenschaft.» Ihre Schönheit, ihr Duft, wie sie einen Raum mit Farbe erhellen, ihn zum Leben erwecken. «Sie machen mich glücklich.»

Er zögert kurz, anscheinend, um seine nächsten Worte sorgfältig abzuwägen. «Weißt du, meine Schwester hat einen kleinen Blumenladen in Rye. Nichts Ausgefallenes, aber sie ist glücklich damit. Ziemlich beschäftigt. Soll ich für dich rausfinden, ob sie eine Aushilfe sucht?»

Mein Herz beginnt wie verrückt zu hämmern, während meine Seele vor Hunger knurrt, diese Gelegenheit zu ergreifen, die Zähne hineinzuschlagen, sie hinunterzuschlingen und mich davon zu ernähren. Seit ich aus Paris zurückgekommen bin, habe ich einen Hunger in mir, der vorher nicht da war. Ich bin es leid, herumzusitzen und das Leben an mir vorbeiziehen zu lassen. Nein, ich will jemand sein, auf den *ich* stolz bin. Also prallen die alte und die neue Valentina aufeinander wie Wellen, die gegen Felsen brechen. Und das ist okay für mich, weil ich weiß, dass ich meinen Halt finden werde. «Würdest du das wirklich für mich tun?»

«Klar. Warum nicht?»

Ich starre aus dem Fenster, betrachte den Morgenhimmel und lasse mich von Hoffnung mitreißen. Vielleicht neigen die Dinge *wirklich* dazu, sich von selbst zu finden.

«Was ist denn der besondere Anlass?»

Mit einem Blick über die Schulter lächle ich meinen Mann an, der im Eingang zur Küche steht. Er sieht entspannt, selbstbewusst und attraktiv aus. Er ist die Art Mann, die man sich als seinen Ritter in schimmernder Rüstung vorstellt, den mutigen Romanhelden, der gekommen ist, um die Jungfer in Nöten zu retten. So ganz anders als …

Ich merke, in welche Richtung meine Gedanken gehen, und lenke sie wieder zurück auf sicheres Terrain. «Hunger?», frage ich, während ich mir die Hände am Geschirrtuch abwische, das über dem Backofengriff hängt.

Er kommt zu mir und lockert seine Krawatte. «Am Verhungern.»

«Gut. Ich habe genug gekocht, um eine ganze Armee zu verköstigen, glaube ich.»

Ich sehe zu, wie William alles mustert, mich am Herd, das

Kleid, das ich trage, unser Hochzeitsservice auf dem weißen Granit, eine Kristallvase mit weißen Rosen neben den Tellern. «Wo ist Evan?»

«Er kam heute Morgen rein, aber ich habe ihm gesagt, dass er sich den Rest des Tages freinehmen soll. Stattdessen habe ich uns Abendessen gekocht.» Ich schalte den Herd ab, gehe zu ihm und schmiege mich in seine Arme. Auf Zehenspitzen gestellt, lege ich den Kopf in den Nacken und grinse. «Wir haben was zu feiern.»

«Ach ja?» William gibt mir einen schnellen Kuss auf die Nasenspitze und legt die Hände auf meine Hüften. Er knetet meine Haut und zieht mich eng an sich. Seine Berührung ist warm und einladend. Er senkt den Kopf zu meinem Hals und meiner Schulter und überschüttet mich mit kleinen Küssen, die meinen Körper zum Leben erwecken. Dennoch bleibt mein Herz ruhig, unberührt. «Bist du schwanger, Darling?»

Errötend schüttle ich den Kopf. Seit ich aus Paris zurück bin, will er mich beinahe jede Nacht. Er liebkost meinen Körper mit Küssen und seiner Zunge, während er mich mit seinem Samen füllt.

«Nein, das nicht.»

Weil ich etwas Abstand zwischen uns brauche, gehe ich die Flasche Rotwein holen, die auf der Küchenzeile steht. Mit dem Rücken zu ihm tue ich einen tiefen, beruhigenden Atemzug. Als ich meine Gefühle hinter einer gefassten Miene verborgen habe, drehe ich mich wieder zu ihm um und setze ein Lächeln auf.

«Erinnerst du dich noch an all diese Floristikkurse, die ich vor einer Weile belegt habe?»

«Dunkel, aber ja.» William nimmt ein Stück Karotte aus dem Salat und steckt es sich in den Mund.

«Ich weiß, ich habe nicht viel über Paris erzählt, aber während meines Aufenthalts dort habe ich einem netten Herrn in seinen Blumenladen ausgeholfen.» Bei der Erinnerung an Monsieur Lemaire lächle ich. «Natürlich wusste ich nicht wirklich, was ich da tat, aber es fühlte sich gut an, einen Sinn zu haben. Etwas zu *tun.* Ich glaube, diese Erfahrung hat mich verändert.»

«Was meinst du damit, sie hat dich verändert?»

«Ich würde gern etwas anderes mit meiner Zeit anfangen, als ins Fitnessstudio und shoppen zu gehen und darauf zu warten, dass du nach Hause kommst. Daran ist absolut nichts auszusetzen. Ich kann mich glücklich schätzen, dass ich diese Wahl habe, aber ich bin so nicht.» *Ich glaubte nur, so sein zu müssen.* Ich starre auf die Flasche in meiner Hand und zeichne mit den Fingern das Etikett nach. «Ich will mehr. Und, nun ja, Evan erwähnte beim Frühstück, dass seine Schwester einen Blumenladen in Rye besitzt.» Ich zögere, weil ich nicht sicher bin, wie William reagieren wird. «Ich war heute bei ihr, und sie hat mir einen Job als Lehrling-Schrägstrich-Assistentin angeboten. Ihr Name ist Meg, und sie ist wirklich, wirklich reizend. Ihr Laden ist –»

«Auf gar keinen Fall.»

Ich war gerade dabei, Wein in die Gläser zu schütten. Nun erstarrt meine Hand mit der Flasche mitten in der Luft. «Was hast du gesagt?»

William nimmt mir die Flasche aus der Hand und füllt unsere Gläser. Nachdem er sein eigenes geleert hat, fügt er hinzu: «Das hier ist nicht Paris. Dein Platz ist zu Hause. Denk nur daran, was unsere Freunde sagen würden. Was meine Großmutter sagen würde. Sie findet jetzt schon, ich gebe dir mehr als genug Freiheit.»

Ich räuspere mich. Das hier kann gerade nicht wirklich passieren, nicht, nachdem alles so gut gelaufen ist. *Vielleicht will er mich nur aufziehen.* «Du scherzt, oder?»

«Nein, eigentlich nicht.» Er zuckt mit den Schultern. «Außerdem werde ich mich nicht zum Gespött machen lassen, weil meine Frau eine Art niedere Angestellte in einem x-beliebigen Laden ist.»

Das *muss* ein Scherz sein. Jeden Moment wird er mich ansehen, den Kopf zurückwerfen und schallend lachen. Aber Sekunden werden zu Minuten, und nichts passiert. Williams Blick hält meinen fest, und ich fühle mich gefangen, ohne Möglichkeit zur Flucht. «Was sind denn das für steinzeitliche Ansichten? Als Nächstes sagst du noch, dass es mein Job sei, dir Kinder zu schenken.»

Seufzend fährt William sich mit der Hand durch sein goldenes Haar, und sein ganzer Körper strahlt Frust und Verärgerung aus. «Das wäre ein Anfang. Aber wie es scheint, kriegst du nicht mal das hin.»

Ich fühle mich, als hätte er mir gerade mit der Faust in den Magen geschlagen. «Das wäre jetzt der Punkt, an dem du dich entschuldigen solltest.»

Haarsträubendes Schweigen antwortet mir.

Ich weiche einen Schritt zurück und sehe ihn mit Schmerz und Abscheu an, bevor ich mich abwende. «Wir sind hier fertig, William.»

«Nein, das sind wir nicht.»

Ein Schauer läuft mir über den Rücken, als er auf mich zukommt. Er nimmt meinen Unterarm und hält mich auf, bevor ich Gelegenheit habe zu entkommen. «Was glaubst du, wo du hingehst?»

«Lass mich los.» Ich versuche, meinen Arm zu befreien,

aber er verstärkt seinen Griff, was es mir unmöglich macht, von ihm fortzukommen. «Du tust mir weh.»

«Hör mir zu, und hör mir gut zu.» Er packt mich am Kinn und zwingt mich, ihn anzusehen. Seine normalerweise sanften Augen sind jetzt hart wie Stein. «Morgen wirst du diese Meg anrufen und ihr sagen, dass du die Stelle nicht mehr annehmen kannst.»

«Warum sollte ich das tun?» Ich ignoriere den Schmerz, den sein wütender Griff verursacht, während sich Widerstand in mir formt. «Ich brauche deine Erlaubnis nicht, um irgendetwas zu tun.»

«Du bist meine Frau, und du wirst tun, was ich dir sage.»

«Nein, werde ich nicht. Ich bin nicht dein Eigentum.»

Er verstärkt seinen Griff noch mehr und kommt noch näher. «Stell mich nicht auf die Probe, Val.» Seine Stimme hat einen gefährlichen Unterton, der mir einen eiskalten Schauer über den Rücken jagt. Ich starre William an und habe das Gefühl, als sähe ich ihn zum ersten Mal. Er hat dieselben Züge wie der Mann, den ich geheiratet habe. Der Mann, der jahrelang neben mir geschlafen hat. Der Mann, den ich versprochen habe zu lieben und zu ehren, bis dass der Tod uns scheidet. Aber dieser Mann hier, mit den spöttischen Augen, der grausamen Berührung und den drohenden Worten, ist ein Fremder, der mir Angst macht. Er kann nicht mein William sein. Aber er ist es. Und bei dem Gedanken, dass ich ihn vielleicht gar nicht kenne, wird mir schwindlig.

«Du machst mir Angst», sage ich leise, ohne den Blick abzuwenden.

Er lässt mich los und schenkt sich ein weiteres Glas Wein ein, dabei beobachtet er mich eindringlich.

Erschüttert halte ich mich an der Küchenzeile fest. Nach

ein paar Schlucken tritt er hinter mich und legt mir die Hände auf die Schultern. Die ungebetene Berührung verursacht mir Gänsehaut.

«Es tut mir leid, Darling. Es war ein verdammt langer Tag, und ich habe den Kopf verloren.» Er küsst meine Halsbeuge, und ich habe das Gefühl, mich übergeben zu müssen. «Hör mal, ich weiß, dass es vielleicht nicht so aussieht, aber ich will nur das Beste für uns. Verdammt, du willst einen Blumenladen? Ich kaufe dir einen, und du kannst einstellen, wen immer du willst. Und jetzt komm, lassen wir all das hinter uns und essen wir unser Abendessen.»

Er nimmt meine Hand und führt uns zum Tisch. Wie in Trance folge ich ihm und setze mich auf den Stuhl neben ihm. Ich nehme meine Serviette, lege sie auf meinen Schoß und sehe zu, wie er meinen Teller mit Salat füllt. Aber mir ist der Appetit vergangen.

William setzt sich und nimmt seine Gabel. «Ich dachte, du wolltest den neunzigsten Geburtstag meiner Großmutter planen? Er steht schon vor der Tür.» Er lächelt sein Goldjungenlächeln, nichts als Charme und Liebenswurdigkeit. Er ist wieder der William, den ich kenne, und ich könnte mich beinahe täuschen lassen und glauben, ich hätte mir das Ganze nur eingebildet.

Beinahe.

«Wie wär's, wenn du dich zuerst auf diese Party konzentrierst, und wenn das alles vorbei ist, können wir noch mal darüber reden, ja?»

«Sicher», sage ich teilnahmslos. Ich schaue sein attraktives Profil an, bevor mein Blick auf der Wand voller Fotos hinter ihm landet. Es sind perfekte Momentaufnahmen unseres Lebens. Da steht eine gertenschlanke Frau in Weiß neben einem

Mann. Eine Braut wie aus dem Bilderbuch. Das lange braune Haar umgibt ihr junges Gesicht wie ein Heiligenschein, und sie schaut bewundernd zu ihm hoch, während er auf sie herunterlächelt. Sie sehen glücklich aus. Verliebt.

Mir sind die Augen geöffnet worden, und das Bild vor mir verschwimmt durch meine Tränen.

Habe ich alles falsch gemacht?

Am nächsten Morgen komme ich gerade vom Joggen zurück, als ich zwei Lieferwagen bemerke, die vor dem Haupteingang parken. Die Türen des Hauses sind weit aufgerissen. Stirnrunzelnd werde ich langsamer und folge einem Mann die Treppe hinauf, der einen riesigen Strauß roter Rosen trägt. Mrs. Croft steht oben vor den Türen, und ihre Augen leuchten leicht.

«Guten Morgen, Mrs. Croft.»

«Guten Morgen, Valentina.»

In diesem Moment geht ein anderer Mann an mir vorbei und lächelt höflich, als er die Stufen zum Lieferwagen hinuntergeht.

Ich sehe Mrs. Croft an. «Was ist hier los? Ich kann mich nicht erinnern, Blumen bestellt zu haben.»

Mrs. Croft lächelt, vielleicht zum ersten Mal, seit ich sie kenne. «Warum gehen Sie nicht hinein und sehen selbst nach?»

«Okay.»

Als ich die Eingangshalle betrete, weiten sich meine Augen bei dem Anblick, der sich mir bietet. Überall, wo man hinsieht, sind traumhafte Sträuße mit Dutzenden roter Rosen. Der Raum platzt praktisch aus allen Nähten, so voll ist er mit ihnen. Ein besonders herrliches Arrangement steht auf dem Marmortisch in der Mitte des Raums. Als ich mich vorbeuge, um den berauschenden Duft zu schnuppern, bemerke ich eine Karte.

Tut mir leid wegen gestern Abend. Ich liebe dich, Darling.

Ich akzeptiere seine Entschuldigung, aber nichts fühlt sich mehr so an wie vorher. Gar nichts.

KAPITEL ACHTUNDZWANZIG

Sébastien

Also, warum musste ich dir eine Einladung zu dieser Party besorgen?», fragt Allegra, als ich ihr aus dem Mantel helfe.

Meine Agentin, eine sehr attraktive Frau Mitte fünfzig, reicht ihren Mantel dem jungen Mädchen, das heute Abend an der Garderobe arbeitet. Sie lächelt freundlich, was mich daran erinnert, dass sie nett sein kann, wenn sie will. In der Kunstszene ist sie als eine der taffsten Agentinnen des Landes bekannt, die deine Träume ohne ein Fünkchen Schuldgefühle zertrampeln kann. Aber wenn du genug Glück hast, ihr Wohlwollen zu wecken, wirst du keine größere Verfechterin und Unterstützerin deiner Arbeit finden. Allegra lässt dich entweder bluten oder zieht für dich in den Krieg.

Sie schiebt ihr silbergraues Haar hoch, um ihm mehr Fülle zu geben. «Die Fitzpatricks sind nicht gerade dein Umgang. Sehr langweilige Leute.»

Ich lasse den Blick über ein Meer von Gästen schweifen, um sie zu suchen. «Macht sie das für dich akzeptabler?»

«Natürlich», antwortet sie ungeniert. «Gott, ich brauche was zu trinken.»

Ich nehme zwei Champagnerflöten von einem vorbeigehenden Kellner und reiche ihr eine davon. «Hier.» Klirrend stoßen wir miteinander an. «*Santé.*»

«*Santé.*» Sie nimmt einen Schluck, dabei mustert sie mich. «Habe ich dir schon mal gesagt, dass du mein Lieblingsklient bist?»

«Hast du, aber ich bin sicher, das sagst du zu all deinen Klienten», kontere ich geschmeidig.

Sie lacht leichthin. «Nur den hübschen wie dir. Aber jetzt erzähl mal: Warum wolltest du hierherkommen? Und sag nicht, weil du Lorettas neunzigsten Geburtstag feiern willst, denn das kaufe ich dir nicht ab.»

Ich zupfe an meiner Fliege. «Ich suche jemanden.»

«Ach ja?» Ihr Interesse ist geweckt. «Und wer könnte das sein?»

In Paris hatte ich nur einen Namen und eine Stadt als Anhaltspunkte. Valentina Fitzpatrick aus Greenwich. Aber Sophie hat sich für mich ins Zeug gelegt. Die High Society von Greenwich ist ein kleiner, inzestuöser Haufen. Ihre Freundin kannte sie nicht persönlich, aber sie waren Mitglieder im selben Country Club. Ihr Mann spielte manchmal mit William Golf. Alles war relativ einfach, sobald ich einmal wusste, wo ich sie finden konnte. Ich rief Allegra an, um sie zu fragen, ob sie die Fitzpatricks kenne. Das tat sie nicht, aber sie hatte etwas über eine bevorstehende Party gehört, zu der die Crème de la Crème von New York und Connecticut erscheinen würde. Die Gastgeber waren Mr. und Mrs. William Alexander Fitzpatrick IV.

Allegra ließ ihre Magie spielen und brachte uns rein.

Als ich herausfand, dass Valentina wieder zurück zu ihrem Mann gegangen war, brodelten Wut, Schmerz und Eifersucht in mir und verbrannten mich bei lebendigem Leib. Aber die Stimme in mir, die mir auch sagte, dass das, was wir hatten, echt gewesen war, drängte mich, Valentina zu folgen. Nicht aufzugeben. Sie hatte vorgehabt, die Sache mit ihrem Mann zu beenden, also musste irgendetwas passiert sein, wodurch sie ihre Meinung geändert hatte. Es ergab damals keinen Sinn. Und tut es immer noch nicht.

Also bin ich hier. Stehe in Valentinas Haus mit nichts als meinem Herzen, das ich ihr anbieten kann. Ich will Antworten, und das hier könnte meine einzige Chance darauf sein. Nervös balle ich die Fäuste. Ich weiß nicht, wohin dieser Abend mich führen wird, aber eines ist sicher.

Heute Abend werde ich dieses Haus entweder als vervollständigter oder als gebrochener Mann verlassen.

Ich kippe den Champagner mit einem einzigen großen Schluck hinunter, während das Bild von Valentina, wie sie in meiner Küche tanzt, vor meinem inneren Auge aufblitzt. «Jemand, mit dem ich noch eine Angelegenheit zu klären habe.»

«Ooh ... es wird spannend.»

Allegra lässt den Blick durch den Raum schweifen, um die Menschenmengen zu mustern, die sich untereinander mischen. Wir wollen uns gerade in Bewegung setzen, als sie jemanden sieht, den sie kennt, und stehen bleibt, um mit ihm zu plaudern. Sie stellt mich dem Mann vor, aber ich kann mir seinen Namen nicht merken, weil meine Aufmerksamkeit woanders ist. Mein Blick folgt jeder Frau, die Valentina ähnlich sieht, hoffend – fürchtend – sie endlich in diesem Meer aus bedeutungslosen Gesichtern zu entdecken.

Und dann sehe ich sie. Meine Valentina. Seit ich in den Flieger nach New York gestiegen bin, habe ich im Geiste verschiedene Szenarien durchgespielt, wie unsere erste Begegnung sein würde, aber nichts davon ist mehr wichtig. Meine Augen saugen sie gierig auf, verschlingen sie, und alles, was ich will, alles, was ich brauche, ist, sie in den Armen zu halten. Zur Hölle mit ihrem Mann und den Konsequenzen. *Sie gehört mir. Mir.*

Valentina eilt die breite Treppe herunter, dabei rempelt sie ein paar Gäste an und scheint andere zu bitten, sie durchzulassen.

Gerade als meine Füße sich wie von selbst in Bewegung setzen, sehe ich einen blonden Mann, der ihr dicht auf den Fersen folgt.

KAPITEL NEUNUNDZWANZIG

William

Früher an diesem Abend …

Das muss ich Val lassen. Sie weiß, wie man eine verdammt gute Party schmeißt. Wo man auch hinsieht, haben Leute Spaß, genießen Champagner und teuren Kaviar. Auf dem Podium säuselt ein berühmter Balladensänger einen seiner jüngsten Hits, hinter ihm spielt ein Orchester. Lorettas Party zum Neunzigsten ist in vollem Gange, und sogar meine Großmutter wird an diesem Abend nichts auszusetzen finden.

Val steht neben mir, während ich eine Gruppe unserer Freunde mit Anekdoten übers Skifahren unterhalte. Larry ist gerade aus Zermatt in der Schweiz zurückgekommen und schwört, dass er nirgendwo sonst mehr Ski fahren möchte. Während mehr Leute sich mit ihrer eigenen Meinung einschalten, nehme ich mir einen Moment, um meine Frau leidenschaftslos zu mustern. Das Haar zu einer perfekten Frisur hochgesteckt. Züchtiges schwarzes Kleid. Leere Augen. Wie konnte ich je glauben, sie sei voller Leben? Da ist nichts Warmes oder Einladendes an ihr. Versteckt hinter einer kühlen

Gelassenheit ist sie nichts als Eis. Kein Wunder, dass ich andere Frauen vögle.

Gwyneth kommt zu uns und hakt sich bei mir unter. Höflich lächelnd fragt sie mich, ob ich eine Minute Zeit hätte, um mit ihr zu reden, also entschuldige ich mich bei Val und unseren Freunden. Ich spiele den besorgten Bruder, obwohl meine Gedanken nicht brüderlich sind, als ich bewundere, wie sich ihr hautenges Kleid an ihren herrlichen Hintern schmiegt. Also *das* ist der Körper einer Frau. Wir erreichen eine versteckte Rosenlaube, wo das Gras länger und sein Duft stärker ist. Entspannt setze ich mich auf eine schmiedeeiserne Bank.

Gwyneth folgt mir, ein sündiges Lächeln auf den Lippen. «Wie ich sehe, hat dein Plan funktioniert.» Sie setzt sich so nah neben mich, dass ihr nackter Oberschenkel meinen berührt, und streichelt langsam mit den Fingerspitzen über mein Bein. Sie versteckt sich hinter einer kühlen, flirtenden Fassade, aber mich kann sie nicht täuschen. Sie ist eifersüchtig auf Valentina. «Du hast Val zurück.»

«Ja», antworte ich mit Belustigung in der Stimme. «Und ich glaube, ich hatte noch keine Gelegenheit, dir angemessen dafür zu danken.»

Sie dreht sich zu mir, bis ihre Lippen meinen Kiefer berühren und ihre Titten sich an meine Seite pressen. Ihr sanfter Atem kitzelt meine Haut. «Wie wär's, wenn du mir jetzt dankst?»

Ich hebe sie von der Bank und setze sie rittlings auf meinen Schoß. Mein Schwanz ist bereits hart. Hungrig.

«Willst du, dass ich dich ficke wie eine Hure?», necke ich sie, dabei hebe ich leicht die Hüften, um ihr zu zeigen, wie sehr ich sie will.

Stöhnend schließt sie einen Moment lang die Augen. «Ja,

fick mich, während deine erbärmliche Frau auf dich wartet. Zeig mir, dass du nur mich willst und nicht sie», flüstert sie heiser. Sie reibt sich an meiner Erektion.

«Das können wir jetzt nicht», raune ich, am Rande auf etwaige Geräusche lauschend, die signalisieren könnten, dass jemand kommt.

«Was denn?» Sie tut so, als würde sie schmollen. «Angst, erwischt zu werden?»

«Zu viel zu verlieren.» Meine Hände wandern zu ihrer Taille. «Aber du solltest es besser wissen, Gwyneth.» Ich beuge mich vor und beiße sie in den Hals, bis sie vor Schmerz aufschreit. «Ich ficke sie nur, weil ich sie schwängern muss. Sie soll mich für einen hingebungsvollen Ehemann halten.» Lorettas Drohung, mich zu enterben, hängt in der Luft. Paris war knapp. Ich war bequem geworden, weil ich glaubte, Valentina würde es nie wagen, mich zu verlassen, aber beinahe hätte sie es getan. Tief in mir weiß ich das. Und ich werde nicht zulassen, dass mir derselbe Fehler noch einmal passiert.

«Was bringt dich dazu, zu glauben, ein Baby würde dafür sorgen, dass sie bleibt?»

«Weil sie immer eins wollte. Dann wird sie mich nicht mehr verlassen.»

Sie sieht mich mit einer Art perversem Vergnügen an, während sie über der Hose meinen Schwanz streichelt. «Ich könnte dir auch eins schenken.»

Ich lasse den Kopf in den Nacken sinken, als sie meinen Schwanz massiert. Es fühlt sich so verdammt gut an.

«Ich liebe dich, William.»

Ich packe ihren Hintern. «Küss mich, damit ich deine Worte schmecken kann. Zeig es mir.»

Unmittelbar bevor ich mich im Kuss meiner Schwester verliere, denke ich an Valentina.

Ja. Ich habe sie genau da, wo ich sie haben will.

Plötzlich höre ich das Rascheln von Laub. Gwyneth und ich fahren gleichzeitig zu unserer Linken herum und sehen Valentina dort stehen, Entsetzen und Ungläubigkeit in den Augen.

«Ich ... deine Großmutter wollte dich ...» Kopfschüttelnd bricht Valentina ihren Satz ab. Sie schlägt sich eine Hand vor den Mund, dann dreht sie sich auf dem Absatz um und rennt zum Haus.

«Scheiße!» Ich schubse Gwyneth von meinem Schoß und stehe auf. «Scheiße.»

Gwyneth, kühl wie immer, streicht sich die Falten aus dem Kleid. «Oh-oh. Da war jemand unartig und wurde erwischt.» Sie lacht spöttisch. «Du beeilst dich besser, lieber Bruder, und versuchst, das in Ordnung zu bringen. Aber irgendwie habe ich das Gefühl, dass das selbst deine Macht übersteigt.»

Ich verschwende keine weitere Sekunde mit Gwyneth. Stattdessen renne ich hinter Valentina her. Blut pumpt durch meine Adern. Angst, dass sie alles ruinieren wird, droht, mich zu überwältigen, aber ich verdränge sie. Ich werde eine Möglichkeit finden, das hier in Ordnung zu bringen, wie ich es immer tue.

Ich darf sie nicht verlieren.

Das werde ich nicht.

KAPITEL DREISSIG

Valentina

Ich ficke sie nur, weil ich sie schwängern muss. Sie soll mich für einen hingebungsvollen Ehemann halten.»

Es war alles eine Lüge. Eine Lüge.

Mit dem Gefühl, mich übergeben zu müssen, reibe ich mir die Arme, während ich versuche, das ekelerregende Bild von William und Gwyneth zu verdrängen, das sich in mein Gehirn eingebrannt hat. Ich sollte überrascht sein, aber ich bin es nicht. Tief, tief in mir muss ein Teil von mir immer gewusst haben, dass es so kommen würde. Manchmal weigern wir uns, die große, verfluchte Realität zu sehen, weil es viel einfacher ist, sich selbst zu belügen.

Aber ich bin damit fertig.

Ich lache bitter. *Mein Gott, ich war so eine Idiotin.* Sie haben mit mir gespielt wie Virtuosen, und ich bin ihnen sehenden Auges direkt in die Falle gegangen und habe ihre Lügen geglaubt. Wie sie auf meine Kosten gelacht haben müssen.

Ich laufe zum Haus, ohne mich noch um die Party zu kümmern. Den Lärm. Die Leute. Es wird mir alles zu viel. Das

Bedürfnis, allein zu sein, lenkt meine Schritte, drängt mich, mich schneller zu bewegen.

In unserem Schlafzimmer betrete ich den begehbaren Kleiderschrank, nehme einen kleinen Koffer und fange an, ihn mit genug Kleidern zu füllen, um eine Weile damit auszukommen. Ich weiß nicht, wo ich hingehen werde, aber eins ist sicher: Hier kann ich keine Sekunde länger bleiben.

«Da bist du ja», sagt William ruhig.

Ein Beben läuft durch mich hindurch, als ich seine Stimme hinter mir höre. Ich halte kurz inne, bevor ich weiterpacke. *Sieh ihn nicht an. Du kannst das. Du kannst das.*

«Val, Darling, lass es mich erklären.»

Was für eine Unverschämtheit!

«Nicht.» Wut, Traurigkeit, Ekel, Verwirrung und Enttäuschung wirbeln in mir wie ein Tornado, der das Heim zerstört, das William und ich zusammen aufgebaut haben, und ein für alle Mal das papierdünne Fundament unserer Ehe zerschmettert. «Du brauchst mir nichts zu erklären. Behalt die schmutzigen Einzelheiten für dich. Ich bin fertig.»

Mit zitternden Händen schließe ich meinen Koffer, nehme ihn und gehe zur Tür. Als ich bemerke, dass William träge am Türrahmen lehnt, bleibe ich stehen. Er betrachtet mich mit einem gefährlichen Ausdruck in den Augen, über den ein angenehmes Lächeln hinwegtäuscht, das mir einen kalten Schauer über den Rücken jagt. Plötzlich ängstlich, packe ich den Koffer fester.

«Bitte geh zur Seite und lass mich durch.»

Er verschränkt die Arme und bewegt sich nicht. «Was glaubst du, wo du hingehst?»

Ohne seiner Frage Beachtung zu schenken, versuche ich, an ihm vorbeizukommen. William versperrt mir mit seinem

Körper den Weg. «Wenn dir jemand eine Frage stellt, gebietet die Höflichkeit, sie zu beantworten», sagt er freundlich.

«Ich schulde dir gar nichts, am allerwenigsten eine Erklärung.» Ich recke das Kinn, während ich die Angst unterdrücke, die meine Knie schlottern lässt. Ich bin völlig durcheinander. Meine ganze Welt ist aus den Fugen geraten. Und als ich sein ungezwungenes Lächeln und seine ruhige Haltung anstarre, kocht Wut in mir hoch. Wut über all die Jahre, die ich an ihn verschwendet habe, und alles, was ich für ihn aufgegeben habe. Aber am allermeisten bin ich wütend auf mich selbst, weil ich zu schwach war, um zu gehen.

«Was habe ich getan, um das zu verdienen, William?»

Er bleibt stumm.

«Ich habe dich so geliebt. So sehr, dass ich immer wieder meinen Stolz weggeworfen habe.» Meine Stimme bricht. «Ich habe zugelassen, dass meine Liebe für dich mich verletzt und verkrüppelt. Und du hast zugesehen, wie ich blute, ohne dich einen Dreck darum zu scheren. Nun, ich habe es satt, dir das Messer zu reichen.»

«Hör nur, wie du endlich Rückgrat zeigst.» Er lacht, und in seinen Augen tanzt etwas wie heidnische Götzenanbeter um ein Lagerfeuer, als er mir die Hand an die Wange legt. Die Berührung ist so zart, dass ich mühelos glauben könnte, ich bildete mir die Liebkosung nur ein. «Valentina, Valentina. Was soll ich nur mit dir machen?»

Ich trete einen Schritt zurück, weil ich etwas Abstand zwischen uns bringen muss. «Wir sind fertig miteinander. Es ist vorbei. Es ist schon sehr lange vorbei.»

«Ganz im Gegenteil, Darling.» William ist zu schnell für mich. Seine Hand schnellt hinter meinen Nacken und packt mein Haar mit unnachgiebigem Griff. «Es ist weit davon entfernt, vorbei zu sein. Du bist mein. Dein Körper gehört mir. Dein Name gehört mir. Die Kleider, die du trägst, gehören mir. Die Luft, die du atmest. Du gehörst mir und nur mir», zischt er und verstärkt seinen Griff, um mich enger zu sich zu ziehen.

«Das ist alles Schall und Rauch», erwidere ich, um gegen ihn und seine Worte zu rebellieren. «Genau wie du.»

«Halt die Klappe», befiehlt er drohend.

Ich gebe mich äußerlich gelassen, obwohl ich in Wahrheit Mühe habe, einfach nur weiterzuatmen. «Ich bin niemandes Eigentum. Hast du mich verstanden? Nicht mehr, du widerlicher –»

Er schlägt mich hart mit der anderen Hand.

Vorübergehend benommen starre ich diesen grausamen William mit den steinernen Augen an und erkenne, dass ich ihn nie wirklich gekannt habe.

«Schau, wozu du mich gebracht hast», fügt er ruhig hinzu, als würde er übers Wetter plaudern.

«Du hast den Verstand verloren», sage ich heiser, bevor ich versuche, ihn wegzustoßen, aber das scheint ihn noch wütender, seinen Griff noch fester zu machen.

«Lass mich los.» Ich trete ihn hart, doch er lacht nur darüber. «Geh weg von mir.»

«Nein.» Sein Griff wird schmerzhafter, und ein gefährliches Funkeln tritt in seine Augen. «Du lässt mir keine andere Wahl, als dir zu zeigen, wem du gehörst.»

Seine Zähne stoßen krachend gegen meine, als er meinen Mund mit einem besitzergreifenden Kuss nimmt, der mich bestrafen und herabwürdigen soll, aber ich beende ihn, indem ich den Kopf zur Seite drehe. «Hör auf damit.»

«Du hast mich verärgert, Valentina.» Kaltherzig ignoriert William mein Flehen. Er stößt mich gegen die Kommode und drängt meine Beine auseinander. «Und wenn jemand es wagt, mich zu verärgern, dann muss er bestraft werden.» Seine Hände wandern über meinen Körper, erniedrigen mich. Seine Berührung ist nicht sanft oder zärtlich. Seine Liebkosungen sollen mir zeigen, dass ich ihm ausgeliefert bin.

«William, nicht.» Ich versuche, mich gegen ihn zu wehren, aber er ist stärker und größer als ich. Panik steigt in mir auf. «Tu das nicht, bitte. Hör auf.»

William lacht. Er kommt nicht einmal ins Schwitzen. «Schau dich nur an, wie kämpferisch du wirst.»

Als ich nicht mehr weiterweiß, schreie ich um Hilfe und bete, dass jemand darauf reagiert.

«Wer sollte dich hören? Die sind alle unten und betrinken sich.» William lacht mir ins Ohr und hält mir den Mund zu. «Hör auf, dich gegen mich zu wehren, sonst mache ich es noch schlimmer für dich.»

Nach und nach verliere ich die Kontrolle an William, und es gibt nichts, was ich tun kann, um ihn aufzuhalten. Er schiebt mein Kleid bis zur Taille hoch, dann zieht er den Reißverschluss seiner Hose auf, holt seine Erektion heraus und reibt sie an meinem Eingang. Ich schließe die Augen, blende ihn und das Geschehen um mich herum aus. Ich werde gefühllos, während mein Verstand mich zu einer magischen Nacht voller Sterne zurückträgt. Plötzlich spüre ich nicht mehr William und seine strafenden Hände. Ich spüre Sébastien. Er tanzt mit mir, erfüllt meine Welt mit seinem wunderschönen Licht. Und ich werde wieder geliebt und geschätzt.

«Bereit?»

«Hmm?»

«Vertraust du mir?», fragt er heiser. Er verstärkt seinen Griff um meine Taille und zieht mich enger an sich.

Immer noch benommen blinzle ich ein paarmal. Dennoch springt die Antwort aus mir heraus.

«Ja.»

Nein ...

Nein ...

Nein ...

Nein!

Die Erinnerung wirkt wie ein Elektroschock, der meinen Verstand aus seiner Benommenheit weckt. Ich öffne die Augen und versuche, William von mir zu stoßen. «Hör auf.»

Er küsst meinen Hals. «Wenn du nicht so frigide wärst, dann würde es dir vielleicht gefallen.»

«Hör auf.» Wieder stoße ich ihn von mir, bewege ihn damit jedoch kaum. «Hör auf!»

«Es ist schließlich deine verdammte Pflicht.»

Konzentrier dich, Valentina. Er darf das hier nicht gewinnen. Er darf dir das hier nicht nehmen. Ich halte inne. Schließe die Augen. Tue einen tiefen, beruhigenden Atemzug. Und als ich bereit bin, stoße ich ihn mit jedem Quäntchen Kraft, das ich besitze, von mir.

Die Wucht meines Stoßes überrumpelt William. Er taumelt rückwärts, stolpert über einen Stuhl und kracht auf den Teppich.

Ich ergreife die Gelegenheit zu fliehen. Meine Ohren klingeln, als ich zur Tür hechte. William versucht, mein Kleid zu fassen zu bekommen, aber ich bin schneller als er.

«Wenn du dieses Zimmer verlässt, werde ich dir keinen Cent geben!», schreit er wütend, immer noch auf dem Boden.

«Du bekommst mein Geld nicht, hast du gehört? Du wirst wieder ein Nichts sein. Du bist nichts ohne mich!»

Die ganze Zeit über habe ich gedacht, ich würde für uns kämpfen, doch jetzt erkenne ich, dass ich nur darum gekämpft habe, immer wieder verletzt zu werden, dass ich mich bloß an Erinnerungen geklammert habe, die uns verbinden. Liebe kann nicht von Erinnerungen allein überleben. Also lasse ich ihn hinter mir. Es ist Zeit, mir selbst zu vergeben, mir die Fehler, die ich gemacht habe, zu verzeihen. Es ist Zeit, dass ich für mich kämpfe.

«Ich habe dir alles von mir gegeben, William, und jetzt fühle ich mich, als wäre nichts von mir übrig. Du hast mich zerschmettert, mich zerbrochen, als wäre ich aus Glas. Ein Mal. Zwei Mal. Und jedes Mal war ich so dumm, zurückzukommen. Habe gehofft, es würde anders werden, gehofft, dass du zu deinem Wort stehen würdest. Immer gehofft. Immer blind. Aber du wirst mich nicht mehr zerbrechen.»

An der Tür bleibe ich stehen, am ganzen Körper zitternd. «Ich würde lieber nichts *sein*, nichts *haben*, als mit dir verheiratet zu bleiben. Ich werde Achtung vor mir selbst haben, und das ist alles, was zählt.»

Mein Herz hämmert vor Aufregung, und ein leichter Schweißfilm überzieht meine Oberlippe. Ohne noch einen weiteren Gedanken an William zu verschwenden, eile ich aus dem Zimmer, lasse ihn und dieses Leben hinter mir und renne zur Eingangstür des Hauses. Mein einziger Gedanke – mein einziges Ziel – ist, von hier fortzukommen. Ich habe nichts. Kein Geld. Keine Kleider. Aber das ist mir egal.

Ich bin frei.

So schnell es meine Füße erlauben, gehe ich die Treppe hinunter, dabei remple ich ein paar Gäste an. Als ich unten am Treppenabsatz ankomme, bleibe ich kurz stehen, um einen Blick über die Schulter zu werfen, und sehe William direkt hinter mir. Er kommt schnell näher. Panik setzt sich in meiner Magengrube fest. Gerade als ich mich wieder in Bewegung setze, stoße ich mit jemandem zusammen und verliere das Gleichgewicht.

Der Mann legt die Hände um meine Unterarme und fängt meinen Sturz auf. «Tut mir so leid», entschuldige ich mich abwesend, weil ich schnell fortwill. «Ich habe nicht gesehen, wo ich hin-» Ich hebe den Blick, und mir stockt der Atem.

Mein Herz bleibt stehen.

Die ganze Welt verschwindet bis auf den Mann, dem mein Herz und meine Seele gehören.

«Sébastien?»

Er lächelt sanft, mit traurigen Augen. «Hallo, Valentina.»

«Was machst du hier?», frage ich leise, aus Angst, dass ich träume und er nicht wirklich hier ist.

«Du hast mein Herz mitgenommen, und ich will es zurück.»

«Oh, Sébastien.» Ungläubig berühre ich sein Gesicht. Meine Finger sehnen sich danach, ihn zu spüren, um sich zu vergewissern, dass er real ist. «Ich dachte, ich hätte dich endgültig verloren.» Sein schönes Gesicht verschwimmt, als mir ein Schluchzen über die Lippen schlüpft und ich anfange zu weinen. «E-es tut mir so leid, dass ich dich so verlassen habe.»

«*Ma petite chouette.*» Seine Hände zittern, als er sie an meine Wangen legt. «Mein Engel.»

«Es tut mir so leid», sage ich schluchzend, unfähig, die Tränen aufzuhalten. «Es tut mir so –»

Sébastien bringt mich mit einem ewig währenden Kuss zum Schweigen, der meiner Seele wieder Leben einhaucht.

Seine starken Finger auf meiner Haut halten mich fest, als wollte er mich nie wieder loslassen. Unsere Münder nehmen einander in Besitz, bis wir zwei Sterne werden, die aufeinanderprallen und meinen Nachthimmel mit herrlichen, leuchtenden Farben erhellen.

Der Kuss findet ein Ende, und mein Verstand ist immer noch umnebelt, als ich William voller Hass meinen Namen sagen höre. Im Raum ist es so still, dass man eine Stecknadel fallen hören könnte.

Mein Blick findet William, der am Fuß der Treppe keine drei Meter von uns entfernt steht, umgeben von Freunden und Familie. Loretta. Gwyneth. Larry. Sein Schild. Sie alle betrachten uns mit Missbilligung in den Augen. Aber es kümmert mich nicht mehr, was sie von mir denken. Und diese Erkenntnis ist ein gewaltiges Hochgefühl.

Lorettas eisiger Blick fliegt zwischen William und mir hin und her. «Das ist völlig inakzeptabel», stößt sie angewidert hervor. «Würde mir bitte jemand erklären, was hier vor sich geht?»

«Warum fragst du nicht William und Gwyneth?»

«Valentina! In die Bibliothek!», befiehlt William mit rot anlaufendem Gesicht. «Sofort!»

Es gab einmal eine Zeit, da hätte ich auf ihn gehört, weil seine Macht über mich so groß war.

Aber jetzt nicht mehr.

Nie wieder.

«Nein.» Ich schüttle den Kopf. Langsam wächst ein Lächeln in mir. Aus mir heraus. «Das werde ich nicht tun. Ich habe es satt, zu dir zurückzulaufen, William. Das mit uns ist vorbei.»

Sébastien nimmt meine Hand und führt sie an seine Lippen, dabei sieht er William und Gwyneth und den ganzen Haufen an, um vor ihnen seinen Anspruch auf mich zu erheben. Den Blick auf meinen Mann gerichtet, fordert Sébastien ihn stumm heraus, zwischen uns zu kommen. Zu versuchen, uns zu trennen. Aber William bleibt an seinem Platz. «Dachte ich mir», sagt Sébastien kaum hörbar. Dann sieht er mich an und grinst wie der Schurke, der er ist.

«Wollen wir von hier verschwinden, *ma petite chouette*?»

Und wie in jener Nacht in Paris, als er mir dieselben Worte zuflüsterte, formt sich dieselbe Antwort in meinem Herzen. «Gott, ja.»

KAPITEL EINUNDDREISSIG

Valentina

In seinem Hotelzimmer verblassen die Welt und die Realität um uns herum. Worte haben keine Bedeutung mehr. Es gibt nur Stille, magische Stille, und den wunderbaren Mann, der vor mir steht. Ich starre ihn an, meine Augen verschlingen seine wilde Schönheit, um all die Tage, Wochen und Monate auszugleichen, die ich ohne ihn war.

Und er raubt mir den Atem.

Ich war taub und gefühllos ohne ihn. Mein Körper ausgetrocknet. Leblos. Aber als unsere Blicke miteinander verschmelzen, kommt mein Herz jäh wieder in Bewegung. Schlägt schneller. Härter. Leben strömt durch meine Adern. Süße Luft füllt meine Lunge. Alles seinetwegen.

Aus lauter Nervosität sind meine Bewegungen ungeschickt. Mein Atem geht schnell und flach. Ungezügelte Freude läuft in mir Amok. Nur das Jetzt zählt. Die Gegenwart mit ihm darin.

Ich weiß nicht, ob er zu mir kommt oder ich zu ihm. Aber als er schließlich die Arme um mich legt, schreit mein ganzer Körper: *Endlich! Endlich!* Ich bin verloren und wiedergefunden in seiner süßen Umarmung.

Überwältigt von Gefühlen sehe ich zu Boden, kaum in der Lage zu sagen, ob ich stehe oder schwebe.

«Nicht», flüstert er heiser und hebt mein Kinn an. «Sieh nicht weg. Ich habe es zu lange ertragen müssen, dich nicht zu sehen.»

«Träume ich, Sébastien?» Ich streichle seine Wange. «Ich sehe dich. Ich *spüre dich.* Aber ich habe Angst. Ich habe Angst, dass ich träume. Ich habe Angst, dass ich morgen aufwache und du nicht da bist. Dass ich mich in einem Leben ohne dich wiederfinde. Dass –» Meine Stimme bricht, und Tränen laufen mir über die Wangen. Es sind Tränen der Freude und Traurigkeit, weil er hier ist. Weil ich so viel Zeit vergeudet habe.

Sébastien fängt eine davon mit dem Daumen auf. «Ich bin hier.» Seine Hände zittern, als er mein Gesicht berührt, als seine Finger versuchen, jeden meiner Züge in sich aufzunehmen, und all die Liebe, die ich in seinen umwerfend blauen Augen sehe, heilt mich wie Weihwasser. «Ich bin hier.»

«Ich dachte … Nachdem ich fortging … Ich dachte, dass –»

«Dass ich dich nie wiedersehen wollen würde?»

Ich nicke.

«Mein kleines Dummchen», sagt er heiser. «Ich bin gekommen, weil ich dich brauche. Weil ich nichts bin ohne dich. Ich bin gekommen, weil ich dich liebe. Hörst du? Ich liebe dich.» Er küsst mich zärtlich, hemmungslos, wild, besinnungslos. «Ich liebe dich», flüstert er zwischen Küssen, die kleine Feuerwerkskörper in mir entzünden und mich von innen her erleuchten. «Und ich gehe nirgendwo hin.»

«Oh, Sébastien.» Und ich erwidere seine Küsse mit allem, was ich habe, allem, was ich bin, verschlinge seine Worte, seinen Atem, seine Berührung, lasse mich damit von ihm segnen. *Herz, geh schonend mit mir um*, sage ich zu mir. Aber mein Herz antwortet: *Das hier. Das ist Leben. Das ist Liebe. Spür es alles. Spür ihn und glaube. Glaube. Glaube.*

Blindlings schaffen wir es zum Bett, legen uns hinein und erkunden uns mit den Zungen und Zähnen und Händen. Unsere Kleider fallen von uns ab, zusammen mit der Vergangenheit, den Lügen, dem Kummer. Lassen uns nackt zurück, seine Haut auf meiner. Sein Herzschlag an meinem. Sein Geschmack in meinem Mund. Wir küssen uns, bis unsere Lippen geschunden und wund sind, und dann küssen wir uns noch mehr. In einem Leben voller endlicher Augenblicke finde ich Unendlichkeit in ihm und seiner Liebe.

Als wir wieder Atem holen, liegt er auf mir. Sein Gewicht drückt mich nieder. Er stützt sich auf die Ellenbogen und sieht mich mit glühenden, hungrigen Augen an. Sein Blick wandert über meine nackten Brüste, deren Spitzen rot und hart von seiner sehnsüchtigen Berührung sind. Ich reibe seine Härte, spüre seine Hitze in meine Handfläche dringen, genieße das Verlangen in mir.

«Ich brauche dich», flüstere ich heiser, dabei schlinge ich meine Beine um seine Hüften und ziehe ihn enger an mich.

«Warte. Ich will dich einfach nur ansehen.» Er streicht mir eine Haarsträhne aus dem Gesicht. «Du bist so verdammt schön.» Sein Finger streichelt über meinen Wangenknochen, was mir köstliche Schauer über den Rücken rieseln lässt.

«Sieh *dich* an», erwidere ich zitternd, während ich jeden Muskel, jede Vertiefung auf seiner Brust und jede herrliche Kontur seines Gesichts betrachte. Er ist ein Sturm, der dich einlädt, deine Zuflucht zu verlassen und hinauszutreten, damit du die Schönheit seiner vernichtenden Kraft sehen – *spüren* – kannst.

«Tage und Nächte habe ich gebetet, dass du zu mir kommst. Ich habe für einen weiteren Blick auf dich gebetet. Ich habe dich vor mir gesehen, wie du in meiner Küche tanzt, auf meinem Bett, bevor ich dich liebe.» Sébastien rutscht ein Stück tiefer, bis sein Mund meine Brust bedeckt. Er saugt an ihr, leckt meine aufgerichtete Brustwarze, bevor er hineinbeißt. Schauer wogen wie Wellen durch meinen Körper.

Ich nehme seine Hand und führe sie zwischen meine Beine, wo ich ihn am dringendsten brauche. «Erzähl mir mehr ...» Als sein Daumen meine Klitoris in langsamen, schwindelerregenden, lustvollen Kreisen reibt, schließe ich die Augen und lecke mir über die trockenen Lippen. *Meine Güte, der Mann weiß, was er tut.*

Ich stöhne, als er wieder nach oben rutscht und mir ins Ohr lacht. «Deine Knie wund. Dein Körper voll von mir. Ich habe dich geliebt, bis jeder Teil von dir gebrandmarkt war. Ich habe keine Stelle unberührt gelassen.»

Er vergräbt zwei seiner Finger in mir, und die Intensität seiner harten und doch göttlichen Berührung lässt mich aufkeuchen. Ich erbebe, als er anfängt, in mich zu stoßen, jedes Mal tiefer und fester, und mich damit an den Rand des Wahnsinns treibt. Seine Zunge gleitet an meinem Hals entlang, kostet mich.

«Ich habe dich mit dem Mund kommen lassen, mit meinem Schwanz und meinen Fingern in dir, und du hast jede verdammte Sekunde davon geliebt. Genossen. Und das war nur der Anfang von dem, was ich mit dir getan habe.»

Ich lache und stöhne gleichzeitig, als ich seine Berührung verliere. Er zieht seine von meiner Essenz glänzenden Finger aus mir zurück und nimmt mein Gesicht in die Hände. Ich kann mein Verlangen nach ihm riechen, als es meine Haut benetzt, und ich liebe es. Ich ziehe seinen Kopf näher zu mir herunter und spüre und schmecke die Süße seines Atems, der meine Haut berührt.

«Mach mich dein, Sébastien. Mach mich dein.» Ich reibe mich an seiner steinharten Erektion und überziehe sie mit meinem Verlangen. «Alles, was ich bin. Dieser Körper. Diese Hände. Dieses Herz. Das alles gehört dir.»

Er küsst mich, als wären meine Lippen die Luft, die er zum Atmen braucht, und ich erwidere seinen Kuss, versuche, all die Sekunden, Minuten, Stunden und Tage ohne ihn aufzuholen. Dann löst er sich von mir, nimmt mein Kinn und bringt mich dazu, ihn anzusehen, während er sich auf einen Ellbogen aufstützt und die Spitze seines Glieds mit der Hand über meine Öffnung zieht.

«Sag das noch mal.» Er streift über meine Klitoris, bevor er mit einem einzigen tiefen, harten Stoß in mich eindringt. Sébastien stöhnt auf und beißt mich in die Schulter. Hart. Vor Schmerz und Lust schreie ich auf und werfe den Kopf in den Nacken.

«Sag es.»

Er stößt hart zu.

«Ich gehöre dir.»

Er stößt härter zu.

«Noch mal.»

Härter und härter.

«Ich gehöre dir.»

Als ich mich um ihn herum zusammenziehe, hört er auf, sich zu bewegen. «Gott hat dich mir geschickt, um mir Leben zu schenken und mich zu heilen.» Er vergräbt die Hände in meinem Haar und sagt rau: «Ich hatte die Hoffnung aufgegeben, bis du kamst.» Kurz schließt Sébastien die Augen, dann öffnet er sie wieder, und ich sehe ungeweinte Tränen in ihnen glitzern.

«Du hast mich gerettet.»

Ich streichle seine Wange, als ein Damm süßer Emotionen bricht und ich in der Zärtlichkeit für diesen Mann ertrinke. Ich schlinge die Beine enger um seine Hüften, küsse seine Tränen fort, küsse seinen Mund, seine Brust. Alles. Will mir einprägen, wie er sich anfühlt.

«Ich liebe dich so sehr, mein wunderbarer Mann. Das habe ich die ganze Zeit. Immer nur dich.»

«Verdammt, Valentina», stößt er hervor. Er vergräbt sein Gesicht an meinem Hals, und wir verlieren uns im heftigen Rhythmus unserer Vereinigung. Er erbaut eine Kirche aus unseren Körpern, macht mich zur Sünderin und Gläubigen, während er meine Dämonen zum Schweigen bringt. Jede Zurückhaltung verlierend, schleudert er uns zu den Sternen, bis wir den Himmel und das Jenseits erreichen. Und als wir fallen und verglühen, werden wir auf den Laken dieses Bettes wiedergeboren. Er liebt mich wild, nimmt mich immer wieder in Besitz – tauft mich mit der Heiligkeit seines Körpers, seiner Küsse und seiner Liebe.

Mit meinem Namen auf seiner Zunge und seinem Geschmack auf meiner zerbersten wir.

Und als ich spüre, wie sein Samen sich in mich ergießt, wie mein Körper von seiner Härte ausgefüllt ist, meine Haut von seinen Küssen brennt, habe ich mich noch nie vollkommener gefühlt. Vollständiger.

Sébastien

Irgendwann in der Nacht wache ich von dem Gefühl auf, am ganzen Körper mit Küssen überschüttet zu werden. Als ich die Augen öffne, stelle ich fest, dass Valentina mich beobachtet, ein leichtes Lächeln auf den Lippen.

«Hey.»

«Hey.»

Wir drehen uns zueinander. Ich hebe eine Hand, um den Schwung ihres Mundes zu berühren, und bemerke zum ersten Mal kleine Veränderungen an ihrem Aussehen. Sie ist schlanker. Ihre Wangen eingefallen. Da ist eine Spur Violett unter ihren Augen. «Ich muss eingeschlafen sein.»

«Ja, du warst müde.»

«Hast du geschlafen?»

Seufzend schüttelt sie den Kopf. «Als ich aus Paris zurückkam, bin ich oft mitten in der Nacht aufgewacht, nachdem ich von dir geträumt habe, und ... nun ja», sie fährt mit dem Finger über mein Herz, «dann hat es am meisten weh getan.»

«Ich bin hier, Valentina.» Ich ziehe sie in meine Arme, um ihren Hals zu küssen. Ich wünschte, ich könnte diese Erinnerungen auslöschen, ihr den Schmerz nehmen und ihn zu meinem machen. «Und ich gehe nirgendwo hin.»

Sie vergräbt ihr Gesicht an meiner Brust und nickt. «Entführ mich. Bring mich zu einem Ort, an dem wir völlig neu anfangen können. Keine Vergangenheit. Keine Zukunft. Nur die Gegenwart. Nur du und ich. Dein Körper wird meine Zuflucht sein, mein Zuhause. Kannst du das für mich tun?»

«Die Vergangenheit kann dir nichts mehr anhaben.»

Sekunden verstreichen in Schweigen.

«Ich weiß. Das werde ich nicht zulassen.» Sie zögert. «Ich muss dir Paris erklären ... was heute Abend passiert ist ...»

«Nicht sofort.» Ich nehme ihre Hand, führe sie an meine Lippen und küsse sie. «Du brauchst nicht –»

«Nein, bitte.» Sie verstärkt ihren Griff um meine Hand, während ihre Augen mich anflehen. «Lass mich etwas dazu sagen. Ich will es dir erklären und das ein für alle Mal hinter uns lassen.»

«Also gut.»

«William kam nach Paris und bat mich, ihm zu verzeihen und ihm noch eine Chance zu geben. Er wirkte so verloren und gequält. Ich wünschte, ich hätte seine Lügen durchschaut, aber ich war eine Närrin. Verstehst du, ich lebte eine Lüge, aber das war alles, was ich je gekannt habe. Lügen. Sie waren meine Realität. Oder vielleicht entschied ich mich, blind zu sein, weil ich Angst davor hatte, die Augen zu öffnen. Ich weiß es nicht. Außerdem fühlte ich mich so schuldig.» Sie senkt den Blick auf unsere ineinander verschränkten Hände.

«Da war mein Ehemann, der meinetwegen litt, während ich mich in dich verliebte. Es gab mir das Gefühl, unwürdig zu sein. Unehrlich. Ich dachte, ich hätte meinen Mann betrogen. Ich war nicht mehr in ihn verliebt, aber da gab es immer noch Liebe und Verpflichtung zwischen uns. Ein ganzes Leben davon. Jedenfalls glaubte ich das. Ich wollte nicht gehen, aber ich dachte, ich wäre ihm Loyalität schuldig. Ich ging wieder zurück nach Hause, um für meine Fehler zu büßen, um für William das Richtige zu tun.»

Als sie sagt, dass sie ihn vielleicht noch liebe, lässt Eifersucht mich rotsehen. Ein-Loch-in-die-scheiß-Wand-schlagen-Rot. Aber dann durchschneidet ihr nächster Satz den wütenden Nebel in meinem Verstand. Ich runzle die Stirn. «Was meinst du mit ‹Jedenfalls glaubte ich das›?»

«Dazu komme ich gleich, und das wird richtig pikant.» Sie lacht traurig. «Ich kam zurück in die Staaten. In mein Leben in Greenwich. Und eine Weile lang schien alles zu funktionieren, obwohl ich nicht mit dem Herzen dabei war.»

«Warum nicht?»

«Du weißt, warum nicht.»

«Sag es.» Ich grinse. «Ich möchte hören, wie du es sagst.»

Sie verdreht die Augen, lächelt aber trotzdem. «Weil ich dich geliebt habe. Weil ich dich immer noch liebe. Jetzt zufrieden?»

«Außerordentlich zufrieden», antworte ich und fühle mich, als hätte ich soeben den Nobelpreis gewonnen. Ich will ihr gerade sagen, dass sie fortfahren soll, als mich die Erinnerung daran, wie ich nach Hause gekommen bin und festgestellt habe, dass sie fort war, wie eine Handgranate in die Brust trifft. Also stelle ich die eine Frage, die mich so viele Nächte lang wachgehalten hat. «Warum hast du dich nicht verabschiedet?»

«Ich hab es versucht. Bevor ich abreiste, bin ich zu deiner Wohnung gegangen, aber du warst nicht da.»

«Sophie brauchte mich als Babysitter für ihre Kinder.» Ich seufze, und Kummer belagert mein Herz. «Zu wissen, dass ich vielleicht –»

«Nicht. Hinterher ist man immer klüger. Du machst dich nur verrückt, wenn du so denkst. Glaub mir, *ich weiß das.*» Sie gibt mir einen schnellen Kuss auf die Lippen. «Jedenfalls, wo war ich? Ach ja, nach und nach zeigten sich kleine Risse.»

Valentina erzählt mir von Williams Reaktion, als er herausfand, dass sie arbeiten wollte, und wie es von da an bergab ging. Wie sie William und seine Schwester auf der Party belauschte und was danach in ihrem Schlafzimmer passierte. Als sie zu diesem Teil der Geschichte kommt, kostet es mich jedes Quäntchen Kraft, nicht aus dem Bett zu steigen, dieses verdammte, wertlose Stück Dreck zu suchen und ihn zu vernichten. Aber als ich die Sorge in ihren Augen sehe, versuche ich, mich wieder zu beruhigen.

Sie nimmt meine Hand und legt sie an ihre Wange. «Ich wünschte, ich wäre mutiger gewesen, für dich, für mich, aber wenigstens ist etwas Gutes dabei herausgekommen. Ich habe endlich erkannt, was für ein Mann William wirklich ist. Ich schätze, ich musste es sehen, um es zu glauben und aufzuwachen. Wenn nicht, hätte ich mich vielleicht nie aus dem eigenartigen Griff befreit, den er um mich hatte.» Sie lächelt. «Also bin ich jetzt frei. Es ist vorbei. Wirklich vorbei.»

«Ich würde ihn immer noch gern umbringen», stoße ich grollend hervor, frustriert, dass der Bastard ungeschoren davongekommen ist.

«Nicht. Es gibt für William nichts Wichtigeres als den äußeren Schein. Was heute Abend passiert ist, ist Strafe genug.» Sie sieht mich einen Moment zu lang an. «Mein Gott, ich liebe dich so sehr.»

«Gut», erwidere ich und verwerfe jeden Gedanken an William. Ich lasse ihn nicht mehr zwischen uns kommen, nicht einmal seine Erinnerung. «Denn ich brauche sehr viel Liebe.»

«Ach ja?» Sie zieht eine Braue hoch, und ihre Augen blitzen verführerisch. «Über wie viel reden wir hier genau?»

«Ach, ich weiß nicht …», stelle ich mich dumm. Ich genieße das mehr, als ich sollte.

«Sollen wir Heiß oder Kalt spielen, um es herauszufinden?»

«Also, das ist interessant. Wie hast du vor, das –»

Schmunzelnd kniet sie sich rittlings über meine Hüften. Mein Schwanz regt sich beim Anblick ihres schlanken Körpers, der von meinen Händen und Lippen gezeichnet ist. Sie sieht mich an, ein schelmisches Lächeln auf dem Gesicht, während sie sich mit den Händen über die Brüste streicht, ihre Brustwarzen berührt und mit ihnen spielt.

«Heiß?»

Ich räuspere mich. «Es wird allmählich.»

«Ach ja?» Sie stützt sich auf meine Brust und senkt sich über meinen Schwanz, um sich an ihm zu reiben.

«Heiß?»

«Wärmer.» Ich stöhne und lege die Hände an ihre Hüften, während sie damit fortfährt, mich zu quälen. Aber diese sorglose Frau mit den lachenden Augen ist es, die mich ins Verderben treibt.

Sie klopft sich ans Kinn, anscheinend, um über ihr nächstes Spiel nachzudenken. «Hmm ...» Als sie von mir steigt, um sich neben meine Beine zu knien, würde ich am liebsten weinen wie ein verdammtes Baby. «Komm zurück und bring zu Ende, was du angefangen hast, du kleines Luder.»

«Nö.»

Jeder zusammenhängende Gedanke verlässt mich, als Valentina meinen Schwanz in die Hand nimmt, um an seiner Spitze zu saugen und zu lecken. Ich stoße einen langgezogenen Fluch aus.

«Warm?», fragt sie sarkastisch, dabei streifen ihre Lippen meine Härte.

«Verdammt noch mal, Frau.» Ich lege einen Arm über meine Augen. «Du versuchst, mich umzubringen.»

«Vielleicht.» Sie kichert. «Mache ich meine Sache gut?»

«Ich denke schon.»

Langsam fährt sie mit der Zunge an meiner ganzen Länge entlang und lässt mich jede einzelne quälende Sekunde davon spüren. «Entschuldige bitte. Ich glaube, ich habe dich nicht verstanden. Sagtest du warm?»

«Heiß», stoße ich aus und stöhne. «Heiß.»

Sie kichert.

«Dachte ich mir», sagt sie, bevor sie mich tief in den Mund einsaugt.

Jepp, Gott ist gut.

KAPITEL ZWEIUNDDREISSIG

Sébastien

Sébastien?»

Schlaftrunken und zufrieden nach unserer Vereinigung streichle ich ihren Rücken. Sie fühlt sich warm unter meiner Berührung an und so herrlich weich. «Hmm?»

«Erzähl mir von den Gewittern.»

Meine Finger halten inne. «Warum sie mir so zusetzen?»

Sie nickt.

«Erinnerst du dich noch daran, was du über das Gemälde gesagt hast, das ich dir geschenkt habe?»

Sie runzelt die Stirn. «Ja. Es hat mich deinen Schmerz fühlen lassen.»

«Damit lagst du nicht weit daneben. Dieses Gemälde ist über eine Frau, die ich sehr geliebt habe. Ihr Name war Poppy.»

«Ich verstehe», sagt sie zögernd. «Poppy – Mohnblume. Darf ich fragen, was passiert ist?»

Seufzend ziehe ich sie enger in meine Arme, versuche, sie um mich herum zu spüren. Ich muss jetzt mehr denn je wissen, dass sie da ist. «Ein betrunkener Autofahrer übersah ein Stoppschild. Sie schaffte es nicht mal bis ins Krankenhaus.» Ich halte inne, um mich aufzusetzen und mir mit den Händen durchs Haar zu fahren. «Sie war im dritten Monat schwanger.»

Valentina setzt sich ebenfalls auf und umarmt mich von hinten. «Das tut mir so leid, Sébastien. So leid.»

«Es hatte den ganzen Tag geregnet, und es wurde nur noch schlimmer, als ich zum Krankenhaus fuhr. Ich hätte mit ihr zusammen fahren sollen, aber etwas war dazwischengekommen, und ich musste noch in London bleiben. Das hätte ich sein sollen, Valentina. Ich. Der Mann hat die Fahrerseite getroffen. Wenn ich gefahren wäre, wie es abgemacht war, dann wäre sie noch da. Sie verdiente es zu leben.»

Ich starre aus dem Fenster und bemerke, dass die Dämmerung den Himmel in sanfte Rosa-, Lavendel- und Vanilletöne färbt. Vor meinem inneren Auge werde ich wieder an diesen Tag zurückversetzt. «Die längste Zeit über wollte ich sterben, nur damit ich bei ihnen sein konnte. In meinen klaren Momenten wartete ich tagein, tagaus auf sie, erwartete, aus einem Albtraum aufzuwachen und sie neben mir liegen zu sehen, die Beine mit meinen verschlungen. Und als sie nicht kam, suchte ich sie in meinen Träumen. Ein Lächeln. Einen Blick. Ein Seufzen. Ganz egal. Manchmal hatte ich Glück. Dann kam der nächste Morgen und mit ihm der nie endende Schmerz. Das Kissen war nass von Tränen und die Laken von der Sehnsucht meines Körpers.»

Valentina umarmt mich fester und küsst meinen Rücken. Sie sagt kein Wort, und das braucht sie auch nicht. Nur zu wissen, dass sie da ist, ist mehr als genug. Es bedeutet mir alles.

«Ich dachte nicht, dass ich es schaffen würde.»

«Aber das hast du, und das ist alles, was zählt. Und sie ist nicht fort. Ihre Erinnerung lebt weiter.» Valentina lässt mich los und setzt sich rittlings auf meinen Schoß. Sie legt eine Hand auf mein Herz. «Sie ist hier. Und das wird sie immer sein.»

«Was habe ich getan, um so verdammt viel Glück zu haben?»

Sie küsst meine Nase. «Ich glaube, ich sollte es sein, die diese Frage stellt.»

Ich wickle mir ihr Haar um die Hand und bringe sie dazu, mich anzusehen. «Komm mit mir zurück nach Paris. Mein Flug geht in zwei Tagen.»

«Was?» Sie blinzelt ein paarmal.

«Du hast nichts, was dich hier hält.» Ich überschütte ihr Gesicht mit Küssen, weil ich sie schmecken muss. «Lass uns aus New York verschwinden und zurück nach Hause gehen.»

Sie legt mir die Hände um den Nacken. «Aber was ist mit William? Ich muss mich scheiden lassen.»

«Das ist leicht. Du besorgst dir einen Anwalt und kümmerst dich übers Telefon darum. Wenn du herfliegen musst, um Papiere zu unterzeichnen, dann –»

«Du vergisst etwas.»

«Und das wäre?»

«Ich habe und will Williams Geld nicht, also kann ich auch nichts davon bezahlen. Meine Tante hat mir genug hinterlassen, um ein paar Monate lang bescheiden leben zu können, und ich werde dieses Geld nehmen, weil es rechtmäßig mir gehört, aber –»

«Dann zieh bei mir ein, und ich bezahle für alles. Gott weiß, dass ich mehr Geld habe, als ich je brauchen werde.»

Sie kaut auf ihrer Unterlippe und schüttelt leicht den Kopf. «Das kann ich dich nicht für mich tun lassen.»

«Ist es das Geld?»

«Ja, das ist ein Teil davon.»

«Dann hol dir deinen Job bei Monsieur Lemaire zurück und hilf mir dabei, die Rechnungen zu bezahlen. Ich will dich nicht so besitzen, Valentina. Ich will nicht dein Gefängniswärter sein. Ich will dich nur frei und ohne jede Einschränkung lieben. Ich will dein gleichberechtigter Partner sein.» Sanft lehne ich meine Stirn an ihre. «Ich bin ein einfacher Mann, Valentina. Ich verlange nicht viel. Nur die Frau, die ich liebe, in meinen Armen, ein warmes Bett und ein Dach über unserem Kopf. Lass mich für dich sorgen und dich lieben», füge ich leise hinzu und wische ein paar der Tränen weg, die über ihr Gesicht kullern. «Das ist alles. So lange du mich lässt.»

«Du wunderbarer, wunderbarer Mann. Aber da ist noch mehr. Fast mein ganzes Leben lang war ich von einem Mann abhängig. Mit William zusammen zu sein war meine Krücke.» Sie lächelt unter Tränen. «Bis jetzt. Mit ihm verheiratet zu sein, hat mir ein Gefühl von Sicherheit gegeben, und obwohl unsere Ehe schon seit sehr langer Zeit vorbei ist, habe ich mich an ihrem Sicherheitsnetz und an ihm festgehalten. Aber jetzt, da ich von ihm getrennt bin, muss ich mir selbst beweisen, dass ich auf meinen eigenen Füßen stehen kann und zurechtkomme. Ich muss lernen, meine Kämpfe selbst zu kämpfen, anstatt der Angst nachzugeben.»

«Du brauchst nicht allein zu kämpfen, Valentina. Ich kann für dich da sein.»

«Das weiß ich. Aber das ist mein Kampf. Einer, den ich durchstehen muss, um zu dir zurückzukommen. Und wenn ich jetzt nach Paris gehe, bei dir einziehe ...» Sie schüttelt leicht den Kopf und nimmt meine Hand, bevor sie sie an ihre

Lippen hebt und küsst. «Ich liebe dich so sehr, Sébastien. Aber ich brauche Zeit, um mir über alles klarzuwerden, mich neu zu sammeln und herauszufinden, wer ich bin.»

Ich höre, was sie sagt. Verdammt, ich verstehe es sogar, aber dadurch tut es nicht weniger weh. Ich lege meine Hände an ihren Hinterkopf, ziehe sie zu mir und küsse sie mit allem, was ich habe. Mit all der Verzweiflung, die mich durchströmt. Es ist ein Kuss, mit dem wir uns verständigen:

Ich lasse dich gehen, nicht weil ich es will, sondern weil ich es muss. Und weil ich weiß, dass du zu mir zurückkommen wirst.

Das werde ich. Ich werde zu dir zurückkommen. Warte auf mich. Warte auf mich.

Der Kuss geht zu Ende und lässt uns emotional mitgenommen zurück. «Ich habe dich gerade erst zurückbekommen und fühle mich, als ob ich dich schon wieder verliere.»

«Du verlierst mich nicht.» Sie packt mein Haar und zwingt mich, die Wahrheit in ihren Augen zu sehen. «Es ist nur Zeit. Und wir werden dadurch stärker.»

«Sind E-Mails auch verboten?», scherze ich, um die Stimmung etwas aufzulockern, aber gleichzeitig habe ich Todesangst, dass sie es tatsächlich sein könnten.

«Nein, sind sie nicht.» Sie versucht zu lächeln, obwohl es so scheint, als wäre sie kurz davor, in Tränen auszubrechen. Der Schmerz ist zu roh.

Wir halten uns aneinander fest, weil wir nicht loslassen wollen, weil uns beiden bewusst wird, dass alles, was uns bleibt, diese gemeinsamen Stunden sind. Aber so ist das Leben. Es spielt gewiss nie fair. Ich könnte nach New York City ziehen, um in ihrer Nähe zu sein, aber das wäre nicht richtig. Sie bittet mich um Raum und Zeit, und ich werde ihr beides geben, obwohl es sich anfühlt, als würde ich mir den eigenen

Arm abhacken. Die Erinnerungen, die wir in den vier Wänden dieses Hotelzimmers schaffen, müssen erst mal genügen. Sie werden das Brot sein, von dem sich unsere hungrigen Seelen in den kommenden Tagen ernähren, wenn eine schmerzende Leere Löcher in unsere Körper frisst.

Ihr Blick landet kurz auf der Silhouette eines Wolkenkratzers vor dem Fenster, bevor sie mir wieder in die Augen sieht. Da ist ein Hauch Farbe in ihren Wangen. Ein neues, helles Licht in ihrem Blick. «Ich hab's! Also gut, Movie-Time.»

«*Wirklich*, Valentina?»

«Ich verspreche, das hat einen Sinn.» Sie lacht und küsst mich gleichzeitig. «Hast du je *Die große Liebe meines Lebens* gesehen?»

«Das hört sich schon viel besser an.»

«Wusste ich's doch, dass ich irgendwann einen Film finde, den wir beide mögen!» Sie lacht. «Du weißt doch, wie Cary Grant und Deborah Kerr verabreden, sich in sechs Monaten oben auf dem Empire State Building zu treffen, falls ihre Gefühle immer noch dieselben sind?»

«Mhmm, aber wir wissen doch alle, wie *das* ausgegangen ist.»

«Psst.» Sie küsst meine Lippen. «Wenn sich für dich nichts geändert hat», sie küsst meine Augen, «dann triff mich in sechs Monaten oben auf dem Eiffelturm.» Sie küsst meine Wangen. «Sagen wir um zwei Uhr nachmittags?» Sie küsst meinen Mund, und es schmeckt wie ein Lebwohl und ein Hallo und ein Eines-Tages-treffen-wir-uns-wieder. Es schmeckt auch nach Hoffnung und einem Neuanfang.

«Sechs Monate, hm?»

Sie nickt, während sie sehnsüchtige Küsse an meinem Kiefer entlang verteilt. «Bis dahin werden wir das hier haben, unsere Liebe.» Sie wiegt ihre Hüften an mir, ich spüre ihre Wärme an meinem Schwanz. «Niemand wird uns das nehmen.»

Ich dränge meine wachsende Erektion an sie, weil ich sie vögeln und besitzen will. «Ich werde auf dich warten», knurre ich ihr ins Ohr, bevor ich hineinbeiße.

«Gut.» Valentina lächelt, und in ihrem Lächeln sehe ich die ganze Zukunft vor uns ausgebreitet. «Und jetzt hör auf zu reden und nimm mich.»

«Mit dem allergrößten Vergnügen.»

Ich ziehe Valentina von meinem Schoß, drehe sie auf den Bauch, wobei sie hell aufschreit, und knie mich rittlings über sie. Während ich meinen Schwanz zwischen ihren Pobacken reibe, beuge ich mich vor, um eine Spur aus Küssen an ihrem Rückgrat emporzuziehen und zuzusehen, wie eine leichte Gänsehaut entsteht. Ich erreiche ihren Nacken und zeichne die salzige Haut dort mit der Zunge nach.

«Bist du schon mal hier genommen worden?», frage ich, während ich ihren Anus necke und spüre, wie er sich unter meinem Daumen zusammenzieht.

Stöhnend krallt sie die Fäuste in die Laken. «N-nein ...»

Ich lecke über zwei meiner Finger und fahre dann damit fort, Valentina an dieser süßen Stelle zu reizen. Ich reibe sie in kleinen Kreisen, bis ich langsam mit einem Finger ihren Widerstand überwinde. Dann fange ich an, ihn in ihrem Po zu bewegen, tiefer und tiefer.

«Willst du, dass ich dich hier nehme?»

«Oh Gott», stöhnt sie, und das lässt meinen Schwanz steinhart werden.

Ich fahre damit fort, sie zu foltern, indem ich einen weiteren Finger hinzunehme und in sie schiebe. Langsam und schnell. Flach und tief. Sie zieht sich um mich zusammen, als ich die Fingerspitzen gegen ihre Wand krümme und sie mit den Fingern in die Hölle und wieder zurück vögle.

«Willst du, dass ich deinen süßen Hintern nehme?»

«Ich ...» Sie wirft den Kopf hin und her und reckt ihren Po hoch, um Erfüllung zu finden. «Ja, nimm mich einfach, bitte. Ich kann nicht länger warten. Bitte, Sébastien ...»

Sie schreit auf, als ich meine Finger aus ihr zurückziehe. Gemächlich folgen meine Hände der Kontur ihrer Schulterblätter, ihrem Rücken hinunter zu ihren Hüften. Unser Atem wird angestrengt, hungrig nach mehr. Ich spreize ihre Pobacken, bereit, in sie einzudringen ...

Und erstarre.

Verdammt.

«Was ist los?», fragt Valentina atemlos über ihre Schulter und sieht dabei aus wie eine heidnische Königin. Ihr brennender Blick trifft meinen. «Warum hast du aufgehört?»

«Ich habe kein Gleitgel», sage ich und verfluche mein Pech.

Sie lacht zitternd. «Brauche ich das?»

Lachend tätschle ich Valentinas herrlichen Hintern. «Ich fürchte schon.»

«Kannst du nicht irgendetwas anderes nehmen?»

«Ich weiß ni-» Dann fällt mir die kleine Flasche Lotion ein, die neben dem Shampoo im Badezimmer steht. Ich schicke ein schnelles Dankgebet zum Himmel. «Bin gleich wieder da. Rühr dich nicht vom Fleck», sage ich, bevor ich mich vorbeuge und sie in den Po beiße.

Als ich zurückkomme, finde ich Valentina auf die Unterarme gestützt vor, ihr langes braunes Haar fließt über ihren elfenbeinfarbenen Körper. Feuer in den Wangen. Funkelnde Augen. Geschwollene Lippen, von mir gebrandmarkt. Sie lächelt einladend, neckend, verführerisch. *Himmel. Die Frau wird noch mein Tod sein.*

«Hast du gefunden, was du brauchst?»

Ich steige aufs Bett und lege die Flasche neben mich. «Ja.»

Ich rutsche tiefer und knie mich vor den Altar ihres Körpers, bereit für meine Kommunion. Ich überziehe ihren Körper mit sengenden Küssen, bis ich die einladende Rundung ihres Pos erreiche. Dann spreize ich ihre Backen und fahre mit der Zunge von der kleinen Rosette hinunter zu ihrer feuchten Pussy.

«So verdammt süß.» Ich atme sie ein, will diesen Augenblick ewig dauern lassen.

Sie wiegt ihre Hüften, während sie mir über ihre Schulter hinweg dabei zusieht, wie ich sie küsse, lecke und fingere. Dann schließt sie die Augen und beißt sich auf die Unterlippe. Fluchend fleht sie mich an, sie zu nehmen, sie von ihrer Qual zu erlösen.

«Noch nicht.»

Ich spreize ihre Pobacken weiter und vergrabe mein Gesicht zwischen ihnen, um sie mit der Zunge zu vögeln.

«Bitte ... nicht mehr ... Ich brauche dich jetzt», bettelt sie wimmernd.

«Was brauchst du? Sag es.»

Sie stöhnt. «Deinen Schwanz. In mir. Nimm mich, bitte.»

Schweiß überzieht unsere Körper. Die Fenster sind beschlagen. Die Laken liegen vergessen auf dem Boden. Der Geruch unserer Vereinigung erfüllt den Raum.

Das hier ist Leben.

Das hier ist Schönheit.

Ich knie mich über sie, dann nehme ich die Lotion, gebe etwas davon auf meine Handfläche, überziehe meinen Schwanz damit und werfe die Flasche beiseite. Durch die Erwartung ist mein Verstand wie benebelt. Ich massiere meinen Schwanz mit ein paar Handbewegungen, dann führe ich ihn an ihren Po und drücke die Spitze langsam zwischen ihre gespreizten Backen.

«Fuck!», schreit Valentina.

«Willst du, dass ich aufhöre?», frage ich. Die Worte kommen gepresst aus meiner Brust, während ich dabei zusehe, wie sie mich nach und nach aufnimmt. Ich habe das Gefühl, einen langsamen, schönen Tod zu sterben, als ich spüre und zusehe, wie ihr Körper mich aufnimmt.

«Nein, hör nicht auf!» Mit durchgedrücktem Rücken drängt sie sich mir entgegen. «Ich brauche mehr …»

«Fast geschafft», sage ich heiser und versuche, mich zu zügeln. Es langsam angehen zu lassen, obwohl ich sie nur um den Verstand vögeln will.

«Bitte …»

Ihre Worte sind es, die mich die Beherrschung verlieren lassen. Ich packe sie an den Hüften und dringe ganz in sie ein. Mit geschlossenen Augen lege ich den Kopf in den Nacken und fühle mich, als müsste ich jeden Moment kommen. Worte können nicht beschreiben, wie es sich anfühlt, so eng von ihr umfangen zu werden.

«Geht es dir gut?»

Sie nickt. «Ja, oh Gott. Aber ich will dich tiefer. Ich will mehr.»

Lachend packe ich ihre Hüften und stoße in sie. Zuerst mache ich langsam, mit flachen Stößen. Dann ziehe ich mich gerade weit genug zurück, um die Spitze meines Schwanzes in ihr zu lassen, und stoße aggressiv in sie, hart. Immer und immer wieder.

«Härter …», fleht sie. «Mehr.»

Ich stöhne. «Verdammt, Valentina!»

Das Bettgestell wackelt, als die Wucht meiner Stöße zunimmt. Jedes Mal schneller und härter, ich will sie für jeden anderen ruinieren. Ich greife unter sie und fange an, ihre Klitoris zu reiben, während ich mit den Fingern ihre Pussy vögle. Aus ihrem Stöhnen werden lustvolle Schreie.

Ich packe ihr Haar mit der Faust und ziehe ihren Kopf zu mir zurück. «Ich gebe dir sechs Monate, hörst du?», knurre ich ihr ins Ohr. «Sechs Monate.» Dann lege ich meine Hände auf ihre Brüste und küsse ihren Hals, während ich nehme und fordere. Und meine schöne Valentina, meine herrliche Frau, gibt mir alles, was ich will. Bereitwillig ergibt sie sich mir mit Leib und Seele.

«Das ist alles, was ich brauche», keucht sie gebrochen. Als sie sich selbst die Klitoris reibt, beginnt sie, sich krampfhaft um mich herum zusammenzuziehen, während unser Rhythmus immer mehr Verlangen anfacht. Mehr Verzweiflung. *Mehr von allem.* So kurz vor dem Abgrund lasse ich die Bestie in mir los und vögle sie so hart und schnell und schamlos, wie ich nur kann, bis wir beide explodieren. Wir fliegen so verdammt hoch, dass wir das Nirwana erreichen. Ein abgehacktes Stöhnen kommt mir über die Lippen, als ich mich in ihr ergieße, und sie kommt und schreit meinen Namen.

Ah.

Da ist sie.

Totale Kapitulation.

Ich besitze sie genauso, wie sie mich besitzt.

Und keine Zeit oder Entfernung wird je zwischen uns kommen.

KAPITEL DREIUNDDREISSIG

Valentina

Am nächsten Morgen ...

Noch im Halbschlaf taste ich nach Sébastien, finde jedoch nichts als eine Kuhle dort, wo er liegen sollte. Gähnend setze ich mich auf und scheuche die letzten Spuren von Schlaf fort.

«Sébastien?»

Suchend sehe ich mich im Zimmer nach ihm um, aber wie es scheint, ist er nicht da. Die Badezimmertür ist offen und das Licht aus. Der kleine Schreibtisch am Fenster ist leer, ebenso das Sofa gegenüber vom Bett.

Seltsam.

Ich frage mich, wie spät es ist, und drehe mich zur Uhr auf dem Nachttisch um, da fällt mein Blick auf ein Blatt Papier mit dem Hotel-Logo, das gegen das Telefon gelehnt ist. Sofort greifen meine Finger nach der Nachricht, als hätten sie ein Eigenleben.

Zeit, dich mit ein paar Eiern zu füttern.
Ich bin wieder da, bevor du aufwachst.
Ich liebe dich. S.

Grinsend werfe ich mich zurück aufs Bett und strecke die Arme aus. Mein Körper ist wund und gesättigt, aber ich bin voller verrückter Energie. *Wir kriegen das hin. Das weiß ich.* Letzte Nacht – oder früh heute Morgen –, als er mich bat, mit ihm zurück nach Paris zu gehen, war ich so versucht, ja zu sagen. Das bin ich immer noch. Schließlich könnte mich nichts glücklicher machen, als endlich ohne Sorgen oder Einschränkungen mit ihm zusammen zu sein und ihn zu lieben. Ihn einfach nur zu lieben. Aber tief in mir weiß ich, besonders nach dem, was mit William passiert ist, dass ich mir ein wenig Zeit für mich nehmen muss, bevor ich mich wieder in eine neue Beziehung stürze. Ich muss herausfinden, was ich mit meinem Leben anfangen will. Lernen, wer Valentina ist, wenn sie nicht eine Erweiterung des Mannes ist, mit dem sie zu dem Zeitpunkt zufällig zusammen ist. Und obwohl ich Sébastien von ganzem Herzen liebe, muss ich mich vergewissern, dass ich mit ihm zusammen bin, weil ich es *will*, und nicht, weil ich es *brauche.* Erst dann werde ich in der Lage sein, ihm meine Liebe zu geben, und dann wissen wir beide, dass sie freimütig und ohne Bedingungen gegeben wird.

Ich sehe die Nachricht in meiner Hand an und lächle, weil ich weiß, dass wir das Richtige tun.

Unsere Liebe wird einen Weg finden.

Nachdem ich die Nachricht auf den Tisch gelegt habe, stehe ich auf und gehe ins Bad, um zu duschen. Als ich das Wasser aufdrehe, höre ich ein Klopfen an der Tür. Ich runzle die Stirn. Vielleicht hat Sébastien seinen Schlüssel im Zimmer vergessen. Ich drehe das Wasser ab und ziehe mir sein weißes Hemd über, bevor ich zur Tür gehe.

«Komme schon! Hast du deinen Schlü–» Ich öffne die Tür in einem Rausch der Begeisterung und Freude, aber mein Lächeln verschwindet, als mein Blick auf grüne Augen trifft.

«Hallo, Darling. Hast du mich vermisst?»

Und einfach so weiß ich, dass es vorbei ist …

KAPITEL VIERUNDDREISSIG

Valentina

Meine Tante hat immer gesagt: Wenn du wissen willst, wie jemand *wirklich* für dich empfindet, sieh ihm einfach in die Augen. Dort findest du die Antwort, denn Augen sind das Fenster zur Seele.

William hat die Art von charmanten Augen, die dich einladen, dich in sie zu verlieben. Er lacht, und sie leuchten. Er küsst dich, und sie brennen. Er liebt dich, und sie lassen dich zerspringen. Sie können dich *alles* glauben lassen, was er will. Denn sie sind ebenso trügerisch wie schön.

Genau wie er.

Allerdings versteckt er sich nicht mehr hinter Lügen. Als er mich anstarrt, sehe ich nur puren, nackten Hass.

«Willst du mich nicht reinbitten?», fragt er freundlich.

Ich lecke mir die plötzlich trockenen Lippen. «Wie hast du mich gefunden?»

«Ich habe dein Handy geortet.»

Er macht einen Schritt vorwärts.

Ich mache einen Schritt zurück, und ein Schauer läuft mir über den Rücken.

Zeig keine Angst.

Zeig. Keine. Angst.

«Ich weiß nicht, warum du dir die Mühe gemacht hast herzukommen. Wie ich gestern Abend schon sagte, zwischen uns ist es aus.»

«Ach, *wirklich*?» Dann setzt er ein seelenloses Lächeln auf, und es lässt mir das Blut gefrieren.

«Ja», antworte ich mit dem Gefühl, von ihm umgarnt zu werden. «Bitte geh, bevor ich den Sicherheitsdienst rufe.»

«Damit sie was tun? Du bist meine Frau.» Bevor ich weiß, was geschieht, legt er die Hand um meinen Hals und hält ihn mit einem schraubstockartigen Griff fest. «Du dachtest, du könntest mir entkommen, was?»

Er schiebt mich ins Zimmer, stößt mit dem Fuß die Tür hinter uns zu und rammt mich gegen die Wand. Die Luft weicht mir aus der Lunge, und sein Griff wird schmerzhafter. «Du dachtest, du könntest mich einfach so loswerden, du verdammte Hure.»

«Bitte, William ...» Ich kratze an seinen Händen, die um meinen Hals liegen. «Lass mich los. Ich krieg keine Luft.»

«Du hast mich vor Freunden und Familie zum Gespött gemacht.» Er stößt mich härter gegen die Wand und verstärkt seinen Griff. «Wenn du nur auf mich gehört hättest, dann wäre nichts davon passiert. Aber nein, du musstest die Opferkarte ausspielen. *Arme* kleine Valentina ...»

Mit jeder Sekunde, die vergeht, wird Williams Wut größer. In Todesangst davor, was er mir antun wird, versuche ich, vernünftig mit ihm zu reden. «William», sage ich und schließe kurz die Augen, als sich das Zimmer um mich dreht und mir vom Sauerstoffmangel schwindlig wird. «Du brauchst das nicht zu tun. L-lass uns reden ... bitte.»

Aber William ist verloren im Dschungel seines Wahnsinns. Seine einst attraktiven Züge sind von Hass verunstaltet. «Du weißt, dass das alles deine Schuld ist. Wenn du nicht so frigide wärst, dann müsste ich keine anderen Frauen vögeln.» Sein Griff lockert sich ein bisschen, als er den Blick an meinem Körper hinunterwandern lässt, über die Umrisse meiner Brüste, die sich unter dem Hemd abzeichnen. Er lässt die andere Hand unter das Hemd gleiten und findet mich nackt vor, wund und immer noch voll von Sébastien.

«Hure», sagt er leise und süßlich. In seiner Stimme vibriert purer Hass. Er hebt die Hand an sein Gesicht und riecht mich auf seiner Haut. «Du hast ihn die ganze Zeit über hinter meinem Rücken gefickt, nicht wahr?»

«Nein ... so war es nicht», versuche ich zu sagen, aber die Worte kommen nur als Flüstern heraus.

Langsam und bewusst drückt er mir den Hals zu. «Es gibt nichts Süßeres, als dir in die Augen zu sehen, während ich das Leben aus dir herausquetsche.»

«Ich krieg keine Luft.»

Alles verschwimmt.

Nein.

William darf das hier nicht gewinnen.

Ich blinzle angestrengt, mir rauschen die Ohren, und ich spüre einen Adrenalinstoß. Mein Kampf-oder-Flucht-Reflex setzt mit voller Wucht ein, und ich fange an, um mich zu schlagen, versuche, mich von ihm zu befreien, aber er ist zu stark.

Ich ramme William mein Knie in den Schritt, woraufhin er zu Boden fällt und vor Schmerz aufheult. Aber bevor ich Gelegenheit habe zu entkommen, packt er mich am Knöchel, und ich stürze zu Boden. Sofort ist er über mir, versucht, mir das Hemd herunterzureißen, und drängt seine Erektion an mein Zentrum. In dem Moment hören wir Flaschen zerspringen. Unsere Blicke fliegen zur Tür, und wir sehen Sébastien dort stehen, schweratmend, sein Gesichtsausdruck ein Versprechen von Hölle und Verdammnis.

Und als ich seinen Anblick verzweifelt in mich aufsauge, erinnert er mich an einen gefallenen Engel, der gekommen ist, um jene zu bestrafen, die gesündigt haben. Sébastien stürzt ins Zimmer und legt den Abstand zwischen uns mit zwei raumgreifenden Schritten zurück. «Weg von ihr!», stößt er wutentbrannt hervor.

Sofort steht William auf und streicht seine Kleidung glatt. «Du kannst sie gern haben», sagt er und macht einen Schritt von uns fort. «Die Schlampe nützt mir nichts mehr.»

Sébastien zielt direkt auf Williams Mitte. Die beiden stürzen zu Boden. Er schlägt William brutal ins Gesicht, in die Seiten und auf jeden Zentimeter, den er erreichen kann. Zuerst versucht William, seine Schläge abzuwehren, aber Sébastien ist viel größer und schneller und wütender als er.

«Sébastien, bitte, das ist er nicht wert. Hör auf!», flehe ich nach Luft ringend. Aber er ist so weit weg in seinem Verlangen, William zu bestrafen, dass meine Worte nicht zu ihm durchdringen. *Denk nach, Valentina. Denk nach. Du musst das beenden.*

Jede Vorsicht in den Wind schlagend und ohne mich darum zu kümmern, dass ich verletzt werden könnte, krieche ich zu Sébastien und berühre seinen Rücken. «Bitte, Liebster, das ist er nicht wert. Lass ihn los. Komm zurück zu mir.» Kaum kommt meine Hand mit ihm in Berührung, versteift er sich und dreht sich um, um mich anzusehen, einen irren Ausdruck in den Augen.

«Komm zurück zu mir, Sébastien. Komm zurück.»

«Valentina.» Sébastien blinzelt, und es ist, als erwachte er aus einer Trance. Er rückt von William weg, der wie ein Haufen Dreck auf dem Boden liegt, steht auf und nimmt sanft meine Hand, um mich in seine Arme zu ziehen. «Geht es dir gut?» Er berührt mich überall, um nach Verletzungen zu suchen. «Hat er dir weh getan?»

«Alles in Ordnung», sage ich durch den brennenden Schmerz in meinem Hals hindurch und schlinge die Arme um ihn. «Es geht mir gut.»

Dann hören wir William stöhnen, was unsere Aufmerksamkeit wieder auf ihn lenkt. Er krümmt sich auf dem Boden und hält sich den Bauch. Überall auf seinem Gesicht bilden sich bereits Blutergüsse.

Ich klammere mich an Sébastien, um ihn davon abzuhalten, seine Vernichtung des nutzlosen Mannes neben uns zu vollenden.

«Valentina ...» Hin und her gerissen fliegt Sébastiens Blick von mir zu William und wieder zurück. Dann richtet er ihn auf meinen Hals, und ein kehliger Laut kommt aus seinem Mund. «Dein Hals, Valentina. Er hat dich verletzt, verdammt. Ich werde diesen Mistkerl umbringen.»

«Bitte. Sébastien. Bleib bei mir», beschwöre ich ihn mit meiner Stimme, mit meinen Händen, mit allem, was ich habe, und halte ihn dabei fest. «Lass ihn gehen. Er ist es nicht wert.»

Sébastien hält inne, nickt, dann sieht er William an. «Wenn du auch nur bis auf zweihundert Meter in ihre Nähe kommst, dann werde ich dich verdammt noch mal umbringen. Und jetzt verpiss dich von hier, bevor ich dich fertigmache, du Hurensohn.»

Zum ersten Mal, seit ich ihn kenne, sehe ich Angst in Williams Augen. Er nickt mehrmals, während er sich bemüht aufzustehen. Sobald er auf die Füße gekommen ist, rennt er zur Tür, ohne sich noch einmal umzusehen.

«Hey, schau mich an», sagt Sébastien zu mir. Wie gebannt sehe ich ihn an, als er mein Gesicht in die Hände nimmt, dabei ist er so zärtlich, dass ich am liebsten weinen würde. Eine Locke fällt nach vorne und verdeckt halb seine besorgten Augen, während er mein Gesicht mustert. «Bist du sicher, dass alles okay ist?»

Ich sehe zur Tür, durch die William aus dem Hotelzimmer und für immer aus meinem Leben verschwunden ist, und dann wieder in Sébastiens liebes Gesicht. Ich bedecke seine geschundenen Hände mit meinen und zittere am ganzen Körper, während all die Liebe, die ich für diesen unglaublichen, wunderbaren Mann empfinde, durch mich hindurchströmt wie ein Fluss aus Schmelzwasser und mich reinigt.

Als unsere Blicke miteinander verschmelzen, weiß ich, dass alles gut wird.

Ich werde es schaffen.

Ich werde wieder aufstehen.

Ich werde zwischen den Ruinen meines Lebens auf eigenen Beinen stehen und mich wieder aufbauen. Wenn ich mich dabei verletze, werde ich diese Narben mit Stolz tragen, weil es meine sind. Sie sind der Beweis dafür, dass ich nicht aufgegeben habe. Ich bin gefallen. Wieder aufgestanden. Habe es wieder versucht. Und das werde ich weiter tun, bis ich es richtig mache. Und meine Liebe für diesen Mann wird das Licht sein, das meinen Weg zu ihm zurück erhellt.

«Ja. Ich bin mir sicher.»

KAPITEL FÜNFUNDDREISSIG

Valentina

Sechs Monate später …

Und, bist du nervös?», fragt Gigi am Telefon. «Heute ist Valentina-wird-endlich-wieder-flachgelegt-Tag.»

Ich lächle über ihre unmögliche Bemerkung. Nachdem bekannt wurde, dass William und ich uns scheiden ließen, fand ich eine Verbündete und Freundin in Gigi. Wir wurden sehr vertraut miteinander, obwohl ich nicht mehr Teil dieser Welt bin. Sie stellte mich Charlie vor, ihrem Anwalt, der wahre Wunder wirken konnte. Ganz egal, wie gut Williams Anwälte waren, Charlie und sein Team waren zehnmal besser. Die Scheidung verlief glatt, oder so glatt, wie es mit William und seiner Familie ging. Gigi erwähnte irgendeinen Skandal darüber, dass Loretta ihn enterbt hat, aber wie eine Katze landete er auf den Füßen und ist nun mit einer reichen Angehörigen der feinen Gesellschaft zusammen. *Die arme Frau.*

Kopfschüttelnd verdränge ich William aus meinen Gedanken. Er ist der letzte Mensch, an den ich heute denken will – *oder jemals wieder.*

«Rate mal.»

«Wie oft hast du dich umgezogen?»

«Äh ... Warum fragst du?» Ich umklammere das Handy fester und betrachte mit einem kleinen Zusammenzucken den Haufen Kleider auf dem Bett.

«Weil ich dich kenne, Babe.»

Ich seufze. «Fünf Mal.»

Sie lacht kehlig. «Oh Val, wann wirst du es je lernen? Du könntest wahrscheinlich einen Kartoffelsack tragen, und Sébastien wäre es egal. Er wird ihn dir sowieso einfach ausziehen.»

Ich erröte bei der Erinnerung an die zwei idyllischen Tage, die wir in seinem Hotelzimmer verbrachten. «Gott, ich hoffe, du hast recht.»

Es folgt eine Pause, und ich weiß, was sie fragen wird, noch bevor sie die Worte überhaupt ausspricht.

«Hast du von ihm gehört?»

«Nicht seit der letzten E-Mail ...»

Vor ungefähr vier Monaten hat Sébastien mir eine E-Mail geschickt. Er schrieb darin, dass er über Sophie einen Mann kennengelernt hatte, der für ein Projekt einen Künstler suchte. Der Künstler sollte eine Reihe von Porträts von Leuten malen, die an abgelegenen Orten im ländlichen China leben. Der Mann selbst ist chinesischstämmiger Amerikaner und wollte mit dem Projekt sein Erbe würdigen. Er scheint außerdem einer der reichsten Menschen der Welt zu sein, also konnte er es sich leisten, einen weltberühmten Künstler damit zu beauftragen, diese Porträts anzufertigen. Sébastien wollte es machen. Nicht wegen des Geldes, sondern weil er daran interessiert war, diese Perlen der Zivilisation versteckt in den Bergen Chinas kennenzulernen und zu besuchen. Er zögerte nur deswegen mit seiner Entscheidung, weil er mich dann ein paar Monate lang nicht erreichen konnte. Die Orte, die er besuchen würde, hatten weder Internet noch Telefonanschluss.

Ich wusste, dass Sébastien es machen wollte. Ich hatte ihn noch nie so begeistert erlebt. Und obwohl alles in mir gegen die Vorstellung rebellierte, monatelang nichts von ihm zu hören, wollte ich auch, dass er glücklich war. Ich sagte ihm, dass er verrückt sei, überhaupt daran zu denken. *Nimm den Job an*, schrieb ich. *Ich werde hier auf dich warten. Darauf warten, dass es vierzehn Uhr am 5. Oktober wird.*

Das letzte Mal, dass ich von ihm gehört habe, war vor drei Monaten, als er in Peking landete. Anstatt zu mailen, wie wir es vereinbart hatten, rief er an. Wir blieben stundenlang am Telefon und unterhielten uns über alles und nichts. Es war genau wie damals in Paris, nur schöner, viel schöner. Außerdem hat Telefonsex auch etwas für sich. In jener Nacht schliefen wir ein, während wir einander zuhörten, und die Entfernung wurde für ein paar kurze, glückliche Stunden zu einem bedeutungslosen Nichts.

Das Leben ging weiter ...

Und drei Monate später bin ich hier und vermisse ihn mit einem sehnenden Schmerz in der Seele. Wann immer meine Gedanken zu Vielleichts und Was-wenns wandern, schalte ich sie ab.

Angst ist ein verdammtes Miststück, aber wie sich herausstellt, bin ich ein noch größeres Miststück, weil ich mich weigere, mich weiterhin von ihr beherrschen zu lassen.

«Aber er wird da sein.» Ich starre mein Spiegelbild an. Die Frau, die mich daraus ansieht, steht stolz und hoch aufgerichtet da. Sie hat es sich verdient. Sie hat hart dafür gearbeitet, so weit zu kommen. Sie lächelt, und ihre Augen leuchten. «Das weiß ich.»

«Das ist die richtige Einstellung.»

Kurz landet mein Blick auf der Uhr an der Wand, und ich bemerke, wie spät es ist. Viertel vor eins. Mein Herz setzt einen Schlag lang aus. «Also gut, Gigi. Ich muss los.»

«Ich will später alle schmutzigen Details hören.» Sie verstummt kurz und wird ernst. «Viel Glück, Liebes.»

«Danke. Oh, bevor ich es vergesse, ich habe Linda gesagt, sie könne sich das Wochenende freinehmen.»

«Hab schon alles unter Kontrolle. Ich übernehme ihre Schicht im Laden.»

«Moment mal, was?»

«Es ist schließlich auch mein Laden, weißt du? Und ich langweile mich. Ich dachte mir, ich könnte ein bisschen helfen.»

Bald nachdem Sébastien fortging, habe ich angefangen für Megan in ihrem Blumenladen in Rye zu arbeiten. Ich habe viel durch diese Erfahrung gelernt. Dann kam sie eines Tages rein und sagte mir, dass sie nach San Francisco ziehen würde. Sie hatte die Nase voll von ihrer Fernbeziehung und war bereit, ihrem Freund dorthin zu folgen. *Glaubt nicht eine Sekunde lang, dass mir die Ironie darin entgangen wäre.* Sie fragte mich, ob ich Interesse daran hätte, den Laden zu kaufen. Ich hatte das Geld meiner Tante, und ich hatte sparsam gelebt, seit ich William verlassen hatte, aber meine Ersparnisse reichten nicht annähernd an den Verkaufspreis heran. Ich ließ meinen Frust darüber bei Gigi aus, und sie überraschte mich mit ihrem Angebot, meine Partnerin zu werden und den fehlenden Betrag zu investieren. Ich wusste, was sie da tat, und war versucht, ihre Hilfe abzulehnen. Ich wollte beweisen, dass ich auch allein erfolgreich sein konnte. Aber sie hatte ein paar gute Argumente. Sie hatte viel Geld und sah in mir eine gute Investition. Es konnte ihr nicht schaden, und wir würden beide davon profitieren. Am Ende nahm ich ihr Angebot an. Einen Monat später waren wir die stolzen Besitzerinnen von *La Bohème Flowers.*

«Natürlich. Das finde ich toll», sage ich.

Sie lacht reumütig. «Gewöhn dich nicht dran. Und jetzt geh. Sogar *ich* werde langsam nervös.»

Wir verabschieden uns und legen auf. Mit Schmetterlingen im Bauch werfe ich einen letzten Blick auf mein Spiegelbild. «Bereit, Valentina?»

So bereit wie noch nie, antwortet mein Herz.

Ich lache, während Aufregung und Nervosität ungehindert durch meine Adern strömen. Dann nehme ich meine Handtasche, verlasse das Hotel, in dem ich wohne, und mache mich auf den Weg in meine Zukunft.

Aber wie es scheint, hat das Schicksal andere Pläne für mich. Zuerst geraten wir in jede Menge Verkehr. Auf dem Weg zum Eiffelturm wird das Taxi in einen Unfall verwickelt. Ich steige aus und überlasse es dem Taxifahrer und dem wütenden Autobesitzer, einander anzubrüllen. Inzwischen bin ich sehr spät dran. Ich versuche, ein anderes Taxi zu finden. Durch puren Zufall gelingt es mir. *Okay, vielleicht hasst das Schicksal mich doch nicht.* Ich steige ein und sage dem Fahrer, wo er mich absetzen soll.

Dann sehe ich auf die Uhr.

Fünf Minuten vor zwei.

Mist.

Mir wird bewusst, dass ich es nicht rechtzeitig schaffen werde, und ich würde am liebsten weinen. *Was ist, wenn er wieder geht, wenn er mich dort nicht sieht?* Ich erreiche den Eiffelturm mit meinem im Voraus bezahlten Ticket, stelle mich an und nehme den Aufzug zur zweiten Ebene. Als ich hinauseile, bin ich sofort von Menschenmassen umgeben. Es ist jetzt zwanzig nach zwei.

Verzweiflung brodelt in mir, als ich mich umsehe und versuche, einen Mann mit dem Teufel in den Augen zu finden. Dann sehe ich ihn. Meine Ohren fangen an zu rauschen. Er steht auf der anderen Seite mit dem Rücken zu mir und betrachtet die Stadt. Wenn mein Herz aus meinem Körper fliegen könnte, dann wäre es schon hoch oben im Himmel. Ich gehe zu ihm und tippe ihm auf die Schulter, bereit, ihm in die Arme zu springen oder ihn zu küssen. Er dreht sich um, und mir wird schwer ums Herz, als mich ein Fremder ansieht. Ich entschuldige mich, ein falsches Lächeln auf den Lippen.

Zwanzig nach zwei wird zu halb drei.

Während noch mehr Minuten verstreichen, wiederhole ich innerlich immer wieder, dass er kommen wird. Er wird kommen. Vielleicht ist er auch in einen Stau geraten. Betäubt schlinge ich die Arme um mich und versuche, die Hoffnung in mir festzuhalten. Ich verbiete ihr, dem Käfig meiner Knochen zu entfliehen.

Seufzend lasse ich die Schultern sinken. Die Geräusche von lachenden und redenden Menschen um mich herum verschwinden. Dann erinnere ich mich an die oberste Ebene. Was, wenn er mich falsch verstanden hat? *Oh mein Gott, vielleicht ist es das!* Ich renne zum Aufzug und drücke mehrmals den Knopf nach oben. Der Aufzug kommt. Eine große Gruppe Menschen steigt aus.

Bis auf einen.

Mein ganzer Körper beginnt zu zittern. In meinem Herzen

tanzen die Gefühle. Sein besorgter Blick trifft meinen, und er lächelt zärtlich. Und da ist es. Hoffnung, Liebe und Glück explodieren überall in mir und aus mir heraus.

Ich fühle mich, als würde ich gleich in Ohnmacht fallen. «Sébastien», sage ich leise, sein Name ist kaum ein Flüstern.

«Hallo, Valentina.»

Meine Knie geben nach, als Sébastien aus dem Aufzug tritt und mich in die Arme nimmt, mich in eine alles umfassende Umarmung zieht, die mich verschluckt. Er atmet mich ein, während ein Beben durch ihn hindurchläuft, und ich atme ihn ein. Und all die Monate ohne einander fallen von uns ab.

«Du bist gekommen!» Ich weine und klammere mich an seine Schultern, aus Angst, ihn loszulassen. «Du bist gekommen!»

«Natürlich bin ich gekommen.» Er streichelt meine nasse Wange und lächelt mich sanft an. «Ich habe eine Weile hier gewartet, aber als du nicht gekommen bist, dachte ich, vielleicht habe ich die falsche Etage, und bin zur obersten Ebene gefahren, um nach dir zu suchen.»

«Da war ein Verkehrsunfall», versuche ich meine Verspätung zu erklären.

Er stöhnt. «*Siehst du*, ich hab's dir gesagt.»

Ich lächle durch die Tränen in meinen Augen hindurch. «So endet unsere Geschichte also?»

«Nein, *ma petite chouette.*» Er lächelt zurück. «So fängt unsere Geschichte an.»

ENDE

Danksagung

Ich möchte meinem Mann und meiner Familie für die Liebe und Unterstützung in all der Zeit danken. Ich liebe euch mehr, als Worte je beschreiben könnten.

Als Nächstes würde ich gern jedem einzelnen Menschen danken, der mir dabei geholfen hat, *Love Me in the Dark* zu erschaffen – meiner ganz besonderen Gruppe von Alpha-Lesern. Ohne eure Hilfe und euer Feedback wäre dieses Buch nie beendet worden. Luna, Joanna, Katherine – dieser Roman wäre ohne euch nicht derselbe! Also danke ich euch vielmals dafür, dass ihr mir während all der schlaflosen Nächte die Hand gehalten habt, als ich aufgeben und das Handtuch werfen wollte. Ihr wart für mich da und habt euer eigenes Leben auf Pause gestellt, damit ich euer Feedback so schnell wie möglich bekommen konnte. Ihr habt euch für mich ins Zeug gelegt, und um ehrlich zu sein, ist dieses Buch ebenso sehr eures wie meines. Ich liebe euch, Mädels.

Rachel, Megan, Melissa, Deanna, Terilyn, Christy, Teri, Alissa, Mo und Mint – ich danke euch so sehr dafür, dass ihr dieses Buch beta-gelesen habt! Euer Feedback hat dieses Buch zu dem gemacht, was es ist! Ich schätze und liebe euch. ♡

Jennifer, meine wunderbare und talentierte Lektorin,

vielen, vielen Dank, dass du für mich da warst und dich mit mir herumgeschlagen hast. Ich habe *Love Me in the Dark* geschrieben, aber deine Arbeit und deine Magie haben es lesbar und unterhaltsam gemacht. DANKE.

Melissa Saneholtz, danke, danke, danke!!! Danke, dass du mit meinem Wahnsinn klargekommen bist, mich in Schach gehalten und dich im Wesentlichen um alles gekümmert hast, während ich geschrieben habe. Du bist die beste Publizistin, die es gibt.

Penelope, Ava, Claire, Leigh, Corinne, Syreeta, Raine und all die phantastischen Autoren, die ich glücklicherweise meine Freunde nennen darf. Ihr seid meine Sippe. ♡

Marla, ich möchte dir dafür danken, dass du das Buch durch dein Korrekturlesen perfektioniert hast. Es war ein Vergnügen, mit dir zu arbeiten!

Layla, vielen Dank, dass du mir mit Sébastiens Französisch und all den Übersetzungen geholfen hast.

Mo, eines Tages werde ich dich Syreeta vielleicht ausspannen, wenn du weiter so phantastisch bist.

Kassi, vielen Dank für das hübsche Layout und das Beantworten all meiner Fragen. Du warst immer für mich da, wenn ich etwas über die Formatierung wissen wollte, und wie immer ist deine Arbeit außerordentlich und zuverlässig.

Hang, das Cover, das du für die Originalausgabe von *Love Me in the Dark* geschaffen hast, hat mir den Atem geraubt – es ist perfekt. Du bist so wahnsinnig talentiert und geduldig! Du hast in mir eine Kundin fürs Leben!

Ich möchte einen besonderen Dank an all die Blogger und Leser richten. Niemand wüsste von meinem Roman, wenn ihr nicht gewesen wärt. Ich wäre nichts ohne eure Hilfe. Danke, dass ihr (wieder) an mich und an mein Buch geglaubt habt. WAHNSINNIG VIEL LIEBE AN EUCH ALLE!

Außerdem besonderen Dank an Kylie und Give Me Books für das Organisieren einer hammermäßigen Cover-Enthüllung und Blog-Tour. Es ist so wunderbar, mit euch Ladys zusammenzuarbeiten. Danke auch an Lisa von The Rock Stars of Romance. Bethany von The Book Bee und Cheri von Kindle Crack, ich danke euch so sehr für eure Unterstützung! Ein großes Dankeschön an Angie von Angie's Dreamy Reads, Jenny und Gitte von Totally Booked, Yamara, Shayna, Kcee, Yvette, Sophie, Christy! Und so vielen phantastischen Bloggern und Lesern! Ich liebe euch, Leute!

Danke an meine ganze Familie und all meine Freunde, dass ihr es mit mir aushaltet und immer für mich da seid. Ich vergesse bestimmt jemanden, und falls es so ist, sollt ihr wissen, dass es mir wirklich leidtut. Ich liebe all die ermutigenden, wunderbaren Worte von jedem, der auf meiner Homepage vorbeigeschaut hat, um hallo zu sagen. Ich liebe jeden Einzelnen von euch.

Dieses Buch wäre nichts ohne die Unterstützung und Liebe von euch allen. Ich danke *euch* so, so sehr.

LESEPROBE

HELEN HOANG

KISSING LESSONS

ROMAN

Aus dem Englischen
von Anita Nirschl

Kyss by Rowohlt Polaris

Erscheint am 22.10.2019

DAS SENSATIONS-DEBÜT AUS DEN USA

Stella leidet unter dem Asperger-Syndrom. Alles, was mit Zahlen und Logik zu tun hat, versteht sie mit einem Blick. Die Gefühle ihrer Mitmenschen sind für sie hingegen nur schwer zu durchschauen. Deshalb hat sie auch recht wenig Erfahrung mit der Liebe. Theoretisch wünscht Stella sich einen Partner, aber praktisch fühlt sie sich beim Küssen wie ein Hai, dem Pilotfischchen die Zähne reinigen. Doch für jedes Problem gibt es eine logische Lösung: Stella muss einfach lernen, wie man richtig küsst – und mehr. Also erarbeitet sie akribisch einen Lehrplan und engagiert einen Profi: den Escort Michael. Und von ihm lernt sie tatsächlich viel. Vor allem, dass Liebe und Logik nichts miteinander zu tun haben …

«Romance-Fans schwärmen von Helen Hoangs Debüt.»
New York Times

«Eines der besten Bücher des Jahres.»
Cosmopolitan

«Die Figuren und der Stil machen diesen Liebesroman zu einem der besten des Genres.»
Publishers Weekly

Weitere Informationen unter www.endlichkyss.de
und www.rowohlt.de

KAPITEL 1

«Ich weiß, du hasst Überraschungen, Stella. Um dir also unsere Erwartungen mitzuteilen und eine vernünftige Zeitspanne vorzugeben, möchten wir dich wissen lassen, dass wir bereit für Enkelkinder sind.»

Stella Lanes Blick schnellte von ihrem Frühstück hoch zum würdevoll alternden Gesicht ihrer Mutter. Subtil aufgetragenes Make-up lenkte die Aufmerksamkeit auf kampfbereite kaffeebraune Augen. Das verhieß nichts Gutes. Wenn Stellas Mutter sich etwas in den Kopf gesetzt hatte, dann war sie wie ein Honigdachs mit einer Vendetta – streitlustig und stur, nur ohne Geknurre und Fell.

«Ich habe es zur Kenntnis genommen», antwortete Stella.

Schock wich rasend schnellen, panisch durcheinanderwirbelnden Gedanken. Enkelkinder bedeuteten Babys. Und Windeln. Bergeweise Windeln. Explodierende Windeln. Und Babys weinten, durchdringende, heulende Schreie, die selbst die besten geräuschreduzierenden Kopfhörer nicht zu dämpfen vermochten. Wie konnten sie nur so ausdauernd und heftig weinen, obwohl sie so klein waren? Außerdem,

Babys bedeuteten Ehemänner. Ehemänner bedeuteten feste Partner. Feste Partner bedeuteten Dating. Dating bedeutete Sex. Sie erschauderte.

«Du bist dreißig, Stella, Liebes. Wir machen uns Sorgen, weil du immer noch Single bist. Hast du es schon mal mit Tinder versucht?»

Sie griff nach ihrem Wasser und kippte es hinunter, dabei verschluckte sie aus Versehen einen Eiswürfel. Als sie wieder Luft bekam, antwortete sie: «Nein, das habe ich noch nicht versucht.»

Der bloße Gedanke an Tinder – und die entsprechenden Dates, auf die es hinauslief – ließ ihr den Schweiß ausbrechen. Sie hasste alles am Daten: das Abweichen von ihrer vertrauten Routine, die Konversation, die abwechselnd geistlos und verwirrend war, und wieder, den *Sex* ...

«Mir wurde eine Beförderung angeboten», sagte sie in der Hoffnung, ihre Mutter damit abzulenken.

«Schon wieder?», fragte ihr Vater und ließ seine Ausgabe des *Wall Street Journal* sinken, wodurch das Drahtgestell seiner Brille sichtbar wurde. «Du wurdest doch erst vor zwei Quartalen befördert. Das ist ja phänomenal.»

Stella richtete sich auf und rutschte an den Rand ihres Stuhls. «Unser neuester Kunde – ein großer Online-Händler, der ungenannt bleiben soll – liefert die herrlichsten Datensätze, und ich darf den ganzen Tag mit ihnen spielen. Ich habe einen Algorithmus entworfen, um ihre Kaufvorschläge zu verbessern. Offenbar funktioniert er besser als erwartet.»

«Wann tritt die neue Beförderung in Kraft?», fragte ihr Vater.

«Nun ...» Die Sauce Hollandaise und das Eigelb ihrer Crab cakes Benedict waren ineinandergelaufen, und sie versuchte, die gelben Flüssigkeiten mit der Spitze ihrer Gabel zu trennen. «Ich habe die Beförderung nicht angenommen. Als leitende Ökometrikerin wären mir fünf Mitarbeiter direkt unterstellt gewesen, und ich hätte viel mehr mit Kunden interagieren müssen. Ich möchte aber nur mit Daten arbeiten.»

Ihre Mutter wischte diese Aussage mit einer nachlässigen Handbewegung fort. «Du wirst bequem, Stella. Wenn du aufhörst, dich herauszufordern, dann machst du in Sachen soziale Kompetenzen keine weiteren Fortschritte. Dabei fällt mir ein, gibt es in deiner Firma irgendwelche Kollegen, mit denen du gern ausgehen würdest?»

Ihr Vater legte seine Zeitung weg und faltete die Hände über seinem runden Bauch. «Ja, was ist mit diesem einen, diesem Philip James? Als wir ihn bei deinem letzten Firmentreffen kennengelernt haben, wirkte er sehr nett.»

Die Hände ihrer Mutter flatterten zu ihrem Mund wie Tauben, die sich auf Brotkrumen stürzten. «Oh, warum hab ich nicht an ihn gedacht? Er war so höflich. Und eine Augenweide noch dazu.»

«Er ist in Ordnung, schätze ich.» Stella fuhr mit den Fingerspitzen über die Kondenstropfen an ihrem Wasserglas. Um ehrlich zu sein, hatte sie Philip schon in Betracht gezogen. Er war zwar eingebildet und ruppig, aber er sagte offen, was er dachte. Das war etwas, das sie an Menschen schätzte. «Ich glaube, er hat mehrere Persönlichkeitsstörungen.»

Ihre Mutter tätschelte Stellas Hand. Anstatt sie danach wieder in den Schoß zu legen, ließ sie sie auf Stellas Fingerknöcheln liegen. «Vielleicht würde er dann gut zu dir passen, Liebes. Wenn er eigene Probleme zu bewältigen hat, dann hat er vielleicht mehr Verständnis für dein Asperger-Syndrom.»

Obwohl die Worte in sachlichem Tonfall gesprochen

wurden, klangen sie unnatürlich und laut in Stellas Ohren. Mit einem schnellen Blick zu den benachbarten Tischen auf der überdachten Terrasse des Restaurants versicherte sie sich, dass niemand es gehört hatte, dann starrte sie hinunter auf die Hand ihrer Mutter auf ihrer eigenen und widerstand nur mühsam dem Drang, sie fortzureißen. Ungebetene Berührungen reizten sie, und ihre Mutter wusste das. Sie tat es, um sie zu ‹akklimatisieren›. Aber Stella machte es vor allem verrückt. War es möglich, dass Philip Verständnis für so etwas hatte?

«Ich werde über ihn nachdenken», sagte sie und meinte es auch so. Sie hasste Lügen und Ausflüchte sogar noch mehr, als sie Sex hasste. Und letzten Endes wollte sie ihre Mutter stolz und glücklich machen. Ganz gleich, was Stella tat, es gelang ihr nie völlig, in den Augen ihrer Mutter und damit auch in ihren eigenen Augen erfolgreich zu sein. Ein fester Freund würde dieses Problem lösen, das wusste sie. Das Problem war, sie konnte beim besten Willen keinen Mann halten.

Ihre Mutter strahlte. «Ausgezeichnet. In ein paar Monaten veranstalte ich wieder ein Benefiz-Dinner, und diesmal möchte ich, dass du ein Date mitbringst. Ich würde es sehr gern sehen, wenn Mr. James dich begleitet, aber falls das nicht klappt, werde ich jemanden finden.»

Stella kniff die Lippen zusammen. Ihre letzte sexuelle Erfahrung hatte sie mit einem der Blind Dates ihrer Mutter gehabt. Er war gutaussehend gewesen – das musste sie ihm lassen –, aber sein Sinn für Humor hatte sie verwirrt. Er als Risikokapital-Anleger und sie als Ökonomin hätten viele Gemeinsamkeiten haben sollen, aber er hatte nicht über seine eigentliche Arbeit reden wollen. Stattdessen hatte er es vorgezogen, über Büropolitik und Manipulationstaktiken zu sprechen, wodurch sie sich so verloren fühlte, dass sie sicher war, das Date wäre ein Reinfall.

Als er sie geradeheraus fragte, ob sie Sex mit ihm haben wolle, war sie völlig überrumpelt. Weil sie es hasste, nein zu sagen, hatte sie ja gesagt. Sie hatten sich geküsst, was ihr nicht gefallen hatte. Er hatte nach dem Lamm geschmeckt, das er zum Abendessen gehabt hatte. Sie mochte Lamm nicht. Von seinem Rasierwasser war ihr übel geworden, und er hatte sie überall angefasst. Wie immer in intimen Situationen hatte ihr Körper völlig dichtgemacht. Ehe sie sich's versah, war er fertig. Er hatte das gebrauchte Kondom in den Abfalleimer neben dem Schreibtisch im Hotelzimmer geworfen – das hatte sie gestört; er musste doch sicher wissen, dass solche Dinge ins Bad gehörten? –, ihr gesagt, dass sie ein bisschen lockerer werden müsse, und war gegangen. Sie konnte nur ahnen, wie enttäuscht ihre Mutter wäre, wenn sie wüsste, was für eine Katastrophe ihre Tochter in Sachen Männer war.

Und jetzt wollte ihre Mutter auch noch Babys.

Stella stand auf und nahm ihre Handtasche. «Ich muss jetzt zur Arbeit.» Obwohl sie bei all ihren Projekten im Zeitplan lag, war *müssen* dennoch das richtige Wort dafür. Die Arbeit faszinierte sie, lenkte die unerbittlichen Bedürfnisse ihres Gehirns in geordnete Bahnen. Außerdem wirkte sie therapeutisch.

«Braves Mädchen.» Ihr Vater stand auf und strich sich das seidene Hawaiihemd glatt, bevor er sie umarmte. «Über kurz oder lang wird dir der Laden gehören.»

Während sie ihn kurz drückte – es machte ihr nichts aus, jemanden zu berühren, wenn die Initiative von ihr ausging oder sie Zeit hatte, sich geistig darauf vorzubereiten –, atmete sie den vertrauten Duft seines Rasierwassers ein. Warum konnten nicht alle Männer genau wie ihr Vater sein? Er hielt sie für schön und hochintelligent, und von seinem Geruch wurde ihr nicht übel.

«Du weißt, dass ihre Arbeit eine ungesunde Sucht ist, Edward. Ermutige sie nicht auch noch», sagte ihre Mutter, bevor sie die Aufmerksamkeit wieder auf Stella richtete und einen mütterlichen Seufzer ausstieß. «Du solltest am Wochenende unter Leute gehen. Wenn du mehr Männer kennenlernen würdest, würdest du auch den Richtigen finden, das weiß ich.»

Ihr Vater drückte ihr einen kühlen Kuss auf die Schläfe und flüsterte: «Ich wünschte, ich würde auch arbeiten.»

Kopfschüttelnd sah Stella ihn an, während ihre Mutter sie umarmte. Ihre allgegenwärtigen Perlenstränge drückten sich in Stellas Brustbein, und eine Wolke Chanel No. 5 umwirbelte sie. Sie ertrug den erstickenden Duft drei unendliche Sekunden lang, bevor sie einen Schritt zurücktrat.

«Wir sehen uns nächstes Wochenende. Ich hab euch lieb. Bye.»

Sie winkte ihren Eltern zu, dann verließ sie das schicke Restaurant im Zentrum von Palo Alto und ging die von Bäumen und teuren Läden gesäumten Bürgersteige entlang. Nach drei sonnigen Blocks erreichte sie ein niedriges Bürogebäude, das ihren liebsten Ort auf der ganzen Welt beherbergte: ihr Büro. Das linke Eckfenster im zweiten Stock gehörte ihr.

Das Schloss der Eingangstür öffnete sich mit einem Klicken, als sie ihre Handtasche an den Sensor hielt, dann betrat sie das leere Gebäude und genoss das einsame Echo ihrer High Heels auf dem Marmor, während sie am verlassenen Empfangstresen vorbeiging und in den Aufzug stieg.

In ihrem Büro startete sie ihre meistgeliebte Routine. Zuerst schaltete sie den Computer ein und tippte ihr Passwort in die Eingabemaske. Während alle Programme hochfuhren, ließ sie ihre Handtasche in die Schreibtischschublade fallen und ging in die Küche, um sich ein Glas Wasser zu holen. Sie zog die Schuhe aus und stellte sie auf ihren üblichen Platz unter dem Schreibtisch. Sie setzte sich hin.

Einschalten, Passwort, Handtasche, Wasser, Schuhe, Hinsetzen. Immer in dieser Reihenfolge.

Das Programm Statistics Analysis System, auch bekannt als SAS, wurde automatisch geladen, und die drei Bildschirme auf ihrem Schreibtisch füllten sich mit Datenströmen. Käufe, Klicks, Login-Zeiten, Zahlungsarten – einfache Dinge eigentlich. Aber sie sagten ihr mehr über die Menschen, als es die Menschen selbst je taten. Sie streckte ihre Finger aus und legte sie auf die schwarze, ergonomisch geformte Tastatur, begierig darauf, sich in ihrer Arbeit zu verlieren.

«Oh, hi, Stella, dachte ich mir doch, dass du es bist.»

Sie blickte über ihre Schulter und zuckte zusammen, als sie Philip James sah, der um den Türrahmen herumspähte. Der strenge Schnitt seines dunkelblonden Haars betonte sein kantiges Kinn, und das Poloshirt spannte über seiner Brust. Er wirkte frisch, kultiviert und klug – genau die Art Mann, die sich ihre Eltern für sie wünschten. Und er hatte sie dabei ertappt, wie sie am Wochenende zum Vergnügen arbeitete.

Ihr Gesicht wurde heiß, und sie schob die Brille höher auf ihren Nasenrücken. «Was machst du hier?»

«Ich musste was holen, das ich gestern vergessen habe.» Er nahm eine Schachtel aus einer Einkaufstüte und winkte ihr damit zu. Stella erkannte darauf das Wort *TROJAN* in riesigen Großbuchstaben. Kondome. «Wünsche dir ein schönes Wochenende. Meins wird es jedenfalls.»

Das Frühstück mit ihren Eltern ging ihr durch den Kopf. Enkelkinder, Philip, die Aussicht auf noch mehr Blind Dates, Erfolg haben. Sie leckte sich über die Lippen und beeilte sich, etwas, *irgendetwas* zu sagen. «Brauchst du wirklich eine Großpackung von denen?»

Kaum waren ihr die Worte über die Lippen gekommen, zuckte sie zusammen.

Er grinste sein bestes Arschloch-Grinsen, dessen Nervfaktor jedoch durch das Zurschaustellen kräftiger weißer Zähne gemildert wurde. «Ich bin mir ziemlich sicher, dass ich die Hälfte davon heute Abend brauchen werde, da mich die neue Praktikantin des Chefs gefragt hat, ob ich mit ihr ausgehe.»

Gegen ihren Willen war Stella beeindruckt. Die Neue sah so schüchtern aus. Wer hätte gedacht, dass sie so mutig war? «Zum Essen?»

«Und mehr, denke ich», erwiderte er mit einem Funkeln in den haselnussbraunen Augen.

«Warum hast du gewartet, bis sie dich fragt? Warum hast du sie nicht zuerst gefragt?» Sie hatte den Eindruck, dass Männer in solchen Dingen gern die Initiatoren waren. Lag sie da falsch?

Mit ungeduldigen Bewegungen stopfte Philip ein ganzes Heer Trojaner zurück in seine Einkaufstüte. «Sie kommt frisch von der Uni. Ich wollte mir nicht Verführung Minderjähriger vorwerfen lassen. Außerdem mag ich Frauen, die wissen, was sie wollen, und es sich nehmen ... besonders im Bett.» Er ließ einen anerkennenden Blick von ihren Füßen hinauf zu ihrem Gesicht gleiten und lächelte dabei, als könne er durch ihre Kleider hindurchsehen, und sie versteifte sich vor Verlegenheit. «Sag mal, Stella, bist du noch Jungfrau?»

Sie drehte sich wieder zu ihren Monitoren um, aber die

Daten weigerten sich, Sinn zu ergeben. Der Cursor auf dem Bildschirm blinkte. «Das geht dich zwar nichts an, aber nein, ich bin keine Jungfrau mehr.»

Er kam in ihr Büro, lehnte sich mit der Hüfte an ihren Schreibtisch und musterte sie skeptisch. Sie rückte ihre Brille zurecht, obwohl es nicht nötig war. «Also hat unsere Star-Ökonometrikerin ‹es› schon mal getan. Wie oft? Dreimal?»

Auf keinen Fall würde sie ihm sagen, dass er richtig geraten hatte. «Das geht dich nichts an, Philip.»

«Ich wette, du liegst nur da und arbeitest im Geiste lineare Differenzengleichungen durch, während der Typ sein Ding abzieht. Hab ich recht, Ms. Lane?»

Das würde Stella absolut tun, wenn sie eine Ahnung hätte, wie sie Gigabytes an Daten in ihr Gehirn einspeisen sollte, aber sie würde lieber tot umfallen, als das zuzugeben.

«Ein kleiner Rat von einem Mann mit reichlich Erfahrung: Du brauchst Übung. Wenn du gut darin bist, dann gefällt es dir besser, und wenn es dir besser gefällt, gefällst *du* den Männern besser.» Er stieß sich vom Schreibtisch ab und ging zur Tür, die Tüte mit Kondomen fröhlich an seiner Seite schwingend. «Genieß deine endlose Woche.»

Sobald er gegangen war, stand Stella auf und stieß die Tür kräftiger zu, als nötig war. Sie fiel mit einem so harten, vibrierenden Knall ins Schloss, dass Stellas Herzschlag stolperte. Sie wischte sich die feuchten Hände an ihrem Bleistiftrock ab, während sie ihren Atem wieder unter Kontrolle brachte. Als sie sich an ihren Schreibtisch setzte, war sie zu zappelig, um mehr zu tun, als den blinkenden Cursor anzustarren.

Hatte Philip recht? Mochte sie Sex nicht, weil sie schlecht darin war? Würde Übung sie wirklich zu einem Meister machen? Was für eine verlockende Vorstellung. Vielleicht war

Sex einfach nur eine weitere zwischenmenschliche Sache, auf die sie zusätzliche Mühe verwenden musste – wie Smalltalk, Augenkontakt und Benimmregeln.

Aber wie genau übte man Sex? Es war nicht so, dass sich ihr die Männer an den Hals warfen, wie es die Frauen anscheinend bei Philip taten. Wenn es ihr tatsächlich gelang, mit einem Mann zu schlafen, war er von dieser lustlosen Erfahrung so abgestoßen, dass einmal mehr als genug für sie beide war.

Außerdem war das hier Silicon Valley, das Königreich von Tech-Genies und Wissenschaftlern. Die verfügbaren Single-Männer waren wahrscheinlich ebenso hoffnungslos im Bett wie sie selbst. Bei ihrem Glück würde sie mit einer statistisch signifikanten Menge von ihnen schlafen und nichts davon haben außer Juckreiz und Geschlechtskrankheiten.

Nein, was Stella brauchte, war ein Profi.

Nicht nur waren die geprüft frei von Krankheiten, sie hatten auch nachweisbare Erfolgsbilanzen. Zumindest nahm sie das an. So würde sie das handhaben, wenn sie in diesem Geschäft wäre. Der Anreiz für normale Männer waren Dinge wie Persönlichkeit, Humor und heißer Sex – Dinge, die sie nicht zu bieten hatte. Der Anreiz für Profis war Geld. Zufällig hatte Stella eine Menge Geld.

Anstatt an ihrem funkelnagelneuen Datensatz zu arbeiten, öffnete Stella den Browser und googelte «Escort-Service Männer Bay Area Kalifornien».

MIX
Papier aus verantwortungsvollen Quellen
FSC® C083411

Das für dieses Buch verwendete Papier ist FSC®-zertifiziert.